KB117339

자살클럽

자살클럽

The Suicide Club

로버트 루이스 스티븐슨 소설선집   임종기 옮김

THE SUICIDE CLUB
by ROBERT LOUIS STEVENSON(1878~1891)

이 책은 실로 꿰매어 제본하는 정통적인 사철 방식으로 만들어졌습니다.
사철 방식으로 제본된 책은 오랫동안 보관해도 손상되지 않습니다.

자살 클럽

크림 타르트 청년 이야기

재예를 갖춘 보헤미아의 왕자 플로리젤은 런던에 머무는 동안 매력적인 행동거지와 사려 깊고 관대한 성품으로 모든 계층의 사람들에게 두루 사랑을 받았다. 알려진 것만 봐도 비범한 인물임을 알 수 있지만, 널리 알려진 것들은 그가 실제로 한 일들 중 작은 일부에 지나지 않았다. 비록 평소 조용한 성격이었고 쟁기질하는 농부처럼 소박한 철학으로 세상을 받아들였지만, 이 보헤미아 왕자는 태어나는 순간에 운명 지어진 것보다 더 대담하고 별난 생활 방식을 즐겼다. 이따금 기분이 축 처지거나, 런던 내 어떤 극장에도 웃고 즐기며 볼만한 연극 공연이 없거나, 따를 경쟁자가 없을 정도로 잘하는 야외 스포츠 시즌이 아닐 때면 그는 절친한 친구이자 거마(車馬) 관리관인 제럴딘 대령을 불러서 밤 외출 채비를 하라고 명령하곤 했다. 이 거마 관리인은 용감하다 못해 무모하기까지 한 기질을 지닌 젊은 장교였다. 그는 왕자의 명령을 기꺼이 받아들여 즉시 외출을 준비했다. 많은 인생 경험과 다방면의 지식 덕분에 뛰어난 변장술을 갖추고 있던 그는 어떤 계급, 어떤 성격의 사람이든 혹은 어떤 나라 사람이든 변장하고자 하는 대상의 얼굴과 행동뿐만 아니라 목소리와 심지어 생각까지도 그대로 흉내 낼 수 있었다. 그는 이런 재주로 왕자의 주목을 받게 됐고 가끔 왕자와 함께 이상한 모임에 드나들기도 했다. 행정 대신들은 이런 비밀스러운 모험을 전혀 눈치채지 못했다. 한 사람은 침착하고 용기 있게 행동했고, 다른 한 사람은 언제든 창의적이고 신의에 찬 헌신을 다할 준비가 되어 있었기 때문에 두 사람은 적잖이 나섰던 위험한 여정을 무사히 마칠 수 있었다. 그리고 점차 시간이 지날수록 그들의 자신감도 커졌다.

진눈깨비가 매섭게 내리는 3월 어느 날 저녁, 두 사람은 마차를 타고 레스터 스퀘어 바로 옆에 있는 오이스터 바로 향했다. 제럴딘 대령은 그럴듯한 옷차림과 화장을 갖추어 몰락한 언론계 집안 출신 행세에 맞게 감쪽같이 변장했고, 왕자는 평소처럼 가짜 구레나룻과 커다란 가짜 눈썹 한 쌍을 붙여 변장했다. 이렇게 변장을 하고 나니 덥수룩한 구레나룻과 세상 풍파에 찌든 모양새 덕분에 왕자의 세련된 용모는 온데간데없고 누구도 알아볼 수 없는 인물로 변해 있었다. 완벽히 변장을 한 왕자와 대령은 느긋하게 브랜디와 소다수를 홀짝였다.

술집은 남녀 손님들로 가득했다. 한두 사람이 우리의 모험가들에게 말을 붙이긴 했어도, 좀 더 친밀감을 보이며 다가올 생각을 하는 사람은 아무도 없었다. 두 사람은 별 볼 일 없는 런던 사람으로, 특별히 존경할 만한 구석이라곤 찾아

볼 수 없는 평범한 인간처럼 보일 뿐이었다. 왕자는 벌써 하품을 하며 점차 이번 회유(回遊)의 모든 것에 싫증을 느끼기 시작했다. 바로 그때, 한 젊은이가 반회전문을 거세게 밀어젖히며 술집 안으로 들어섰고 뒤따라 수행원 두 사람이 들어왔다. 수행원들은 저마다 뚜껑을 덮은 커다란 접시를 들고 있었는데 한순간 동시에 뚜껑을 열었다. 접시에는 크림 타르트[1]가 담겨 있었다. 청년은 주위를 돌아다니면서 사람들에게 지나치다 싶을 정도로 호의를 보이며 억지로 타르트를 권했다. 그가 권하는 음식을 흔쾌히 받는 사람들도 있었지만 단호하게, 심지어 매몰차게 거절하는 사람들도 더러 있었다. 이 젊은이는 사람들이 크림 타르트를 거절할 때마다 우스운 농담을 하면서 자기가 그 타르트를 먹어 보이곤 했다.

마침내 그가 플로리젤 왕자에게 다가와 말을 걸었다.

그가 굽실거리며 엄지손가락과 집게손가락 사이에 쥔 크림 타르트를 내밀었다. 그러곤 이렇게 말했다. 「선생님, 이 이방인의 호의를 받아 주시지요? 이 파이의 맛은 제가 보증합니다. 5시부터 스물일곱 개나 먹었거든요.」

「나는 선물의 내용보다는 선물에 담긴 사람의 마음을 보곤 합니다.」 왕자가 대답했다.

「선생님, 그 마음이란 일종의 조롱이겠지요.」 젊은이가 또 한 번 머리 숙여 절하며 대답했다.

「조롱?」 플로리젤이 대답했다. 「그럼 누구를 조롱하려는 거요?」

1 속에 과일 따위의 달콤한 것을 넣고 위에 반죽을 덮지 않고 만든 파이.

「저는 제 철학을 설명하려고 여기 온 게 아닙니다.」 상대방이 대답했다. 「이 크림 타르트를 나누어 주려고 온 것이지요. 이 웃음거리가 될 만한 짓을 기꺼운 마음으로 하고 있다는 제 말을 믿으시면, 체면 깎이는 일이라 생각하지 마시고 친절을 베푸시길 바랍니다. 만일 제 말을 믿지 못하신다면 제게 강제로 스물여덟 번째 파이를 먹이십시오. 기꺼이 이 물릴 대로 물린 파이를 먹겠습니다.」

「당신에게 감동했소.」 왕자가 말했다. 「난 이 딜레마에서 당신을 기꺼이 구해 줄 마음이 있소. 하지만 한 가지 조건이 있소. 애초에 먹고 싶은 생각은 전혀 없지만 내 친구와 내가 당신 파이를 먹어 줄 테니, 그 대가로 우리와 함께 저녁 식사를 해주시오.」

젊은이는 골똘히 생각하는 듯했다.

「아직도 수십 개의 파이가 남아 있습니다.」 그가 마침내 입을 열었다. 「이 대단한 일을 끝내려면 몇 군데 술집을 더 들러야 합니다. 시간이 좀 걸릴 겁니다. 배가 고프시면……」

왕자가 정중한 몸짓으로 젊은이의 말을 가로막았다.

「내 친구와 내가 동행하겠소.」 왕자가 말했다. 「밤을 유쾌하게 보내는 당신의 방법에 벌써 큰 흥미가 생겨서 그러오. 자, 이제 서먹서먹한 분위기를 풀었으니, 같이 나서기로 합시다.」

이렇게 말한 그는 아주 품위 있게 타르트를 꿀꺽 삼켰다.

「맛있군.」 왕자가 말했다.

「미식가이시군요.」 젊은이가 대답했다.

제럴딘 대령도 타르트를 먹었다. 젊은이는 한동안 크림 타르트를 들고 다른 사람들을 찾아다니며 비슷한 행동을 했다. 이윽고 술집에 있는 사람들이 모두 이 맛있는 타르트를 받거나 사양하거나 했다. 고용된 두 명의 수행원들은 그런 바보 같은 일에 익숙해졌는지 곧바로 젊은이를 따라 나섰다. 왕자와 대령은 팔짱을 끼고 젊은이 일행을 따라 나서며 서로를 향해 미소를 지었다. 앞서와 마찬가지로 젊은이 일행은 다른 선술집 두 곳을 더 들렀다. 그곳에서 일어난 장면은 이미 벌어졌던 광경과 똑같았다. 이 나그네의 호의를 어떤 사람은 사양했고, 어떤 사람은 받아들였다. 그리고 사람들이 사양한 타르트는 젊은이 자신이 먹었다.

세 번째 술집을 나온 직후 젊은이는 남은 타르트를 셌다. 한쪽 접시에 세 개, 다른 쪽 접시에 여섯 개, 도합 아홉 개만이 남아 있었다.

「신사분들.」 젊은이가 새롭게 따라온 두 사람에게 말을 건넸다. 「두 분의 저녁 식사를 더 늦추고 싶지 않습니다. 배가 몹시 고프실 겁니다. 특별한 배려에 깊이 감사드립니다. 오늘은 제게 아주 중요한 날입니다. 누가 봐도 아주 바보 같아 보이는 행동으로 바보짓을 끝내고자 하는 날이죠. 그러니, 제게 호의를 베푸신 두 분을 후하게 대접하고 싶습니다. 신사분들, 이젠 더 기다리지 않으셔도 됩니다. 지금까지 너무 많이 먹어서 배가 터질 지경이지만, 제 목숨을 걸고라도 신세를 갚겠습니다.」

젊은이는 남은 아홉 개의 타르트를 하나하나 입안에 쑤셔 넣고 꿀꺽꿀꺽 삼켰다. 그러곤 두 수행원 쪽으로 돌아서더니, 그들에게 금화 2파운드씩을 건넸다.

「당신들의 놀라운 인내심에 감사드립니다.」그가 말했다.

이제 그는 두 사람에게 각각 머리 숙여 인사하며 그들을 떠나보냈다. 곧이어 방금 수행원들에게 지불한 돈을 꺼낸 지갑을 잠시 들여다보더니, 피식 웃으며 거리 한복판으로 던져 버렸다. 그러곤 저녁 식사를 하러 갈 준비가 됐다는 신호를 보냈다.

그들은 소호에 있는 작은 프랑스 레스토랑을 찾아갔다. 이 레스토랑은 잠시 유명세를 탔지만 금세 잊히기 시작한 곳이었다. 세 사람은 4층에 있는 룸에서 우아하게 저녁 식사를 하고, 샴페인 서너 병을 마시며 한담을 나누었다. 젊은이는 말솜씨가 유창했고 성격이 쾌활한 편이었지만, 교양을 갖춘 품위 있는 사람처럼 자연스럽게 웃지 못하고 지나치게 소리 내어 웃었다. 손은 격렬하게 떨렸고, 억양은 자신의 의지대로 조절이 안 되는 듯 돌연 격하게 변하곤 했다. 세 사람 모두 후식까지 깨끗이 비우고 나서 담배를 피웠다. 그때 왕자가 젊은이에게 이렇게 말했다.

「내 호기심을 너그럽게 이해해 주리라 믿소. 당신을 만나 함께한 시간이 무척 즐거웠소만, 아무리 생각해 봐도 영문을 모를 일이 있소. 경솔해 보이는 것 같아 내키지 않지만, 그래도 말하겠소. 내 친구와 난 믿을 만한 사람이니 안심하고 우리에게 비밀을 털어놓으시오. 우리도 말 못 할 비밀이 많지만, 들려주기에 껄끄러운 사람들에게도 그냥 터놓고 있소.

만일 내 추측대로 당신의 이야기가 어리석은 것이라고 하더라도 우리를 조심스러워할 필요는 없소. 우리 두 사람은 영국에서 가장 어리석은 사람들이니 말이오. 내 이름은 고달이오. 티오필러스 고달. 내 친구는 앨프리드 해머스미스 소령이고. 이 친구는 적어도 그 이름으로 알려지고 싶어 하지. 우리는 평생 기발한 모험을 찾아다녔소만 지금까지 공감할 수 없는, 터무니없는 일은 없었소.」

「고달 씨, 선생님이 마음에 듭니다.」 젊은이가 대답했다. 「선생님을 자연스럽게 신뢰하게 됐어요. 또한 선생님의 친구분인 소령님도 싫은 구석은 전혀 없습니다. 음, 한데 친구분은 가면무도회의 귀족처럼 보이는군요. 적어도 군인이란 생각은 전혀 안 들어요.」

대령은 젊은이의 말을 자신의 완벽한 변장술에 대한 칭찬으로 받아들이며 슬며시 미소를 지었다. 젊은이는 좀 더 활기찬 태도로 말을 이었다.

「두 분께 제 이야기를 꺼내기 어려운 이유가 있습니다. 어쩌면 바로 그 이유 때문에 제가 이야기를 털어놓으려는지도 모르겠군요. 적어도 두 분은 제 어리석은 이야기를 들을 준비가 되어 있으실 테니, 실망시켜 드리지 않겠습니다. 두 분은 이름을 밝히셨지만 전 이름을 밝힐 수 없습니다. 제 나이도 말씀드릴 필요는 없을 듯합니다. 저는 대대로 평범한 집안의 자손이고 그에 걸맞은 재산, 그러니까 제가 지금 살고 있는 집과 1년마다 3백 파운드의 돈을 물려받게 됐습니다. 저는 조상에게서 괴팍한 유머 감각도 물려받아, 그걸 마음껏 즐겼지요. 그리고 좋은 교육도 받았습니다. 저는 바이올 린도 연주할 수 있습니다. 삼류 오케스트라에서 돈을 받고 연주할 실력은 되지만 그리 대단치는 않습니다. 플루트와 프렌치 호른의 연주 실력도 바이올린 수준은 됩니다. 휘스 트[2]도 꽤 배웠다 싶었는데, 이 과학적인 게임으로 1년에 백 프랑가량의 돈을 잃었습니다. 또한 저는 파리에서도 런던에 서처럼 자유롭게 돈을 쓸 수 있을 정도로 프랑스어도 배웠 습니다. 간단히 말하면 전 남자다운 기백이 넘치는 사람이 라 할 수 있을 겁니다. 때문에 사소한 일로 결투를 벌이는 등 온갖 모험을 했어요. 불과 두 달 전에는 육체적으로나 정신 적으로나 제 취향에 꼭 맞는 젊은 여자를 만났습니다. 순간 심장이 녹는 것만 같더군요. 마침내 운명의 여자를 만난 것 이지요. 그렇게 사랑에 빠진 겁니다. 그런데 남은 돈을 계산 해 보니, 4백 파운드도 안 되더군요. 솔직히 묻겠습니다. 자 존심 강한 남자가 4백 파운드로 연애를 할 수 있겠습니까? 당연히 안 될 일이라고 결론을 내리고는 그 매혹적인 여인 곁을 떠나 남은 돈을 예전보다 더 흥청망청 써버렸습니다. 그러다 오늘 아침에 확인해 보니 80파운드밖에 안 남았더군 요. 저는 남은 돈을 반으로 나누어 40파운드는 특별한 목적 에 쓸 돈으로 남겨 두고 나머지 40파운드는 밤이 되기 전까 지 모조리 써버리기로 마음먹었습니다. 그래서 여러 바보짓 을 벌이며 아주 즐거운 하루를 보내다가, 그중 하나인 크림 타르트 덕분에 운 좋게도 두 분을 만나게 된 겁니다. 이미 말

2 카드 게임의 일종.

16

쏨드렸듯이, 우둔하게 살아왔으니 훨씬 우둔한 짓으로 모든 걸 끝내기로 결심했기에 그런 바보짓을 벌인 것입니다. 그리고 보셨듯이 길거리에 지갑을 던져 버린 것을 끝으로 남은 40파운드마저 깨끗이 없앴습니다. 자, 이제 두 분은 제가 아는 만큼 저란 인간을 알게 되셨을 겁니다. 결국 전 바보입니다. 하지만 바보의 우둔한 짓에도 나름의 일관성이 있기 마련입니다. 그리고 전 울보도 겁쟁이도 아니란 걸 꼭 믿어 주셨으면 합니다.」

젊은이의 전체적인 말투를 보아하니 그는 자기 자신을 용서하지 못하고 몹시 혐오하고 있는 게 분명했다. 그의 말을 듣고 있던 두 사람의 눈엔 젊은이의 연애가 스스로 인정하는 것보다 훨씬 더 심각했고 그 때문에 그가 자살을 하기로 마음먹은 것처럼 보였다. 이렇다 보니 젊은이가 꾸민 크림 타르트 소동도 대단히 비극적인 분위기를 풍기는 듯했다.

「한데, 참 이상하지 않나?」 제럴딘이 플로리젤 왕자에게 시선을 던지며 말했다. 「우리 세 사람이 런던이라는 이 황량하고 거대한 도시에서 이렇게 아주 우연히 만나게 되다니. 게다가 처지도 비슷하지 않은가?」

「어쩌신데요?」 젊은이가 소리쳤다. 「두 분도 파산하셨나요? 이 저녁 식사도 제 크림 타르트 소동처럼 바보 짓거리인가요? 악마가 우리 세 사람을 한자리에 불러 놓고 마지막 주연(酒宴)을 베풀었던 겁니까?」

「악마도 때론 신사다운 일을 한다오.」 플로리젤 왕자가 대답했다. 「이런 우연의 일치에 받은 충격 때문인지, 비록 우리의 상황이 완전히 같지는 않지만, 별 차이가 없어 보이오. 마지막 크림 타르트를 과감하게 처리하는 당신의 행동을 본 받아야겠소.」

그렇게 말하면서 왕자는 지갑을 꺼내더니, 그 안에서 조그만 지폐 뭉치를 빼냈다.

「음, 난 당신보다 일주일이나 뒤졌지만, 당신을 따라잡아 당신과 나란히 결승점에 들어가겠소.」 왕자가 말을 이으며 지폐 한 장을 테이블 위에 놓았다. 「이거면 식사비는 충분할 거요. 나머지는…….」

그는 지폐 뭉치를 난로의 불길 속으로 던져 버렸다. 단번에 불타 버린 지폐 뭉치는 재가 되어 굴뚝을 타고 올라갔다.

젊은이가 왕자의 팔을 잡으려고 했지만, 두 사람 사이에 테이블이 놓여 있었기에 미처 손쓸 수가 없었다.

「운도 따르지 않는 분이군요.」 젊은이가 큰 소리로 말했다. 「다 태우진 않았으면 좋았을 텐데! 40파운드는 남겨 뒀어야 했어요.」

「40파운드!」 왕자가 반복해서 물었다. 「왜 꼭 40파운드라야 하는 거요?」

「왜 80파운드는 아니고?」 대령이 큰 소리로 말했다. 「내가 확실히 아는데 불 속에 던져진 지폐 뭉치가 백 파운드는 족히 될걸요.」

「이분에게 필요한 돈은 딱 40파운드거든요.」 젊은이가 우울한 목소리로 말했다. 「40파운드가 없으면 들어갈 수 없죠. 규칙이 엄격하거든요. 1인당 40파운드씩. 돈이 없으면 죽을 수도 없으니, 참 더러운 인생이죠!」

왕자와 대령이 눈빛을 교환했다. 「좀 더 자세히 말해 보시오.」 대령이 말했다. 「내 지갑은 아직 두둑하고 난 기꺼이 고달과 이 돈을 함께 쓸 마음이 있으니까. 하지만, 무슨 목적으로 40파운드를 쓰려는지 알아야겠소. 그러니 당신 말이 무슨 뜻인지 말해 보시지?」

젊은이는 갑자기 정신이 번쩍 뜨이는 듯했다. 그는 불안한 눈초리로 두 사람을 번갈아 쳐다보았다. 얼굴은 어느새 새빨갛게 변해 있었다.

「저를 놀리시는 건 아니죠?」 그가 물었다. 「정말 두 분도 저처럼 파산하신 거죠?」

「그렇소. 나도 파산했소.」 대령이 대답했다.

「나 역시도 파산했소.」 왕자가 대답했다. 「방금 증거를 보여 줬잖소. 파산한 사람이 아니고서야 누가 돈뭉치를 불 속에 던져 버리겠소? 그것만 봐도 내 처지를 알 수 있는 거지.」

「그래요. 파산하신 분이겠죠.」 젊은이가 좀 의심스럽다는 듯이 말했다. 「아니면 백만장자이시거나.」

「그만둡시다.」 왕자가 대답했다. 「파산했다고 했잖소. 내 말을 의심하다니 불쾌하군요.」

「파산하셨단 말이죠?」 젊은이가 말했다. 「정말 두 분도 저처럼 파산하셨단 말이죠? 방종한 삶을 보낸 끝에 마음대로 할 수 있는 거라곤 딱 하나만 남은 지경에 처하셨다는 거죠?」 젊은이의 목소리는 점점 더 가늘어졌다. 「그럼, 두 분도 마지막으로 남은 방종을 택하려는 겁니까? 두 분이 벌인 바보 같은 짓의 결과를 아주 확실하고 손쉬운 한 가지 길로 피하려는 겁니까? 양심의 가책을 피해, 단 하나의 열린 문으로 도망치려는 겁니까?」

젊은이가 갑자기 말을 멈추더니 억지웃음을 지었다.

「두 분의 건강을 빕니다!」 젊은이가 술잔을 비우며 큰 소리로 말했다. 「파산하신 유쾌한 두 분, 좋은 밤 되시길.」

젊은이가 막 일어나려는 찰나, 제럴딘 대령이 그의 팔을 붙잡았다.

「당신, 우리를 믿지 않는군.」 대령이 말했다. 「당신이 틀렸소. 당신의 물음에 대한 내 대답은 전부 긍정이오. 그렇다고 해서, 내 성격이 소심한 건 아니오. 나는 표준어로 분명히 말할 수 있소. 우리도 당신처럼 삶에 회의를 느끼고 죽기로 결심했소. 조만간 혼자서든 함께든 우리는 죽음의 신을 찾아서 그가 자리 잡고 있는 터를 빼앗을 거요. 아무튼 당신을 만났고 당신의 처지가 더욱 절박하니, 당신이 원하면 오늘밤 당장 우리 셋이 죽음의 신에게 덤벼듭시다.」 그가 외쳤다. 「우리 같은 빈털터리 삼총사는 팔짱을 끼고 하데스의 궁전으로 들어가 망령들 사이에서 서로 의지하며 사는 게 낫지!」

제럴딘의 태도와 말투는 그가 행세하고 있는 역할에 딱 맞았다. 왕자는 좀 당혹스러워하며 의심쩍은 표정으로 친구를 쳐다보았다. 젊은이의 양 볼이 다시 어렴풋이 붉어졌고, 두 눈은 섬광처럼 반짝였다.

「두 분이 바로 제게 필요한 사람들이에요!」 젊은이가 몹시 기뻐하며 외쳤다. 「뜻을 같이한다는 의미로 악수하죠!」

(그의 손은 차갑고 축축했다.) 「두 분은 함께 행진에 나설 일행에 대해선 잘 모르실 겁니다! 크림 타르트 소동에 동참하신 일이 두 분에게 얼마나 행복한 순간이었는지도 잘 모르시겠죠! 저는 일원, 한 집단의 일원입니다. 저는 사신(死神)의 비밀 문을 알고 있습니다. 저는 그분과 친한 사이이니, 껄끄러운 소문을 일으키지 않고서 두 분을 영원의 세계로 안내해 드릴 수 있습니다. 입회식 따윈 필요 없습니다.」

왕자와 대령은 무슨 뜻인지 설명해 달라고 젊은이에게 간곡히 부탁했다.

「두 분, 수중에 80파운드 있으신가요?」 그가 물었다.

제럴딘이 보란 듯이 지갑 안을 들여다보고는 그렇다고 대답했다.

「다행이군요! 〈자살 클럽〉의 입장료가 40파운드입니다.」

「자살 클럽이라.」 왕자가 말했다. 「음, 그게 도대체 뭐요?」

「들어 보세요. 요즘은 문명의 이기의 시대죠. 최근에 도래한 최고의 이기에 대해서 말씀드려야겠군요. 우리는 다양한 곳에서 각자 할 일이 있습니다. 이 때문에 철도가 발명됐지요. 철도 덕분에 우리는 친구들과 멀리 떨어져 살 수 있게 됐지요. 그 결과, 아주 멀리 떨어진 곳에서도 빠른 속도로 통신할 수 있도록 전보가 만들어졌고요. 심지어 호텔에선 승강기 덕분에 수백 계단을 직접 오르는 수고를 덜게 됐습니다. 이제 우리는 인생이란 광대 노릇을 펼치는 하나의 무대에 지나지 않는다는 걸 압니다. 물론 광대 노릇이 재미있는 동안만이겠죠. 한데, 현대의 편리한 것 중에 한 가지 빼 먹은 이기가 있습니다. 의연하고 손쉽게 무대에서 내려오는 방법, 즉 자유에 이르는 뒷계단, 혹은 방금 말씀드린 사신의 비밀 문이 그것입니다.

두 반역자 동지여, 자살 클럽이 그 비밀 문으로 가는 길을 제시해 줍니다. 우리가 고백한 아주 정당한 욕망에 사로잡힌 사람이 두 분과 저뿐이라든가, 혹은 우리만이 그런 욕망에 사로잡힌 특별한 인물이라고 생각해선 안 됩니다. 평생 매일매일 해야 할 일에 신물이 난 우리와 같은 사람들은 무수히 많습니다. 그들은 자신들을 괴롭히고 있는 한두 가지 생각 때문에 현실에서 도피하지 못하고 있는 겁니다. 어떤 사람들은 사실이 밝혀지면 가족이 충격을 받을까 봐, 혹은 남들로부터 비난을 받을까 봐 현실을 도피하지 못하는가 하면, 어떤 사람들은 심약해서 죽음 앞에서 뒤로 물러나고 맙니다. 이는 어느 정도 제 경험 얘기입니다. 저는 권총을 머리에 대고 방아쇠를 당기지는 못합니다. 뭔가 저보다 강한 것이 그런 행동을 저지하기 때문이지요. 저는 비록 사는 게 지겨워도, 죽음에 몸을 맡겨 생을 끝장낼 수 있을 만큼 강하지 못합니다. 저 같은 사람을 위해, 사후 껄끄러운 소문에 휘말리는 일 없이 삶의 번뇌에서 벗어나고 싶어 하는 모든 사람들을 위해 자살 클럽이 만들어진 겁니다. 이 클럽의 운영 방식이나 역사, 다른 지역의 지부 현황 따위에 대해서는 저도 전혀 모릅니다. 제가 알고 있는 건 클럽의 구조뿐인데, 이 또한 제 마음대로 알려 드릴 순 없습니다. 하지만 이 정도는 알려 드릴 수 있습니다. 만일 정말로 삶에 신물이 나신다면, 오늘 밤 두 분을 모임에 소개해 드리지요. 그러면 오늘 밤은 아니더라도, 적어도 일주일 내에 두 분은 손쉽게 이승을 떠날 수 있을 겁니다. (자기 시계를 보며) 지금 11시입니다. 늦어도 30분 후에는 이곳을 떠나야 합니다. 그러니, 제 제안에 대해서 생각해 보실 시간이 30분밖에 안 남았습니다. 이는 크림 타르트의 경우보다 더 심각한 문제지요.」젊은이는 미소를 지으며 말을 덧붙였다. 「크림 타르트보다 더 구미에 맞으실 겁니다.」

「확실히 더 심각한 문제로군요.」제럴딘 대령이 대답했다. 「훨씬 심각한 문제이니, 내 친구인 고달 씨와 둘이서 5분 정도 얘기를 해봐야겠소만?」

「당연히 그러셔야죠. 원하시면 전 나가 있겠습니다.」

「그래 주면 고맙겠소.」대령이 말했다.

젊은이가 나가고 두 사람만 남게 되자, 플로리젤 왕자가 곧 말을 꺼냈다. 「제럴딘, 이렇게 의논할 필요가 뭐가 있겠나? 자넨 당황스러운지 모르겠지만, 난 마음 편하네. 난 이번 일의 결말을 꼭 봐야겠어.」

「왕자님.」얼굴이 창백하게 변한 대령이 말했다. 「왕자님의 목숨은 친구분들뿐만 아니라 국민의 이익을 위해서도 몹시 귀중하다는 사실을 잊지 마셔야 합니다. 저 미친놈이 〈오늘 밤은 아니더라도〉라고 말했지만 혹여 오늘 밤 왕자님의 몸에 돌이킬 수 없는 큰 화가 닥치기라도 하면 제 절망은 어찌해야 하고, 이 위대한 나라에 닥칠 근심과 엄청난 불행은 또 어쩌란 말입니까?」

「난 이번 일의 결말을 꼭 봐야겠어.」 왕자는 아주 침착한 어조로 반복해서 말했다. 「제럴딘 대령, 부탁이니, 자네가 한 약속을 잊지 말고 신사로서 명예를 지키게. 밖에 나가면, 내 특별한 지시 없이는 무슨 일이 있더라도 내 신분을 밝혀서는 안 돼. 다시 한 번 말하는데, 이건 명령이야.」 왕자가 덧붙였다. 「자, 그럼, 계산서를 달라고 해.」

제럴딘 대령은 명령에 따르겠다는 표시로 머리 숙여 절을 했다. 하지만 크림 타르트 소동을 일으킨 젊은이를 부르고 웨이터에게 이만 떠나겠다고 알리는 그의 얼굴은 하얗게 질려 있었다. 왕자는 침착한 태도를 잃지 않은 채 자살하려는 젊은이에게 팔레 루아얄 극장에서 공연된 소극 이야기를 매우 유머 넘치고 즐겁게 들려주었다. 왕자는 대령의 애원하는 듯한 시선을 외면하고 소탈한 태도로 평소보다 좀 더 조심스럽게 궐련 한 대를 골랐다. 세 사람 중 정말로 평정을 유지한 사람은 왕자뿐이었다.

왕자가 값을 치르고 남은 잔돈을 전부 주자 웨이터는 무척 놀랐다. 밖으로 나온 세 사람은 사륜마차를 잡아 타고 자리를 떴다. 마차는 얼마 안 가 어두컴컴한 골목 입구에 들어서서 멈췄다. 세 사람은 그곳에서 모두 내렸다.

제럴딘이 운임을 지불하자, 젊은이가 돌아서더니 플로리젤 왕자에게 말했다.

「고달 씨, 속박의 세계로 도망갈 시간은 아직 남아 있습니다. 해머스미스 소령님도 마찬가지고요. 한 발 앞으로 내딛기 전에 잘 생각하십시오. 여기가 갈림길이니, 마음이 끌리지 않는다면 돌아서세요.」

「어서 안내하시오.」 왕자가 대답했다. 「난 한 번 내뱉은 말은 다시 주워 담는 사람이 아니오.」

「침착하시니 다행입니다.」 안내인이 대답했다. 「이 조마조마한 순간에 이토록 냉정하신 분은 처음 봅니다. 실은 제가 이 문까지 모시고 온 사람이 두 분이 처음은 아닙니다. 제 친구들 여럿이 저보다 먼저 떠났지요. 저도 곧 뒤따라갈 겁니다. 하지만 선생님은 이런 얘기에 흥미가 없으실 테죠. 여기에서 잠시만 기다려 주십시오. 두 분을 소개할 준비를 마치고 곧 돌아오죠.」

젊은이는 두 사람에게 손을 흔들며 골목 안으로 걸어가서 문 안으로 사라졌다.

「우리가 벌인 모든 어리석은 짓 중에 이번이 가장 무모하고 위험한 짓입니다.」 제럴딘 대령이 낮은 목소리로 말했다.

「정말 그렇군.」 왕자가 대답했다.

「지금도 늦지 않았습니다.」 대령이 말했다. 「왕자님, 부탁이오니, 제발 기회가 있을 때 돌아가시죠. 이번 행보의 결과는 알 수 없고 심상치 않아 보입니다. 그러니 저로선 왕자님께서 너그러이 제게 주시는 자유를 이번만큼은 평소보다 좀 더 행사하는 게 옳을 듯합니다.」

「제럴딘 대령, 자네가 겁먹었다고 생각해도 되겠는가?」 왕자는 입술에서 궐련을 빼들고, 날카로운 눈초리로 대령의 얼굴을 빤히 쳐다보며 물었다.

「제가 느끼는 두려움은 제 일신상의 문제 때문이 아닙니다.」 대령이 오연히 대답했다. 「그건 믿으셔도 됩니다.」

「나도 그럴 거라 생각했어.」 왕자가 평정심을 잃지 않은 유쾌한 목소리로 대답했다. 「하지만 난 자네에게 우리의 신분 차이를 상기시키고 싶지 않았던 거야. 그만두자고, 그만둬.」 제럴딘이 변명하려는 기색을 보이자 왕자가 얼른 덧붙였다. 「이제 됐네. 변명 따위는 안 해도 돼.」

왕자가 난간에 기대어 차분하게 담배를 피우고 있을 때 젊은이가 돌아왔다.

「그래, 환영회는 준비가 되었소?」 왕자가 물었다.

「저를 따라오시죠.」 젊은이가 대답했다. 「회장님께서 응접실에서 만나 보시겠답니다. 미리 말씀드립니다만 묻는 말에 솔직히 답하셔야 합니다. 제가 두 분의 보증을 섰지만, 클럽은 입회 전에 반드시 철저한 조사를 합니다. 단 한 명의 회원이라도 분별없는 짓을 하게 되면 클럽이 영원히 와해될 수도 있기 때문이죠.」

왕자와 제럴딘은 잠시 머리를 맞대고 의논했다. 〈내 말을 이렇게 뒷받침해 주게〉라고 왕자가 말하거나 〈제 말을 이렇게 뒷받침해 주십시오〉라고 대령이 말하는 등, 서로 입을 맞췄다. 두 사람은 모두 잘 알고 있는 인물로 대담하게 가장하기로 했다. 이윽고 서로 눈 깜빡임으로 동의를 표하고는 안내인을 따라 회장의 응접실로 들어갈 준비를 마쳤다.

들어가는 데 큰 어려움은 없었다. 덧문은 활짝 열려 있었고, 응접실 문은 조금 열려 있었다. 안으로 들어서자 작지만 천장이 아주 높은 방이 눈에 들어왔다. 젊은이가 또다시 그들만 남겨 두고 방을 나갔다.

「회장님이 곧 오실 겁니다.」 젊은이는 이렇게 말하고 가볍게 고개를 숙여 인사하고는 모습을 감췄다.

방 끝에 있는 접이식 문 안쪽에서 여러 사람의 목소리가 응접실까지 들려왔다. 이따금 샴페인의 코르크 마개를 따는 소리가 들리는가 하면 주고받는 사람들의 말소리 사이사이에 폭소가 터지기도 했다. 방에 하나 있는 높은 창문 밖으로 강과 강둑이 내려다보였다. 두 사람은 등불이 배열되어 있는 광경을 보고는 이곳이 채링크로스 역에서 멀지 않은 곳이라고 판단했다. 방 안에 있는 가구는 몇 점뿐이었고 테이블을 덮고 있는 커버는 해져 여기저기 실밥이 풀려 있었다. 움직일 수 있는 것은 둥근 테이블 중앙에 놓인 작은 종 말고는 전혀 없었고, 벽에 붙어 있는 옷걸이에는 상당히 많은 모자와 외투가 걸려 있었다.

「여긴 대체 무슨 소굴일까요?」 제럴딘 대령이 말했다.

「그걸 밝히려고 내가 여기 온 거야. 이 소굴에 있는 자들이 살아 있는 악마들이라면, 일은 점점 재미있어질 테지.」

바로 그때였다. 접이식 문이 딱 한 사람 들어올 수 있을 만큼만 빠끔히 열렸고, 더 요란스럽게 떠들어 대는 말소리와 함께 경외의 대상인 자살 클럽의 회장이 들어왔다. 큰 걸음으로 어슬렁거리며 걸어 들어온 회장은 쉰 살 남짓 되어 보이는 남자였다. 양쪽 구레나룻은 덥수룩했지만 정수리 부위는 대머리였고 가끔 번득이는 눈동자는 은은한 잿빛이었다. 그는 커다란 궐련을 문 입을 우물우물 좌우로 쉴 새 없이 일

그러뜨리며 두 이방인들을 예민하고 냉정한 눈초리로 쳐다보았다. 두 사람의 눈에 비친 그는 트위드 차림에 줄무늬 셔츠 깃 사이로 목을 훤히 드러내 놓았고 한쪽 겨드랑이에는 기록부 따위를 끼고 있었다.

「안녕하시오.」 회장이 등 뒤의 문을 닫고 나서 말했다. 「제게 하시고 싶은 말씀이 있다고요.」

「저흰 자살 클럽에 가입하고 싶습니다.」 대령이 대답했다.

회장이 입에 문 궐련을 좌우로 굴리다가 돌연 입을 열었다. 「무슨 말씀이시오?」

「죄송하지만, 저흰 자살 클럽에 대해 알려 주실 적임자가 선생님인 걸로 알고 있습니다.」 대령이 대답했다.

「내가 말이오?」 회장이 소리쳤다. 「자살 클럽이라? 오, 이런! 그건 만우절의 장난이라오. 두 신사분들, 술기운에 흥이 나신 듯한데, 이해는 하지만, 그런 말씀 마시오.」

「회장님의 클럽을 뭐라고 부르든 간에, 저 문 뒤에서 모임을 갖고 있겠지요. 우리도 그 모임에 꼭 끼고 싶습니다.」 대령이 말했다.

「선생, 뭔가 오해가 있으신 듯하군. 이 집은 개인 집이오. 그러니 당장 나가 주셔야겠소.」 회장이 퉁명스럽게 대답했다.

이처럼 회장과 대령이 잠시 신경전을 벌이는 내내 왕자는 조용히 앉아만 있었다. 하지만 대령이 막 〈이제 그만 대답하시고 제발 나가시죠〉라고 말하는 듯한 눈빛으로 자신을 쳐다보자 입에 물고 있던 궐련을 빼들고 말문을 열었다.

「난 당신 친구의 초대를 받고 이곳에 왔소. 당신 모임에 이렇게 불쑥 끼어든 이유에 대해선 분명 당신 친구로부터 들었을 거요. 나 같은 처지에 있는 사람은 무엇에도 속박당하기 싫어하며 무례함을 절대로 참지 못한다는 걸 알아주시오. 난 평소엔 무척 조용한 사람이지만, 선생께서 알고 있는 클럽 입회 문제 따위와 같은 사소한 문제를 알려 주지 않는다면, 당신은 나를 대기실에 들어오게 한 걸 몹시 후회하게 될 거요.」

회장이 큰 소리로 웃었다.

「참 말씀을 잘하시는군.」회장이 말했다. 「사나이 중의 사나이시오. 내 마음을 움직일 수 있는 방법도 알고 있고, 날 마음대로 다룰 줄도 아시는군.」이어 회장은 제럴딘 대령을 보고 말했다. 「잠시 자리 좀 비켜 주시겠소? 우선 당신 친구와 하던 이야기를 마쳐야겠으니. 클럽 절차상 비밀리에 이행해야 하는 것도 있다오.」

말을 마친 회장은 옆에 딸린 작은 방의 문을 열어 대령을 안으로 들여보내고 문을 닫았다.

「난 당신을 믿소.」두 사람만 남게 되자, 회장이 플로리젤 왕자에게 말했다. 「그렇지만, 당신 친구도 믿을 만하오?」

「저 친구에게 긴박한 이유가 더 많겠지만, 내 자신만큼 믿지는 않소.」왕자가 대답했다. 「하지만, 그를 여기 데려온다 해서 위험할 리는 없다는 걸 알 정도까지는 믿소. 제아무리 인내심이 강한 사람이라 하더라도 삶에 질릴 만한 일을 겪었지. 저 친구는 일전에 카드 속임수를 쓰다 걸려서 파면됐소.」

「그럴듯한 이유로군.」회장이 대답했다. 「여기에 똑같은 처지인 사람이 한 명 있는데, 믿을 만한 사람이라오. 그건 그렇고, 혹시 군에 몸담았던 적이 있는지 물어봐도 되겠소?」

「그렇소만. 난 천성이 게으른 탓에 일찌감치 그만뒀소.」 왕자가 대답했다.

「삶에 싫증을 느낀 이유는?」 회장의 집요한 질의는 계속 이어졌다.

「내가 아는 한은 똑같소. 순전히 게으름 때문이오.」

「젠장, 분명 더 나은 이유가 있을 텐데.」 회장이 발끈하며 말을 꺼냈다.

「이제 돈도 다 떨어졌소.」 플로리젤 왕자가 이유를 덧붙였다. 「그것도 분명 괴로운 일이오. 그 때문에 내 나태감은 심각한 수준에 이르게 됐소.」

회장은 잠시 입에 문 궐련을 굴리며 이 범상치 않은 신참자의 눈을 빤히 응시했다. 하지만 왕자는 찬찬히 노려보는 회장의 따가운 시선을 태연하게 잘 참아 냈다.

마침내 회장이 말문을 열었다. 「경험이 많지 않았다면, 난 당신을 쫓아냈을 거요. 하지만 나도 세상을 알 만큼 안다오. 흔히 자살자에게는 가장 하찮아 보이는 이유가 실은 가장 견디기 어려운 것일 수도 있다는 것쯤은 알지. 그리고 지금 선생이 마음에 들듯이 한 사람이 아주 마음에 들면 나는 그 사람을 내쫓기보다는 규칙을 내 멋대로 해석하는 쪽을 택한다오.」

왕자와 대령은 오랫동안 차례차례 상세한 심문을 받았다. 왕자는 혼자 심문을 받았지만 제럴딘은 왕자와 함께한 자리에서 받았다. 이는 한 사람을 꼼꼼하게 반대 신문하는 동안 다른 이의 안색을 살펴보려는 회장의 조치였다. 결과는 만족스러웠다. 회장은 두 사람 각자에 해당되는 세부 사항 몇 가지를 써 넣어 서약서를 작성한 다음 그것을 내밀며 서명하도록 요구했다. 서약서에 담긴 복종 서약 내용을 보니 그것은 그 어떤 서약서보다도 피동적인 복종을 강요하는 것이었고, 서약한 자가 지켜야 할 규정이 그 어떤 것보다 엄격했다. 이토록 무서운 서약을 깨는 사람은 일말의 명예나 그 어떤 종교적인 위안도 바랄 수 없을 터였다. 플로리젤 왕자는 문서에 서명하면서 소름이 돋았다. 대령도 침울한 표정으로 왕자를 따라 서명했다. 두 사람이 서명을 마치자, 회장은 가입비를 받고 나서 더는 법석을 떨지 않고 두 사람을 자살 클럽의 흡연실로 안내했다.

자살 클럽의 흡연실은 문을 열면 통하는 응접실과 천장 높이는 같았지만 더 넓었고, 천장에서 바닥까지 떡갈나무 징두리 벽 모양새의 벽지로 도배되어 있었다. 활활 타오르는 커다란 난로 불꽃과 여러 개의 가스등 불빛이 모여 있는 사람들을 비추었다. 왕자와 그의 수행원이 끼자 모두 열여덟 명이 되었다. 사람들 대부분이 담배를 피우고 샴페인을 마시고 있었다. 유쾌하고 달뜬 분위기였는데, 돌연 오싹한 정적이 감돌기도 했다.

「이분들이 전부요?」 왕자가 물었다.

「절반가량이오.」 회장이 대답했다. 「그건 그렇고, 돈이 좀 있으시면 보통 샴페인을 돌리곤 한다오. 그러면 기운이 나거든. 내겐 약간의 부수입이 생기고.」

「해머스미스, 샴페인은 자네에게 맡기겠네.」 플로리젤 왕자가 말했다.

왕자는 몸을 돌려 회원들 사이를 돌아다니기 시작했다. 그는 최상류층의 사교 모임에서 주인 노릇을 하는 데 익숙해 있었기에 그를 대한 사람들은 모두 그에게 매력을 느끼며 압도당했다. 사람을 대하는 그의 태도에는 마음을 사로잡는 매력과 함께 권위 같은 것이 묻어났다. 그리고 범상치 않은 느낌의 냉정한 태도는 이 반미치광이들의 모임에서 그를 돋보이게 하는 또 하나의 요소이기도 했다. 눈과 귀를 활짝 열고 이 사람 저 사람 사이를 오가다 보니 그는 곧 그곳에 있는 사람들이 어떤 사람인지 대강 짐작할 수 있었다. 어떤 모임이든 그렇겠지만 이들의 모임 역시 특정한 유형을 띠고 있었다. 즉 회원들은 한창때인 젊은이들로, 외모는 어느 모로 보나 지적이고 감성이 풍부해 보여도 성공을 이룰 만한 정신력이나 자질은 부족할 것 같은 사람들이었다. 서른 살이 넘은 사람은 거의 없었고, 아직 십 대를 벗어나지 못한 이들도 적지 않았다. 테이블에 기대 서 있던 그들은 중심을 한 발에서 다른 발로 옮기곤 했다. 때로는 궐련을 아주 빨리 피우기도 했고, 때로는 담뱃불이 꺼질 때까지 그냥 내버려 두기도 했다. 말을 잘하는 이들도 있었지만, 다른 이들의 대화는 사람들이 너무나 긴장해서 그런지 재미도 없고 특별한 의미도 없었다. 그래도 새로 샴페인 병을 딸 때마다 분위기는 확연하게 유쾌해졌다. 자리에 앉아 있는 사람은 둘뿐이었다. 한 사람은 벽이 우묵하게 들어간 창가의 의자에 앉아 고개를 푹 숙인 채 두 손을 바지 주머니에 깊숙이 찔러 넣고 있었다. 창백한 얼굴에 온몸이 땀으로 흠뻑 젖어 있던 그는 말 한 마디 하지 않았다. 몸과 마음이 완전히 망가진 듯했다. 다른 한 사람은 난로 옆 소파에 앉아 있었는데, 다른 사람들과는 확연히 달라 보이는 인상 때문에 확 시선을 끌었다. 나이는 마흔이 조금 넘은 듯한데, 외모는 그보다 열 살은 더 들어 보였다. 플로리젤 왕자는 그토록 소름 끼치는 몰골을 한 사람은 처음 본다고 생각했다. 어떤 병이나 파괴적인 흥분제로 인하여 이처럼 망가질 대로 망가진 사람도 본 일이 없다. 몸은 뼈와 살가죽밖에 남은 게 없을뿐더러 부분적으로 마비 증세를 보였다. 그리고 유난히 도수가 높은 안경을 쓰고 있었기에 눈이 뒤틀리고 크게 확대되어 보였다. 왕자와 회장을 제외하면 그 사람이 방 안에서 평상시의 평정을 유지하고 있는 유일한 사람이었다.

자살 클럽의 회원들에게선 품위를 거의 찾아볼 수 없었다. 어떤 이들은 죽음을 도피처로 찾는 결과를 빚어낸 수치스러운 짓을 자랑삼아 떠벌리고 있었고, 어떤 이들은 그런 이야기를 전혀 거부감 없이 듣고 있었다. 이곳에는 도덕적인 판단에 반하는 암묵적인 양해가 있어 누구든 클럽 문 안으로 들어오면 벌써부터 무덤의 면책 특권을 누렸다. 그들은 서로를 추억하고 과거에 자살한 유명 인사들을 추모하며 술을 들었다. 죽음에 대한 서로 다른 견해를 비교하며 발전시키기도 했다. 어떤 사람은 죽음이 단지 암흑과 중지일 뿐이라고 주장하는가 하면, 어떤 사람은 죽는 그날 밤 별에 올라 먼저 죽은 유명 인사들과 함께 새로운 삶을 다시 시작할 거라는 희망을 가득 품고 있기도 했다.

「자살자들의 모범인 트렝크 남작을 영원히 기억하며!」 한 사람이 큰 소리로 말했다. 「그분은 작은 방에서 나와 더 작은 방으로 들어가셨습니다. 그렇게 다시 자유의 세계로 나서신 겁니다.」

다른 한 사람이 말했다. 「나는 눈을 가릴 붕대와 귀를 막을 솜 말고는 아무것도 원하지 않아. 다만, 이 세상에 귀를 막을 수 있을 만큼 두꺼운 솜이 없다는 게 문제지.」

이번에는 세 번째 사람이 나서서 내세의 삶의 미스터리를 풀어 보려 했고, 네 번째 사람은 다윈의 진화론을 믿지 않았다면 결코 자살 클럽에 들어오지 않았을 것이라고 말했다.

이 주목할 만한 예비 자살자가 말했다. 「원숭이의 자손이라니, 정말 참을 수 없었지.」

왕자는 회원들의 태도와 대화 내용에 대체로 실망했다.

왕자는 이렇게 생각했다. 〈그렇게 요란스레 소란을 피울 문제가 아닌 것 같은데. 자살을 하기로 결심했으면 신사답게 당당히 하면 될 것이지, 이렇게 야단법석을 떨며 큰소리치다니.〉

그사이 제럴딘 대령은 대단히 불길한 기분에 사로잡혀 있었다. 자살 클럽과 클럽의 규정은 여전히 미스터리였다. 그는 방 안을 둘러보며 마음을 진정시켜 줄 만한 인물이 없나 찾아보았다. 이렇게 주변을 살펴보던 중 중풍을 앓고 있는,

도수 높은 안경을 낀 한 남자가 불시에 눈에 들어왔다. 대령은 아주 차분하게 그를 주시하다가 이런저런 분주한 일로 방을 드나들던 회장을 붙잡고는 소파에 앉아 있는 그 신사를 소개해 달라고 부탁했다.

회장은 클럽 안에서 그런 격식은 차리지 않아도 된다면서, 해머스미스 씨에게 맬서스 씨를 소개해 줬다.

맬서스 씨는 호기심 어린 눈빛으로 대령을 쳐다보더니 자기 오른편 자리에 앉으라고 권했다.

「새로 오신 분이군요.」 그가 말문을 열었다. 「알고 싶은 게 있으신 거죠? 그렇다면 제대로 찾아오신 겁니다. 내가 이 매력적인 클럽에 들어온 지도 벌써 2년이나 되었으니까요.」

대령은 안도의 한숨을 내쉬었다. 맬서스 씨가 2년간 이곳을 드나들었다면 왕자가 하룻밤 새 위험에 빠질 리는 없다는 생각이 들었기 때문이었다. 그렇더라도, 아직은 불안감이 완전히 가시진 않았던 제럴딘은 뭔가 속임수가 있는 건 아닌지 의심하기 시작했다.

「뭐라고요!」 대령이 소리쳤다. 「2년이라고요! 하지만 제 생각엔…… 아니, 정말 저를 놀리시는군요.」

「천만에요.」 맬서스 씨가 상냥하게 말했다. 「내 경우는 특별합니다. 정확히 말하면 난 자살하려는 사람은 아닙니다. 실은 명예 회원이죠. 그저 한 달에 한 번 정도 클럽에 올까 말까 합니다. 지병을 앓고 있는 나는 회장의 배려로 이처럼 자그마한 특권을 누리고 있습니다. 물론 그 대가로 많은 돈을 지불하고 있죠. 아무튼 난 특별한 행운을 누려 온 게 사실입니다.」

「죄송하지만, 좀 더 분명히 말씀해 주세요.」 대령이 말했다. 「전 아직 클럽의 규칙을 잘 모른다는 걸 잊지 마시고요.」

「당신처럼 죽음을 찾아 이곳에 오는 일반 회원은 행운이 닥칠 때까지 매일 밤 이곳을 찾아옵니다.」 중풍 환자가 대답했다. 「만일 형편이 어렵다면 회장의 도움을 받아 숙식을 해결할 수도 있어요. 물론 호사스럽지는 않지만 꽤 괜찮고 깨끗합니다. (이렇게 말해도 될지 모르겠지만) 싼 회비를 감안하면, 있을 수 없는 일이죠. 더욱이 회장과 함께 지내는 것 자체가 대단히 멋진 일이거든요.」

「설마!」 제럴딘이 소리쳤다. 「제가 보기엔 회장의 인상이 그리 좋아 보이지 않던데요.」

「아! 회장을 몰라서 그래요.」 맬서스 씨가 말했다. 「보기보다 정말 재미있는 친구예요! 이야기하는 솜씨며, 냉소적인 면이 정말 예사롭지 않아요! 감탄이 절로 나올 정도로 인생을 잘 압니다. 우리끼리 얘기지만, 아마 기독교국에서 가장 사악한 악당일 겁니다.」

「실례되는 말씀입니다만, 그분도 선생님처럼 종신회원입니까?」 대령이 물었다.

「물론 그렇지만, 나와는 전혀 다른 의미에서 종신회원입니다.」 맬서스 씨가 대답했다. 「나는 하느님의 은혜 덕분에 아직 살아 있지만, 언젠가는 갈 사람입니다. 하지만 회장은 절대로 게임에 참여하지 않아요. 그저 카드를 뒤섞고 클럽 회원들에게 나누어 주는 일이나 그 외 게임에 필요한 준비를 할 뿐이죠. 친애하는 해머스미스 씨! 회장은 아주 기발한 재주를 지닌 사람이에요. 런던에서 3년 동안이나 이처럼 유용하고, 음, 부언하자면, 예술적인 소명을 실천해 왔는데도, 조금이라도 의심을 사본 적이 없어요. 그는 확실히 영감을 받은 사람이에요. 6개월 전 어떤 신사가 약국에서 우연히 독약을 먹고 죽은 유명한 사건을 기억하실 테죠? 그의 입장에선 가장 적은 비용이 드는 평범한 방법이었겠지만, 얼마나 간단합니까! 또한 얼마나 안전합니까!」

대령이 말했다. 「놀라운 이야기로군요. 그럼 그 불운한 신사도…….」 그는 〈희생자〉라는 말을 하려다가 얼른 생각을 바꿔 〈클럽의 회원이었나요?〉라고 물었다.

그 순간, 맬서스 씨의 말투가 결코 죽음에 매혹된 사람의 말투가 아니라는 생각이 대령의 뇌리를 스쳤다. 그는 재빨리 이렇게 덧붙였다.

「하지만 전 아직도 잘 모르겠군요. 카드를 뒤섞고 회원들에게 나누어 준다고 하셨는데, 무슨 목적으로 그리하는지요? 그리고 선생님은 죽고 싶은 마음이 없으신 것 같은데, 왜 이곳에 오시는지 저로선 이해할 수 없군요.」

「물론 모르실 테죠.」 맬서스 씨가 좀 더 활기찬 목소리로 대답했다. 「음, 이 클럽은 뭐랄까, 그래요, 중독의 전당이지요. 난 허약한 몸이지만, 감정의 동요를 더 잘 견뎌 낼 수만 있었다면 더 자주 찾아왔을 겁니다. 이 말은 믿어도 좋습니다. 난 오랫동안 몸이 건강치 못한 관계로 자연스럽게 체득한 의무감을 가지고 식이요법에 신경을 쓴 덕분에 이 마지막 방탕을 나름대로 절제할 수 있는 겁니다. 선생, 나도 할 짓은 다 해본 사람입니다.」그는 제럴딘의 팔을 잡으며 말을 이었다. 「온갖 방탕한 짓이란 짓은 다 해봤어요. 내 명예를 걸고 단언하는데, 그런 짓거리는 사실과 달리 모두 지나치게 떠벌려져 있게 마련이에요. 사람들은 사랑을 대수롭지 않게 여깁니다. 난 이젠 사랑이 강렬한 정열이란 걸 부정합니다. 실은 공포가 강렬한 정열입니다. 만일 가장 강렬한 삶의 기쁨을 맛보길 원한다면 공포를 대수롭지 않게 여겨야 합니다. 선생, 나를 시기해요…… 나를 시기해요.」그가 낄낄거리며 한마디 덧붙였다. 「나는 겁쟁이라오!」

제럴딘은 비참한 처지에 놓인 이 가련한 사람에 대한 혐오감을 참기 힘들었지만, 억지로 감정을 억누르고 질문을 계속했다.

「한데, 선생님, 감정의 동요가 어떻게 인위적으로 늘어나죠? 그리고 불확실성의 요소는 어디에서 찾을 수 있는 겁니까?」

「매일 밤 희생자가 어떻게 뽑히는지, 이때 희생자만이 아니라 또 한명의 회원, 클럽 장중(掌中)의 도구이자 죽음의 사도가 어떻게 뽑히는지 알려 드려야겠군요.」맬서스 씨가 대답했다.

「맙소사! 그럼 서로를 죽인다는 겁니까?」대령이 물었다.

「그런 식으로 자살의 수고스러움을 없애는 것이죠.」맬서스 씨가 고개를 끄덕이며 대답했다.

「세상에, 이럴 수가!」대령이 갑자기 소리쳤다. 「그럼 당신이나 나나 어쩌면 내 친구가…… 그러니까 우리 중 누군가 한 사람이 오늘 밤 어떤 사람의 육체와 불멸의 정신을 없앨 살해자로 뽑힐 수도 있다는 겁니까? 여성의 몸에서 태어난 인간들 사이에서 어찌 그 따위 일이 있을 수 있단 말입니까? 아! 이보다 더한 악행은 없어!」

두려움에 떨며 막 일어서려는 순간, 대령은 왕자와 눈이 마주쳤다. 왕자가 방 건너편에서 인상을 잔뜩 찌푸린 채 성난 눈빛으로 대령을 노려보고 있었다. 제럴딘은 금세 평정을 되찾았다.

대령은 얼른 말을 덧붙였다. 「하기야, 그런다고 안 될 법도 없겠죠? 그 게임이 재미있다고 하시니, 어디 한번 끝까지 클럽의 규칙을 따라가 보죠!」

맬서스 씨는 대령이 깜짝 놀라며 질색하는 모습에 몹시 즐거워했다. 그는 자신이 얼마나 사악한지 과시하려 했다. 다른 사람이 관용에 무릎을 꿇는 모습을 보기 좋아했지만, 스스로는 완전히 타락해서 그런 감정에 초연하다고 생각했다.

맬서스 씨가 말했다. 「경악스러운 순간을 경험했으니, 당신도 이제 우리 클럽이 주는 기쁨을 제대로 음미할 수 있는 위치에 서게 됐어요. 우리 클럽이 도박판과 결투와 로마 원형 극장의 흥분을 어떻게 결합하는지 볼 수 있을 겁니다. 이교도들은 그런 걸 아주 잘합니다. 나는 그들의 순수한 마음을 진정으로 경애합니다. 하지만 기독교 나라에서는 이런 강렬한 흥분의 극치, 흥분의 진수, 흥분의 절대치에 이르는 것을 금해 왔습니다. 이런 흥분의 진수에 한번 맛 들인 사람이라면 다른 어떤 오락거리도 따분해하리라는 걸 이해하게 될 겁니다. 우리가 하는 게임은 아주 간단합니다. 카드 한 벌을 가지고……, 말해 봐야 소용없고, 이제 곧 그 게임 과정을 보게 될 겁니다. 나를 좀 부축해 주시겠습니까? 불행히도 내 몸이 말을 듣지 않아서요.」

맬서스 씨가 막 설명하려는 순간, 또 다른 한 쌍의 접이식 문이 휙 열리더니 클럽의 회원 모두가 좀 서둘러 옆방으로 이동하기 시작했다. 옆방은 이전 방과 어느 모로 보나 비슷했지만 갖추어 놓은 가구들이 조금 달랐다. 기다란 녹색 테이블 하나가 방 한가운데를 차지하고 있었고 거기에서 회장이 아주 꼼꼼하게 카드를 뒤섞고 있었다. 맬서스 씨는 지팡이와 대령의 팔에 의지해 아주 힘겹게 걸었기 때문에, 이 두 사람과 이들을 기다리던 왕자가 방으로 들어갔을 때에는 이미 모두가 자리에 앉아 있었다. 결국 세 사람은 테이블 끝머리에 다붓다붓 앉게 됐다.

「카드 쉰두 장이 한 벌이죠.」 맬서스 씨가 속삭였다. 「스페이드 에이스가 나오나 잘 보세요. 그게 죽음의 표시거든요. 그리고 클럽 에이스는 오늘 밤의 사형 집행관을 의미합니다. 행복한, 행복한 젊은이들이로군!」 그가 덧붙였다. 「당신은 눈이 좋으니, 게임을 잘 볼 수 있겠군요. 아! 난 테이블 너머론 에이스와 2의 패도 구분하지 못해요.」

결국 그는 안경을 하나 더 썼다.

「적어도 얼굴들은 지켜봐야지.」 그가 설명했다.

대령은 이 명예 회원에게서 들은 모든 이야기와 자신들 앞에 놓인 무서운 양자택일에 대해서 급히 친구에게 알렸다. 왕자는 순간 소름이 돋았고, 가슴이 옥죄는 통증을 느꼈다. 그는 겨우 침을 꿀꺽 삼키고는 길을 잃은 사람처럼 이리저리 두리번거렸다.

대령이 속삭였다. 「과감히 한 방 날리면, 아직 달아날 수 있을 겁니다.」

하지만 이 말에 왕자는 정신이 번쩍 뜨였다.

「조용히 해!」 왕자가 조용히 말했다. 「자네, 신사답게 도박하는지 보겠어. 아무리 상황이 심각하더라도 말이야.」

왕자는 심장이 거세게 뛰었고 가슴이 고통스럽게 죄어 오는 느낌이 들었지만, 다시 한 번 만면에 편안한 표정을 지으며 주변을 둘러보았다. 회원들은 모두 입을 다물고 카드에 집중하고 있었다. 모든 사람들의 얼굴이 하나같이 창백했지만 그중에서도 맬서스 씨의 얼굴은 유독 창백했다. 그의 눈은 툭 튀어나오고 무의식적으로 머리를 앞뒤로 주억거리고 있었다. 또한 양손을 번갈아 입에 대며 떨리는 잿빛 입술을 꽉 붙들곤 했다. 이 명예 회원은 매우 놀라운 권리를 보장한 자신만의 특권을 즐기고 있는 게 분명했다.

「신사 여러분, 주목!」 회장이 말했다.

그는 테이블 앞에 있는 회원들에게 시계 반대 방향 순서대로 천천히 카드를 나눠 주기 시작했다. 카드를 받은 사람이 자신의 카드를 내보일 때까지 잠시 멈췄다가 다시 다른 이에게 카드를 주곤 했다. 거의 모든 사람들이 내보이기를 주저했다. 또한 이 중대한 카드 패를 뒤집으려고 할 때면 손가락을 몇 번이고 더듬거렸다. 왕자는 자기 차례가 가까워질수록 점점 더 흥분이 되어 급기야 거의 숨이 막힐 지경에 이르렀다. 하지만 어느 정도 도박꾼 기질이 있었던 터라 흥분이 주는 쾌감을 나름 즐기고 있기도 했다. 왕자는 불현듯 자신의 쾌감을 깨닫고는 깜짝 놀랐다. 결국 그가 받은 카드는 클럽 9였다. 제럴딘은 스페이드 3을 받았고, 맬서스 씨는 하트 퀸을 받았다. 맬서스 씨는 안도감에 흐느꼈다. 크림 타르트 소동을 벌였던 젊은이가 카드를 뒤집자, 클럽 에이스가 나왔다. 순간 그는 카드를 손에 쥔 채 공포에 질려 그대로 얼어붙고 말았다. 그는 여기에 죽이러 온 것이 아니라 죽으러 온 것이다. 젊은이의 처지에 크게 동정이 가는 나머지 왕자는 자기 자신과 친구에게 여전히 남아 있는 위험을 잊을 뻔했다.

회장이 또 한 차례 카드를 돌렸지만, 죽음의 카드는 아직 나오지 않았다. 사람들은 숨을 죽였다가 그저 헉 하고 숨을 내쉴 뿐이었다. 왕자는 또 하나의 클럽을 받았고, 제럴딘은 다이아몬드를 받았다. 이어 맬서스 씨가 카드를 뒤집자마자, 그의 입에서 마치 뭔가 부서지는 듯 소름 끼치는 비명이 터져 나왔다. 그는 언제 중풍에 걸렸느냐는 듯 멀쩡하게 자리에서 벌떡 일어났다 털썩 주저앉았다. 스페이드 에이스였다. 이 명예 회원은 항상 공포를 대수롭지 않게 여겨 온 게 문제였다.

거의 동시에 사람들의 떠들썩한 말소리가 터져 나왔다. 사람들은 경직된 자세를 풀고 테이블 자리에서 일어나 두세 명씩 어정어정 흡연실로 돌아갔다. 회장은 하루의 일과를 끝마친 사람처럼 기지개를 켜며 하품을 해댔다. 그러나 맬서스 씨는 두 손으로 머리를 감싸고 양 팔꿈치로 테이블을 누르며 술에 취한 듯 꼼짝도 하지 않고 제자리에 그대로 앉아 있었다. 그에겐 모든 게 깡그리 무너져 내리는 상황이었다.

왕자와 제럴딘은 지체 없이 그 집을 나왔다. 싸늘한 밤공기 때문인지 자신들이 체험한 사건의 공포가 배가되었다.

「아!」 왕자가 소리쳤다. 「그런 일에 서약을 해서 꼼짝없이 말려들다니! 이따위 살인 도매상을 처벌하지 않고 계속 돈벌이를 하도록 방관하다니! 내가 한 서약을 과감히 깰 수만 있다면!」

「왕자님, 그건 절대 안 될 일입니다.」 대령이 대답했다. 「왕자님의 명예는 곧 보헤미아의 명예니까요. 하지만 제가 서약을 깨는 건 상관없을 겁니다.」

「제럴딘, 나와 함께한 모험 때문에 자네의 명예가 훼손된다면, 난 자네를 용서할 수 없을 뿐만 아니라 내 자신도 용서할 수 없을 거네. 그게 자네를 훨씬 더 가슴 아프게 하겠지.」 왕자가 말했다.

「왕자님의 명령을 따르겠습니다. 그럼 이 저주받을 곳을 떠나시죠?」

「그래. 어서 마차를 부르게. 얼른 잠들어 오늘 밤의 치욕스러운 기억을 잊고 싶네.」

하지만 왕자는 그곳을 떠나기 전에 골목길의 이름을 주의 깊게 보았다. 이는 주목할 만한 일이었다.

다음 날 아침, 왕자가 잠자리에서 일어나자마자 제럴딘

대령이 신문을 들고 들어왔다. 왕자가 받아 본 신문에는 한 기사가 특별히 표시되어 있었는데, 그 내용은 이러했다.

〈슬픈 사고. 오늘 새벽 2시경, 웨스트번 그로브, 쳅스토우가 16번지에 사는 바르톨로뮤 맬서스 씨가 친구 집에서 열린 모임을 마치고 귀가하던 중 트라팔가 스퀘어 위쪽 난간 너머로 떨어지는 사고를 당해 두개골이 파열되고 다리 하나, 팔 하나가 부러진 채 즉사했다. 이 불운한 사고 당시 맬서스 씨는 친구와 함께 마차를 기다리던 중이었다. 중풍 환자였던 것으로 보아, 맬서스 씨의 실족사 원인은 발작인 것으로 추정된다. 이 불운한 신사는 최상류층 사회에 널리 알려진 인물이니만큼, 많은 사람들이 그의 죽음을 가슴 깊이 애도할 것이다.〉

제럴딘이 진지하게 말했다. 「지옥으로 직행한 영혼이 있다면, 아마 그 중풍 환자의 영혼일 겁니다.」

왕자는 양손으로 얼굴을 감싼 채 아무 말이 없었다.

대령이 말을 이었다. 「그자가 죽었다는 소식에 흡족한 기분마저 듭니다. 하지만 크림 타르트 소동을 일으킨 젊은이를 생각하면 참 마음이 아픕니다.」

「제럴딘.」 왕자가 얼굴을 들며 입을 열었다. 「그 불행한 젊은이는 어젯밤만 해도 자네나 나처럼 아무런 죄가 없었는데, 오늘 아침엔 그의 영혼이 살인죄를 받겠구먼. 그 회장을 생각하면 구역질이 나. 지금으로선 어떻게 처리해야 할지 모르겠지만, 어떻게든 그 악당 놈을 반드시 혼내 주겠어. 그래도 그 카드 게임은 정말 좋은 경험이었어. 얼마나 큰 교훈을 얻었는지 몰라!」

「다시는 그따위 게임을 하시면 안 됩니다.」 대령이 말했다.

왕자가 한동안 아무런 대답 없이 침묵을 지키자, 제럴딘은 점점 불안해졌다.

「설마 다시 가시려는 건 아니죠?」 제럴딘이 물었다. 「이미 너무 많은 고생을 하셨고 끔찍한 것을 너무 많이 보셨습니다. 존엄하신 분께서 그런 위험한 일을 다시 하시면 안 됩니다.」

「자네 말에 일리가 있다는 건 알아.」 플로리젤 왕자가 대답했다. 「그리고 나도 내 결정에 전적으로 만족하는 것은 아니야. 아아! 하지만, 아무리 위대한 군주의 옷을 걸쳤다 해도 나는 그저 한 사람에 불과하지 않은가? 제럴딘, 내 결점이네만, 하고 싶은 일은 해야겠네. 지금처럼 이런 마음을 절실히 느껴 본 적이 없어. 이 마음이 내 자신보다 더 강해. 몇 시간 전에 우리와 함께 저녁을 먹은 그 불행한 젊은이의 운명이 어찌 궁금하지 않을 수 있겠는가? 그 회장 놈이 사악한 짓을 계속하는 걸 어찌 그냥 내버려 둘 수 있겠는가? 이토록 황홀한 모험을 시작해 놓고 끝장을 보지 않을 수 있겠는가? 제럴딘, 안 될 일이지. 자네는 내가 왕자라고 해서 인간으로선 할 수 없는 일을 요구하고 있네. 오늘 밤, 한 번 더 자살 클럽의 테이블에 앉아 보자고.」

제럴딘 대령이 무릎을 꿇었다.

「전하, 저를 죽여 주십시오.」 그가 외쳤다. 「제 목숨은 전하 마음대로 하셔도 됩니다만, 전하의 목숨은 그러시면 아니 됩니다. 아, 절대 그러시면 아니 됩니다! 그토록 위험한 일을 저더러 방관하라고 요구하지 마십시오.」

「제럴딘 대령, 자네 목숨은 전적으로 자네 것이야. 나는 그저 복종을 원할 뿐이야. 기꺼이 내 뜻에 따르지 않겠다면 더는 바라지 않겠어. 한마디만 더 하지. 이번 일로 더 이상 내게 떼쓰지 마.」 왕자가 좀 더 근엄한 태도로 말했다.

거마 관리관이 즉시 일어섰다.

「전하, 오늘 오후엔 자리를 좀 비워도 되겠습니까? 명예를 존중하는 사나이로서, 다시 그 불길한 집에 가기에 앞서 제 개인적인 일을 모두 처리하고 싶습니다. 전하께 약속드립니다. 누구보다도 충직한 이 신하는 더 이상 전하의 뜻에 반대하지 않겠습니다.」 그가 말했다.

「친애하는 제럴딘, 난 자네가 내 신분을 상기시킬 때마다 섭섭하다네. 마음 놓고 오후 시간을 보내게. 다만 11시 전까지는 어제처럼 변장하고서 이리로 와야 하네.」 플로리젤 왕자가 대답했다.

둘째 날 밤, 자살 클럽에는 참석한 회원들이 그리 많지 않았다. 제럴딘과 왕자가 도착했을 때 흡연실에 있는 회원은 여섯 명을 넘지 않았다. 왕자는 회장을 따로 만나 맬서스 씨의 죽음을 열렬히 축하했다.

「나는 유능한 사람을 만나는 걸 좋아한다오.」 왕자가 말했다. 「회장께선 능력이 많은 분이시라는 걸 확실히 알겠소. 이 일은 본질적으로 아주 민감한 것일 텐데, 성공적으로 은밀하게 잘 이끌어 가시는 걸 보니 리더로서의 자격이 충분하신 듯하군.」

회장은 상류층 출신으로 보이는 사람에게서 이런 칭찬을 듣고는 좀 감동했는지, 겸손하게 감사를 표했다.

「불쌍한 맬서스!」 회장이 말했다. 「그가 없으니 클럽이 예전 같지 않을 거요. 손님들은 대부분 소년들인 데다 너무 낭만적인 감성을 지닌 사람들이라 나와는 그렇게 잘 통하지 않는다오. 맬서스 씨도 낭만인 구석이 있긴 했지만, 내가 이해할 만한 수준이었소.」

「맬서스 씨를 동정하시는 것도 충분히 이해할 만하오.」 왕자가 대답했다. 「그는 기질이 아주 독특한 사람이었소.」

크림 타르트 소동을 벌인 젊은이는 방 안에 있었지만 고통스러운 듯 몹시 침울한 표정으로 조용히 있었다. 왕자와 대령이 말을 걸어 봤지만 허사였다.

「이 악독한 집에 두 분을 데려오지 않았더라면 얼마나 좋았을까요!」 젊은이가 큰 소리로 말했다. 「손을 더럽히기 전에 어서 나가요. 두 분은 그 노인이 떨어질 때 토해 낸 비명이나, 그의 몸이 도로에 부딪치는 순간 났던 뼈 부서지는 소리를 들었어야 해요! 이 타락한 놈에게 인정을 베풀어 주시려거든, 오늘 밤 제가 스페이드 에이스를 받을 수 있도록 빌어 주세요!」

밤이 깊어지면서 회원 몇 명이 더 들어왔지만, 테이블 앞에 모두 자리를 잡았을 때 참석자는 열세 명을 넘지 않았다. 왕자는 불안감이 들면서도 왠지 모를 즐거움이 마음속에 샘솟는 것을 다시 느꼈다. 하지만 제럴딘은 어젯밤에 비해 훨씬 더 침착해 보였다. 그런 모습을 보고 왕자는 적잖이 놀랐다.

〈놀라운데.〉 왕자는 생각했다. 〈유서를 써놨는지 안 써놨는지 모르겠지만, 써놨다고 하더라도 그게 젊은이의 정신에 이토록 큰 영향을 미친단 말인가.〉

「주목해 주시오, 신사 여러분!」 회장은 이렇게 말하고는 카드를 돌리기 시작했다.

카드가 세 차례나 테이블을 돌았지만, 정해진 두 장의 카드 중 아직 한 장도 회장의 손에서 나오지 않았다. 회장이 네 번째로 카드를 돌리기 시작하자, 회원들은 말로는 표현할 수 없을 정도로 몹시 흥분했다. 이제 카드는 딱 한 바퀴 돌 만큼만 남아 있었다. 카드를 돌리는 회장의 왼쪽 두 번째 자리에 앉아 있던 왕자는 반대 방향으로 카드를 돌리는 클럽 관례에 따라 이번엔 끝에서 두 번째로 카드를 받게 될 터였다. 세 번째 사람이 카드를 뒤집었더니, 검은색 에이스가 나왔다. 이는 클럽 에이스였다. 다음 사람은 다이아몬드를, 그다음 사람은 하트를 받았다. 이렇게 카드를 받고 뒤집는 과정이 계속되었다. 하지만 스페이드 에이스는 아직 나오지 않았다. 마침내 왕자의 왼쪽에 앉아 있던 제럴딘이 카드를 받아 뒤집었다. 그것은 에이스였다. 하지만 하트 에이스였다.

플로리젤 왕자는 자기 앞에 놓인, 자신의 운명을 결정지을 카드를 보자 심장이 멎는 듯했다. 그는 용감한 사나이였지만 얼굴에서 땀이 비 오듯 쏟아졌다. 그가 죽음을 맞이할 확률은 정확히 50퍼센트였다. 그는 카드를 뒤집었다. 스페이드 에이스였다. 요란한 굉음이 두뇌를 가득 채우는 듯했고, 눈앞에 있는 테이블이 빙빙 도는 것처럼 보였다. 오른쪽에 앉아 있던 사람의 입에서 터져 나오는 폭소가 귀청을 때렸다. 환희에 찬 웃음인지 실망 어린 웃음인지 분간할 수 없었다. 사람들이 순식간에 흩어지는 모습이 보였지만 그의 마음은 다른 생각들로 가득 차 있었다. 그는 자신의 행동이 얼마나 어리석고 얼마나 죄스러운 짓이었는지 깨달았다. 활력이 넘치는 인생의 한창때에 왕위 계승자인 그가 도박으로 자신의 미래와 용감하고 충성스러운 국민의 미래를 날리고만 것이다. 「하느님, 하느님, 용서하소서!」 그가 외쳤다. 그랬더니, 감각의 혼란이 잦아들고 금세 냉정함이 회복되었다.

어찌 된 일인지 제럴딘이 보이지 않았다. 카드 게임 방 안에는 왕자를 죽일 사람과 회장 말고는 아무도 남아 있지 않았다. 왕자를 죽일 사람이 회장에게 조언을 구하고 있는 것 같았다. 크림 타르트 소동을 벌인 젊은이가 왕자에게 슬그머니 다가와 그의 귀에 대고 속삭였다.

「만일 제게 백만 파운드가 있다면, 그 돈을 드리고 선생님의 행운을 사겠습니다.」

젊은이가 떠났을 때, 왕자는 자신의 행운을 백만 파운드보다 훨씬 싼 값에 팔 수도 있을 것 같은 생각이 들었다.

왕자를 죽일 사람과 회장 사이에 조용히 오가던 대화가 이제 끝났다. 클럽 에이스를 받은 사람은 잘 알았다는 표정으로 방을 나갔고, 회장은 불운한 왕자에게 다가와 악수를 청했다.

「선생을 만나 즐거웠소.」 회장이 말했다. 「그리고 이렇게 하잘것없는 도움이라도 드릴 수 있어 기쁩니다. 적어도 선생께선 너무 지연된다고 불평하실 순 없겠지요. 두 번째 밤에 행운을 잡으셨으니!」

왕자는 뭐라고 또박또박 대구해 보려 애썼지만 허사였다. 입이 바싹바싹 마르고 혀가 마비된 것만 같았다.

「속이 좀 거북하시오?」 회장이 걱정스러운 표정으로 물었다. 「대부분의 신사분들이 그랬소. 브랜디를 좀 드시겠소?」

왕자가 좋다고 고개를 끄덕이자 회장은 즉시 텀블러에 술을 조금 채워 왕자에게 건넸다.

「불쌍한 맬서스 영감!」 왕자가 술잔을 비웠을 때, 회장이 갑자기 큰 소리로 말했다. 「그 영감, 브랜디를 1파인트나 마셨는데도 별 도움이 되지 못한 것 같았소!」

「난 그 양반보단 클럽의 처분에 순순히 응할 거요.」 왕자가 기운을 꽤 회복한 표정으로 말했다. 「보시다시피 난 이렇게 제정신을 차렸소. 그럼, 이제 어찌하면 되는 거요?」

「스트랜드 가를 따라 시내 방향으로 계속 걸어가시오. 왼쪽 인도로. 그러다 보면 방금 방을 나선 신사를 만나게 될 거요. 그때부턴 그가 설명하는 대로 그의 뜻에 흔쾌히 따르면 된다오. 오늘 밤 클럽의 권한은 그분에게 위임됐소.」 회장이 덧붙였다. 「그럼, 즐거운 산책이 되시기를 바라오.」

플로리젤 왕자는 회장의 인사에 어색하게 답례하고 그와 작별을 고했다. 왕자가 흡연실을 지나며 보니 대부분의 회원이 그곳에 남아서 아직도 샴페인을 마셔 대고 있었다. 그 샴페인은 왕자가 주문하고 값을 치른 것이었다. 왕자는 자신이 마음속으로 그들을 몹시 혐오하고 있다는 사실을 깨닫고는 깜짝 놀랐다. 왕자는 회의실에서 모자와 외투를 걸치고 구석에서 자신의 우산을 찾아냈다. 이런 행동이 이제 익숙해졌는데 이번이 마지막이라는 생각이 들자 절로 웃음이 터져 나왔다. 자기 귀에도 불쾌하게 들리는 실소였다. 그는 회의실을 나서기가 마음에 내키지 않아, 대신 창가로 갔다. 창 너머로 어둠과 등불을 보자 제정신이 들었다.

〈자, 자, 사나이답게 행동하자.〉 그는 생각했다. 〈이제 가는 거야.〉

플로리젤 왕자가 길을 나서 박스코트 가 모퉁이에 이르렀을 때였다. 갑자기 세 사람이 달려들어 그를 막무가내로 마차 안에 밀어 넣더니, 곧바로 마차를 몰았다. 마차 안에는 먼저 타고 있던 한 사람이 더 있었다.

「전하, 제 충정을 용서하십시오.」 누군가가 말했다. 익히 아는 목소리였다.

왕자는 너무나 안도한 나머지 달려들어 대령의 목을 끌어 안았다.

「오, 어떻게 고마움을 표해야 할까?」 왕자가 소리쳤다. 「한데, 어떻게 이리한 건가?」

왕자는 기꺼이 운명을 받아들이려 했지만 우호적인 강압에 굴복하여 삶과 희망을 되찾은 것이 미칠 듯이 기뻤다.

「앞으로 다시는 이런 위험한 일을 자청하지 않으시는 것만으로 저에 대한 보상은 충분합니다.」 대령이 대답했다.

「그건 그렇고 두 번째 질문에 답변을 드리지요. 전 가장 간단한 방법으로 철저히 잡도리해 뒀습니다. 오늘 오후에 유명한 탐정을 미리 배치해 뒀답니다. 물론 비밀로 하기로 약속받고 대가를 지불했지요. 전하의 시종들이 이 일에 중요한 몫을 했습니다. 이들은 해 질 녘부터 박스코트 가의 집을 포위하고 있었습니다. 전하의 전용 마차 중 하나인 이 마차는 전하를 위해 거의 한 시간 전부터 대기하고 있었고요.」

「그럼 나를 살해할 예정이었던 그 불쌍한 사람은 어떻게 되었나?」 왕자가 물었다.

「클럽을 빠져나올 때 붙잡았습니다. 지금은 궁에서 전하의 판결을 기다리고 있습니다. 그리고 그자의 일당도 곧 체포해 올 겁니다.」

「제럴딘. 자넨 내 확고부동한 명령을 어기면서까지 내 목숨을 구해 주었군.」 왕자가 말했다. 「아주 잘했네. 내 목숨을 구해 줬을 뿐만 아니라 내게 교훈도 주었네. 스승에게 감사의 뜻을 표하지 않는다면 난 왕자 자격이 없지. 어떤 보답을 받을지는 자네가 선택하게.」

잠시 침묵이 이어졌다. 그사이 마차는 빠른 속도로 거리를 내달렸고, 두 사람은 저마다 생각에 잠겼다. 침묵을 깬 쪽은 제럴딘 대령이었다.

「전하, 지금쯤 꽤 많은 자들이 체포되어 궁으로 끌려왔을 겁니다. 그 일당 중에 적어도 한 명은 법의 처벌을 받아야 하는 범죄자입니다. 하지만 전하와 제가 한 서약에는 법에 호소하지 않는다는 조항이 있습니다. 만일 이 서약이 공개된다면, 법에 의해, 법적인 호소를 할 수 없게 될 것입니다. 상황이 이렇습니다. 전하의 의향은 어떠신지요?」대령이 말했다.

「결투로 회장을 쓰러뜨려야만 해.」왕자가 대답했다.「그 자를 상대할 사람을 뽑는 문제만 남아 있군.」

「전하께선 저보고 받고 싶은 보상을 선택하라고 하셨습니다.」대령이 말했다.「그럼, 제 동생에게 그 임무를 맡겨 주십사 부탁드려도 되겠습니까? 그것은 영예로운 임무입니다. 전하께 감히 말씀드리지만, 그 녀석은 임무를 훌륭히 해낼 것입니다.」

「무례한 청이지만, 자네의 청을 거절할 수 없구먼.」

대령은 대단히 존경하는 마음으로 왕자의 손에 입을 맞췄다. 그 순간 마차는 왕자가 사는 화려한 저택의 아치 길을 지나가고 있었다.

한 시간 후, 플로리젤 왕자는 공식 의복을 갖춰 입고 보헤미아 훈장을 있는 대로 전부 몸에 달고는 자살 클럽의 회원들을 맞이했다.

「어리석고 사악한 놈들.」왕자가 말했다.「너희 중 돈이 없어 이런 곤경에 처한 자들에겐 내 신하들이 직업과 보수를 줄 것이다. 죄의식으로 고통받는 자들은 나보다 더 고귀하고 관대하신 폐하로부터 구제받을 수 있을 것이다. 난 너희가 생각하는 것보다 훨씬 더 가슴 깊이 너희 모두를 불쌍하게 여기고 있다. 내일 너희의 사정을 내게 이야기해라. 너희가 솔직하게 말할수록 내가 너희를 불행에서 더 수월하게 구해 줄 수 있을 것이다.」왕자가 회장에게 시선을 던지며 말을 이었다. 「너 같은 놈은 도움을 받는 걸 오히려 불쾌하게 여긴다는 걸 안다. 그래서 다른 제안을 하겠다.」 왕자는 제럴딘 대령의 동생 어깨에 손을 올리며 말을 이었다. 「여기 있는 내 신하는 유럽 대륙을 여행하고 싶어 한다. 네놈은 이 여행에 그와 동행해야겠다.」 왕자는 어조를 바꾸어 말했다. 「총을 잘 쏘느냐? 이번 여행에 그런 기술이 필요할지도 모르겠다. 남자 둘이 함께 여행을 할 때에는 만전을 기하는 게 최선이지. 한 가지 더 말해 두지. 혹시라도 대령의 동생인 제럴딘 씨를 잃어버리기라도 하면, 마음 놓고 언제든 말해라. 내 사람들을 항상 준비해 놓고 있을 테니. 그리고 회장, 잊지 마라. 난 천리안에 그만큼이나 긴 팔을 가지고 있다고 알려진 사람이란 걸.」

왕자는 이렇게 아주 엄중히 말하는 것으로 연설을 마쳤다. 다음 날 아침, 클럽의 회원들은 왕자의 관대한 처분으로 각자 필요한 것을 받았고, 회장은 제럴딘 씨와 잘 훈련받아 충실하고 노련한 왕자의 종복 두 명의 감시를 받으며 여행을 떠났다. 이것만으로는 만족하지 못했던 플로리젤 왕자는 박스코트 가에 있는 문제의 집을 신중한 수사관들에게 맡겨 자살 클럽에 오는 모든 편지와 방문객들, 관리자들을 직접 수사했다.

(아라비아 작가가 말하기를) 여기까지가 「크림 타르트 청년 이야기」의 끝이다. 현재 이 젊은이는 캐번디시 스퀘어의 위그모어 가에서 편안하게 살고 있다. 몇 가지 분명한 이유

때문에 집 번지는 생략한다. 플로리젤 왕자와 자살 클럽 회
장의 모험을 계속 추적하고 싶은 사람은 「의사와 사라토가
트렁크 이야기」를 읽기 바란다.

의사와 사라토가 트렁크[3] 이야기

　미국인 청년 사일러스 Q. 스쿠더모어 씨는 단순하고 순진한 성격이었는데, 뉴잉글랜드 출신이라는 점 때문에 더욱 신망을 얻고 있었다. 미국의 한 지방인 뉴잉글랜드는 엄밀히 말해서 그런 성품을 가진 사람들이 있을 만한 곳으로 알려진 지역은 아니었기 때문이다. 그는 굉장히 부유했지만 작은 수첩에 자신의 모든 지출 내역을 꼼꼼히 기록했고, 라탱 지구에 위치한, 집기를 갖춘 호텔의 7층 방에 묵으면서 파리의 매력을 연구할 참이었다. 근검절약하는 습관이 몸에 밴 그는 주로 수줍음과 젊음에 더해진 선한 성품 때문에 친구들 사이에서 돋보였다.

　그의 옆방에는 대단히 매력적인 외모에 아주 우아하게 몸단장을 한 여성이 살고 있었는데, 처음 그곳에 도착했을 때 그는 이 여성이 백작 부인인 줄로만 알았다. 머지않아, 그녀가 제피린 부인으로 불린다는 것과 그녀의 신분이 어떻든 간에 백작 부인은 아니라는 것을 알게 되었다. 제피린 부인은

3　19세기에 유행한 여성용 큰 여행 트렁크.

미국인 청년을 유혹하려는 속셈이었는지 한껏 맵시를 뽐낸 치장을 하고, 계단에서 그와 마주칠 때면 정중히 인사를 하며 안부를 묻고는 까만 눈동자로 혼절시킬 듯 쳐다보다가 아주 어여쁜 발과 발목을 드러내 보이며 와삭와삭 비단 옷자락 스치는 소리와 함께 사라지곤 했다. 하지만 스쿠더모어 씨는 그녀의 이런 유혹에 용기를 얻기는커녕 의기소침해질 대로 의기소침해졌고 너무나 부끄러워 어쩔 줄을 몰랐다. 그녀는 몇 번이나 그를 찾아와서 등불을 빌려 달라거나 자신의 푸들 강아지가 뭔가를 훔쳐간 것 같다며 사과를 하곤 했다. 하지만 청년은 그처럼 매혹적인 여성의 면전에선 입을 제대로 열지도 못하고, 당장에 프랑스 말을 까맣게 잊어버리곤 그녀가 갈 때까지 제대로 쳐다보지도 못하며 더듬거리기 일쑤였다. 이처럼 그는 그녀와 제대로 된 교제도 시작하지 못하고 있었지만, 몇몇 꺼릴 것 없는 친구들하고 있을 때면 한껏 마음이 달떠 여자들에게 은근히 추파를 던지기도 했다.

청년이 묵는 호텔엔 한 층에 방이 세 개씩 있었는데, 그의 옆방에는 평판이 좀 의심스러운 늙은 영국인 내과 의사가 묵고 있었다. 노엘 박사라는 이름의 이 의사는 한때 런던에서 의료 사업을 크게 벌여 나날이 번창했는데, 어느 순간 그곳을 떠날 수밖에 없게 됐다. 그가 무대를 옮긴 주된 이유는 경찰 때문이었던 것 같다. 적어도 젊었을 때에는 꽤나 잘 나가던 의사였지만, 이제는 라탱 지구에서 아주 검소하고 고독하게 살아가며 대부분의 시간을 연구에만 몰두하고 있었다.

스쿠더모어 씨와 노엘 박사는 서로 안면을 튼 이후로 가끔 함께 길 건너 레스토랑에 가서 간소한 식사를 하곤 했다.

사일러스 Q. 스쿠더모어 씨는 그리 흉하지 않은 작은 비행을 일삼곤 했다. 예민한 성격의 그는 비행을 자제하지 못하고 좀 수상쩍은 다양한 방법으로 탐닉하곤 했다. 그의 가장 특이한 기벽 중 하나는 호기심이었다. 그는 천성적으로 뒷공론을 좋아했고, 타인의 삶, 특히 자기가 경험해 보지 못한 삶에 대단한 호기심을 보였다. 그는 집요하고 분별없이 캐묻기를 좋아하는 사람이었다. 뻔뻔스럽게 해대는 그의 질문을 누구도 말릴 수 없었다. 또한 편지를 부치러 우체국에 갈 때면 손으로 편지의 무게를 재보고 앞뒤로 꼼꼼히 살펴보고 주소를 주의 깊게 검토하는 모습을 보이기도 했다. 그리고 언젠가 자기 방과 제피린 부인 방 사이의 벽에 난 틈을 발견했을 때는 그것을 메우지 않고 오히려 더 크게 구멍을 파내 옆방을 훔쳐보기까지 했다.

3월 말의 어느 날, 그는 갈수록 커지는 호기심을 억누르지 못하고 옆방의 다른 쪽까지도 엿볼 수 있도록 구멍을 좀 더 크게 파냈다. 그날 밤 그는 평소처럼 제피린 부인의 행동을 훔쳐보려고 방으로 들어갔다가 구멍이 반대쪽에서 이상하게 막힌 것을 발견하고는 깜짝 놀랐다. 더욱이 구멍을 막고 있던 장애물이 갑자기 치워지면서 킥킥거리는 웃음소리가 들려왔을 땐 너무나 당황스러워 어쩔 줄 몰랐다. 분명 회반죽 부스러기가 떨어져 비밀 구멍이 탄로 났을 것이고, 옆방 사람은 똑같이 대갚음을 했을 것이다. 스쿠더모어 씨는 곧 무척 짜증이 났다. 그는 제피린 부인을 맹렬히 탓하고, 심지어 자기 자신을 한했다. 하지만 다음 날이 되자 그는 제피린 부인에게 자신의 즐거운 오락을 방해하려는 의도가 없음을 알게 됐다. 그녀가 더 이상 그 비밀 구멍에 대해 신경을 쓰지 않았기에 그는 자신의 헛된 호기심을 계속해서 만족시킬 수 있었다.

다음 날인 그날에 큰 키에 몸이 축 처진, 쉰 살 남짓 되어 보이는 한 남자가 제피린 부인을 찾아와 오랫동안 있었다. 전에는 한 번도 본 적이 없는 남자였다. 그는 색깔 있는 와이셔츠에 트위드 양복을 입었고, 구레나룻을 덥수룩하게 기른 것으로 보아 영국인 같았다. 그의 멀건 회색 눈동자를 보는 순간 사일러스는 소름이 돋았다. 그 남자는 이야기하는 내내 입을 이리저리 일그러뜨리거나 빙빙 돌려 가며 낮은 목소리로 속삭였다. 뉴잉글랜드 출신 청년은 두 사람의 몸짓을 볼 때 그들이 적어도 한 번 이상 자기 방을 가리킨 것 같은 느낌을 받았다. 하지만 그가 최대한 주의를 집중한 끝에 명확히 알아들을 수 있었던 말은 영국 남자가 다소 목청을 높여 내뱉은 말뿐이었다. 그 말은 거부나 반대 의사에 대한 대꾸처럼 들렸다.

「난 그의 취향을 꼼꼼히 조사했어. 누차 말하지만, 내가 부탁할 수 있는 여자는 당신뿐이야.」

남자의 말에 대한 대답으로 제피린 부인은 한숨을 내쉬었다. 그 태도는 보아하니 절대적인 권위에 복종하는 사람처럼 완전히 체념한 듯했다.

그날 오후, 비밀 구멍은 결국 가려지고 말았다. 반대편에서 구멍 앞에 옷장을 끌어다 놓았던 것이다. 이런 불운이 영국 남자의 악의적인 제안 때문이라고 여기며 사일러스가 안타까워하고 있는데, 호텔 관리인이 그에게 여자의 필체로 보이는 편지 한 통을 가져다주었다. 편지는 프랑스어로 쓰여 있었는데 철자법도 맞지 않았고 서명도 없었다. 최대한 호의적인 말들만 골라 쓴 편지의 내용은 그날 밤 11시에 뷜리에 무도회장의 특정한 곳에서 이 미국인 청년과 만나고 싶다는 것이었다. 그의 마음속에서 호기심과 소심함이 오랫동안 다투었다. 때로는 성인군자가 이겼고, 때로는 정열에 불타는 용감한 사나이가 이겼다. 결국 사일러스 Q. 스쿠더모어 씨는 더할 나위 없이 근사하게 차려입고 10시 훨씬 전에 뷜리에 무도회장 앞에 모습을 드러냈다. 그는 왠지 끌리는 무모한 장난 같다고 생각하며 입장료를 지불했다.

한창 여흥을 즐길 때라 무도회장은 많은 사람들로 붐벼 몹시 시끄러웠다. 우리의 젊은 모험가는 환한 불빛과 많은 사람들 때문에 처음에는 조금 부끄러웠지만, 일종의 도취감이 두뇌를 휘어잡자 그 어느 때보다도 사나이다운 용기가 생겼다. 악마와도 맞설 준비가 되어 있는 기분이 들었던 그는 마치 기사처럼 으스대며 무도회장을 활보했다. 그렇게 걷고 있는데 제피린 부인과 영국 남자가 눈에 들어왔다. 그들은 기둥 뒤에서 뭔가 의논하고 있는 것 같았다. 그는 당장 고양이처럼 다가가 엿듣고 싶은 마음에 사로잡혔다. 그는 두 사람의 목소리를 들을 수 있는 지점까지 살금살금 다가

갔다.

「저 남자야.」 영국 남자의 목소리였다. 「저기, 초록색 옷을 입은 여자와 말하고 있는 긴 금발 머리 남자.」

사일러스는 영국 남자가 가리키는 사람이 키는 작지만 아주 잘생긴 젊은이라는 것을 눈치챘다.

제피린 부인이 말했다. 「좋아요. 최선을 다해 보죠. 하지만, 잊지 마요. 이런 일은 아무리 최선을 다해도 반드시 성공하리라는 보장은 할 수 없다는 것을요.」

그녀의 동료가 대답했다. 「쯧쯧! 결과는 내가 책임지지. 30명 중에 당신을 뽑은 게 나이니, 그래야 하지 않겠나? 자, 가봐. 하지만 왕자를 조심해. 오늘 밤 저자가 무슨 빌어먹을 일때문에 여기 나타났는지 모르겠군. 학생과 점원 들로 북새통을 이루는 이곳보다 훨씬 나은 무도회장이 파리에 숱하게 있을 텐데 말이야! 저 앉아 있는 품을 좀 보라고. 여가를 즐기러 온 왕자라기보다는 궁전에서 군림하는 황제 같잖아!」

사일러스는 이번에도 운이 좋았다. 풍채 좋고 대단히 잘생긴 외모에 아주 품위 있고 정중한 태도를 보이는 한 남자를 알아볼 수 있었던 것이다. 그 남자는 몇 살 어려 보이는 잘생긴 청년과 함께 앉아 대화를 나누고 있었는데, 청년은 상대에게 지극히 공손하게 말을 했다. 공화국 출신의 사일러스에겐 왕자라는 칭호가 기분 좋게 들렸고, 그런 칭호를 가진 사람이 흔히 그렇듯이 외모도 매혹적으로 느껴졌다. 사일러스는 서로에게 신경을 쓰고 있던 제피린 부인과 영국 남자 곁을 떠나 삼삼오오 모여 있는 사람들 사이를 헤치고 왕자와 그의 친구가 자리 잡은 테이블로 다가갔다.

「제럴딘.」 왕자가 말했다. 「이런 행동은 정말 미친 짓이야. 자넨 동생에게 이런 위험한 일을 맡겨 달라 자청했어(내 어찌 그걸 잊겠나). 그러니 자네에겐 동생의 행동을 빈틈없이 주시할 의무가 있어. 자네 동생은 파리에서 이렇게 여러 날을 지체하는 데 찬성했지만, 처치해야 할 인간이 어떤 놈인지 생각하면 경솔한 짓이었어. 이제 48시간 안에 출발해야 하고 이삼 일 안에 중대한 일을 실행에 옮겨야 할 상황인데, 이런 곳에서 시간을 축내서야 되겠나? 연습장에서 실습을 하고, 잠을 충분히 푹 자고, 적당한 도보 운동을 하고, 엄격히 식이요법을 하고, 백포도주나 브랜디는 삼가야 해. 그 개자식이 우리 모두 바보짓을 하고 있다고 생각하는 거 아냐? 제럴딘, 지금 정말 심각한 상황이라고.」

「제 동생은 제가 잘 압니다.」 제럴딘 대령이 대답했다. 「간섭하실 필요도, 걱정하실 필요도 없습니다. 녀석은 왕자님께서 생각하시는 것보다 훨씬 조심성이 있고 의지가 강한 아이입니다. 회장 놈이 여자였다면 이렇게 말씀드릴 수 없었을 테지만, 그 회장 놈 정도야 제 동생과 신하 두 명에게 맡겨도 걱정될 게 전혀 없습니다.」

「자네가 그렇게 말하니 기쁘지만, 그래도 마음이 놓이질 않아.」 왕자가 말했다. 「신하들은 잘 훈련된 수사관들이긴 하지만, 그 사악한 놈이 벌써 세 번이나 감시를 교묘히 피해 몇 시간이나 혼자서 시간을 보내지 않았는가? 그때 놈은 위험한 짓을 했을 거야. 아마추어라면 불시에 사고로 그놈을 놓칠 수도 있겠지. 하지만 놈이 루돌프와 제롬을 따돌렸다는 건 어떤 의도가 있는 게 분명해. 남을 속일 만큼 머리도 좋고 비상한 재주도 많은 놈이잖아.」

「이제 그놈을 처리하는 일은 저와 제 동생 사이의 문제라고 생각합니다.」 제럴딘이 기분이 좀 상한 기색이 묻어나는 말투로 말했다.

「제럴딘 대령, 내가 그렇게 하도록 허락한 거잖아. 자넨 그 이유 때문에라도 내 충고를 좀 더 성심껏 받아들여야 할 거야. 하지만 이제 그만두기로 하지.」 왕자가 대답했다. 「음, 저기 노란 옷 입은 소녀, 춤을 정말 잘 추는군.」

이제 대화 내용은 한창 축제 분위기인 파리의 무도회장에 걸맞은 일상적인 화제로 바뀌었다.

사일러스는 자신이 지금 어디에 있는지 떠올렸고, 약속 장소로 가야 할 시간이 코앞에 닥쳤음을 깨달았다. 생각하면 할수록 앞으로 일어날 듯한 일이 마음에 들지 않았다. 바로 그때 사람들이 갑자기 문 쪽으로 그를 떠미는 바람에 그는 인파에 실려서 아무런 저항 없이 그대로 밀려갔다. 한참 밀려가다 회랑 아래 한쪽 구석에서 꼼짝 못 하는 신세가 됐을 때 곧 제피린 부인의 목소리가 귀청을 때렸다. 그녀는 30분 전쯤에 낯선 영국인이 가리켰던 금발의 젊은이와 프랑스어로 대화를 나누고 있었다.

「실은 제가 어려운 상황에 있어요.」 그녀가 말했다. 「사정이 이렇지 않으면 제 마음 내키는 대로 뭐든 할 수 있을 텐데요. 하지만, 당신이 그렇게만 말하면 수위는 군소리 없이 당신을 들여보내 줄 거예요.」

「그런데 왜 그렇게 빚 얘기를 하시는 거죠?」 상대방 남자
가 불만 섞인 목소리로 말했다.

「어머! 제가 묵고 있는 호텔이 어떤지 모르는 줄 아세요?」
그녀가 말했다.

그녀는 곧 상대의 팔에 다정스럽게 팔짱을 끼고 지나갔다.

사일러스는 그 모습을 지켜보며 자신도 곧 그렇게 될 거
라고 생각했다.

〈이제 10분만 있으면, 나도 저렇게 아름다운 여자와, 훨씬
더 멋지게 차려입은 여성과 걸을 수 있을 거야. 그녀는 어쩌
면 진짜 귀부인, 백작 부인일지도 몰라.〉

하지만 철자가 틀렸던 편지가 떠올라 좀 기운이 빠졌다.

〈아마 하녀가 대신 쓴 걸 거야.〉 그는 이렇게 상상했다.

괘종시계를 보니 약속 시간이 몇 분밖에 남지 않았다. 시
간이 점점 더 가까워질수록 심장은 이상하고 불쾌하게 마구
뛰었다. 꼭 약속 장소에 가야만 하는 것은 아니라고 편안히
생각해 보기도 했다. 용기와 소심함이 공존했다. 그는 다시
한 번 문 쪽으로 다가갔다. 하지만 이번에는 자신의 의지대
로, 이제 반대 방향으로 움직이는 사람들의 물결을 헤치고
그쪽으로 향했다. 어쩌면 그는 이처럼 오랫동안 사람들의
물결에 맞서 움직이느라 지쳤을지도 모른다. 아니, 어쩌면
몇 분 동안 그저 똑같은 결심을 반복적으로 되뇌다 보니 반
대로 행동하고 싶다거나 다른 결심을 하려는 심리 상태에
빠졌을지도 모른다. 어쨌든 그는 세 번이나 주위를 빙빙 돌

다가 약속 장소로부터 몇 야드 떨어진 곳에서 몸을 숨길 만한 장소를 발견하고야 걸음을 멈췄다.

그곳에서 그는 정신적으로 너무 고통스러웠던지 하느님께 도와 달라고 여러 번 기도를 드렸다. 사실 사일러스는 독실한 기독교 교육을 받은 사람이었다. 그는 이제 익명의 여인을 만나고 싶은 생각이 싹 가셨다. 다만 남자답지 못한 짓을 하는 게 아닐까 하는 우둔한 두려움에 도망가지 못하고 있을 뿐이었다. 하지만 이 두려움이 다른 모든 동기를 억누를 만큼 강력했다. 이 때문에 그는 앞으로 나서기로 마음을 정하지도, 그렇다고 그 자리에서 단호히 도망치지도 못했다. 괘종시계를 보니, 마침내 약속 시간이 10분이나 지났다. 이때서야 젊은 스쿠더모어 씨는 웬일인지 용기가 나기 시작했다. 한쪽 구석을 살펴보았지만 약속 장소에는 아무도 보이지 않았다. 필시 익명의 편지를 보낸 사람은 기다리다 지쳐 가버렸을 것이다. 그는 좀 전에 겁을 냈던 것만큼이나 대담해졌다. 늦었더라도 약속 장소에 왔다면 겁쟁이라는 비난은 피할 수 있을 듯싶었다. 아니, 이제는 누군가의 짓궂은 장난이 아닐까 하는 의심이 들기 시작했다. 그러자 자신에게 장난을 친 사람을 의심하여 속아 넘어가지 않은 자신의 통찰력이 뿌듯했다. 어린 청년의 마음이란 이처럼 쭉정이 같은 것이다!

이처럼 여러 생각에 빠져서, 그는 숨었던 구석에서 대담하게 걸어 나왔다. 하지만 채 두세 걸음도 걷기 전에 누군가의 손이 그의 팔을 붙잡았다. 뒤돌아보았더니 한 여자가 서 있었다. 아주 큰 덩치에 다소 위엄 있어 보였지만, 엄격한 기색은 엿보이지 않는 여자였다.

「숙녀를 이렇게 기다리게 하는 걸 보니 아주 자신만만한 바람둥이인가 보죠.」 그녀가 말했다. 「하지만, 전 당신을 만나기로 했어요. 여자가 자신을 버리면서까지 먼저 만나자고 할 땐 사소한 자존심 따위는 진작 버린 거니까요.」

사일러스는 편지를 보낸 여자가 갑자기 모습을 드러낸 데다 몸매가 대단히 아름답고 무척이나 매력적인 여성이었기에 정신이 아찔했다. 그러나 그녀가 곧 그를 안심시켰다. 그녀는 아주 싹싹하고 다정다감하게 행동했다. 그가 농담을 하도록 잘 유도하고는 그의 말을 극구 칭찬했다. 아주 짧은 시간이었지만 그는 그녀가 부리는 온갖 아양과 잔뜩 권하는 독한 브랜디에 취하고 말았다. 그렇게 그녀의 유혹에 넘어가는 바람에 그는 그녀에게 홀딱 반했을 뿐만 아니라 자신의 애정을 열렬히 털어놓기까지 했다.

여자가 말했다. 「아아! 그렇게 말씀해 주시니 무척 기쁘지만, 이 순간을 마냥 즐거워해도 되는 건지 어떤지 모르겠어요. 실은 전 지금까지 혼자 고생해 왔어요. 이제는 가엾은 청춘인 당신과 둘이 고생해야 되겠지요. 저는 자유로운 몸이 아니에요. 그래서 감히 당신을 집에 초대하지 못하는 거예요. 저를 감시하는 질투의 눈들이 있거든요. 그러니까,」 그녀가 덧붙였다. 「저는 당신보다 훨씬 약하지만, 나이는 더 많아요. 당신의 용기와 결단을 믿지만, 우리 둘을 위해 제가 살아오면서 얻은 지혜를 발휘해야겠어요. 어디에 사시죠?」

그는 집기를 갖춘 호텔에서 묵고 있다고 말하고는 호텔이 위치한 거리와 방 번호를 알려 주었다.

그녀가 잠시 골똘히 생각에 잠긴 듯 심각한 표정을 지었다.

「알겠어요.」 마침내 그녀가 말문을 열었다. 「저를 믿고 제 뜻을 따라 주실 거죠? 그렇죠?」

사일러스는 그녀를 믿고 따르겠다고 다짐했다.

그녀가 용기를 주듯이 미소를 지으며 말을 이었다. 「그럼, 내일 밤은 내내 집에 있어야 해요. 혹시 친구가 찾아오면 어떤 핑계든 대서 즉시 돌려보내세요. 문은 10시쯤에 잠그나요?」 그녀가 물었다.

「11시에 잠급니다.」 사일러스가 대답했다.

「그럼, 11시 15분에 집을 나오세요.」 그녀가 말을 계속했다. 「문을 열어 달라고만 소리치고 수위와는 한 마디 말도 하지 마세요. 수위와 말했다가는 모든 게 수포로 돌아가니까요. 호텔에서 나오면 룩셈부르크 공원과 대로가 만나는 모퉁이까지 곧장 와요. 제가 그곳에서 기다리고 있을 테니까요. 처음부터 끝까지 제 말대로 따라 주실 거라 믿어요. 그리고 명심할 게 있어요. 단 하나라도 제 말대로 하지 않으면, 당신을 만나 사랑에 빠진 잘못밖에 없는 한 여자가 당신의 실수 때문에 아주 위험한 곤경에 처하게 될 거라는 사실이죠.」

「무슨 이유로 그렇게 하라는 건지 모르겠군요.」 사일러스가 말했다.

「벌써부터 저를 주인이 노예 다루듯 하시네요.」 그녀가 부채로 그의 팔뚝을 톡 치면서 큰 소리로 말했다. 「참아요, 참아! 곧 그렇게 될 테니까요. 여자는 처음에는 복종시키기를 좋아하는 법이에요. 나중에야 복종하는 걸 좋아하게 되지요. 그러니 지금은 제발 제가 시키는 대로 하세요. 안 그러면 아무것도 응할 수 없어요. 아하, 이제 생각났어요.」 드디어 뭔가 어려운 문제를 해결할 묘안을 생각해 낸 사람처럼 그녀가 말을 이었다. 「성가신 방문객을 쫓아낼 더 좋은 수가 생각났어요. 그날 밤, 빚을 받으러 오는 사람 말고는 누구도 들여보내지 말라고 수위에게 일러 두세요. 누구도 만나고 싶지 않은 듯한 표정을 지으며 그렇게 말하면 수위는 당신 말을 그대로 따를 거예요.」

「방문객을 들이지 않는 일 따위는 제게 맡겨도 될 텐데요.」 그가 좀 언짢은 기색을 보이며 말했다.

「미리 대비해 두는 게 좋을 것 같아서 그래요.」 그녀가 냉담하게 대답했다. 「난 당신네 남자들을 잘 알아요. 남자들은 여자의 위신 따위는 전혀 생각하지 않죠.」

사일러스는 얼굴을 붉히며 고개를 좀 숙였다. 지인들 앞에서 허세를 부려 볼까 생각하고 있었기 때문이었다.

그녀가 말을 이었다. 「무엇보다도, 호텔에서 나올 때 수위에게 말을 해서는 안 돼요.」

「왜요?」 그가 말했다. 「내 생각엔, 당신이 시키는 일은 전부 중요하지 않은 것 같은데요.」

「누군가의 현명한 행동을 의심해 본 적이 있을 거예요. 나중에는 그것이 꼭 필요한 행동이었다는 걸 아셨을 테지만

요.」그녀가 대답했다. 「저를 믿으세요. 이것도 꼭 필요한 일이니까요. 곧 알게 될 거예요. 처음 만나 이 정도 사소한 일도 해주지 못하신다면, 제가 당신의 사랑을 뭐라 생각해야 하죠?」

사일러스는 매우 당혹스러워하며, 변명하고 사과했다. 그러는 사이 그녀는 괘종시계를 쳐다보더니 막 입 밖으로 나오려는 비명을 억누르며 손뼉을 쳤다.

「어머!」그녀가 소리쳤다. 「시간이 벌써 이렇게 됐나요? 잠시 쉴 틈도 없어요. 아아! 우리 여자들은 정말 불쌍해요. 노예가 따로 없다니까요! 벌써 당신을 위해 얼마나 많은 위험을 감수했는지!」

그녀는 교묘하게 어르기도 하고 요염한 표정을 짓기도 하면서 자신의 지시 사항을 반복해서 들려준 후에 작별을 고하고는 사람들 사이로 사라졌다.

다음 날 사일러스는 하루 종일 우쭐한 기분으로 보냈다. 그는 익명의 여인이 백작 부인이라고 확신했다. 밤이 되자 그녀가 시킨 일을 하나하나 그대로 따르고는 약속한 시간에 맞추어 룩셈부르크 공원의 모퉁이로 갔다. 그곳에는 아무도 없었다. 그는 지나가는 사람들이나 그 근처를 어슬렁거리는 사람들의 얼굴을 일일이 확인하며 거의 30분을 기다렸다. 대로와 인접한 모퉁이까지 가보기도 하고 공원 난간 울타리를 빙 돌아보기도 했다. 하지만 그의 품 안으로 달려드는 아름다운 백작 부인은 없었다. 마침내 마지못해 발길을 돌려 호텔로 향했다. 돌아오는 중에 제피린 부인과 금발 청년 사이에 오간 말들이 생각났다. 그러자 왠지 알 수 없는 불안감이 엄습했다.

〈내가 묵는 호텔 수위에겐 누구든지 거짓말을 해야 하나 보군.〉 그는 이렇게 생각했다.

초인종을 울렸더니 문이 열리고 수위가 그에게 등불을 주려고 잠옷 차림으로 나왔다.

「그분은 가셨나요?」 수위가 물었다.

「그분이라니? 누구를 말하는 거요?」 사일러스는 크게 낙담해 있던 터라 다소 퉁명스럽게 물었다.

「그분이 나가는 건 보지 못했지만, 그분에게 돈을 갚으셨으리라 믿습니다. 실은 저희 호텔에선 빚진 사람은 손님으로 받지 않거든요.」

「도대체 무슨 말을 하는 거요?」 사일러스가 거칠게 물었다. 「그렇게 두서없이 말하니 무슨 말인지 모르겠소.」

「빚을 받으러 온 작은 체구의 금발 청년 말입니다.」 수위가 대답했다. 「바로 그 사람을 말하는 겁니다. 빚을 받으러 온 사람 말고는 아무도 들여보내지 말라고 하셨잖습니까? 그러니 그 사람 말고 다른 누구를 말하겠습니까?」

「젠장, 무슨 소리를 하는 거요? 그런 사람이 찾아올 리가 없소.」 사일러스가 반박했다.

「틀림없다니까요.」 아주 짓궂게 혀끝으로 한쪽 뺨을 불룩하게 만들며 수위가 대답했다.

「건방진 놈.」 사일러스가 버럭 소리를 질렀다. 그렇게 말해 놓고는 갑자기 엉뚱한 사람에게 화를 냈다는 생각이 들었다. 또한 여러 가지 불안한 생각이 뇌리를 스치자, 당황하며 얼른 뒤돌아 계단을 뛰어 올라갔다.

「등불은 필요 없습니까?」 수위가 외쳤다.

하지만 사일러스는 더 빨리 걸음을 재촉해 단숨에 7층까지 뛰어 올라가 자기 방문 앞에 섰다. 아주 불길한 예감에 방 안으로 들어가길 주저하며 잠시 숨을 돌렸다.

마침내 방으로 들어갔을 때, 방 안이 어둡고 인기척이 없는 것을 확인하고서야 비로소 안심이 되었다. 그는 길게 한숨을 내쉬었다. 무사히 집에 돌아왔다 싶었다. 이런 바보 같은 짓은 처음이자 마지막일 터이다. 침대 옆 작은 탁자 위에 성냥이 놓여 있었기에 그는 더듬거리며 그쪽으로 갔다. 그렇게 몸을 움직이자, 다시 불안감이 스멀거렸다. 순간 발에 뭔가가 걸렸다. 깜짝 놀랐지만 그게 의자라는 걸 알고 마음이 놓였다. 마침내 그의 손에 커튼이 닿았다. 어렴풋이 보이는 창문 위치로 보아 자신이 침대 발치에 와 있다는 것을 알 수 있었다. 성냥이 놓여 있는 침대 옆 탁자까지 가려면 침대를 끼고 가면 됐다.

그는 손을 내렸다. 하지만 손에 닿은 것은 침대보만이 아니었다. 침대보 밑에 뭔가가 있었다. 얼핏 느껴지는 게 사람 다리 같았다. 순간 사일러스는 질겁하며 팔을 움츠렸다.

〈이건 뭐지, 뭐지?〉 그는 생각했다.

그는 귀를 기울여 보았지만, 숨소리는 들리지 않았다. 다시 한 번, 온 힘을 다해 손가락 끝을 방금 닿았던 곳으로 슬며시 내밀었다. 하지만 이번엔 너무나 무서워서 뒤로 한 발짝 껑충 뛰고는 그대로 선 채 부들부들 떨었다. 침대에 뭔가가 있었다. 정체가 뭔지는 알 수 없었지만 그곳에 뭔가가 있는 건 분명했다.

그는 몇 초가 지나서야 몸을 움직일 수 있었다. 본능적으로 얼른 성냥을 집어 들고 침대를 등지고서 성냥을 켠 다음 양초에 불을 붙였다. 양초에 불이 붙자마자, 그는 천천히 뒤돌아서 보기 두려웠던 것을 쳐다보았다. 아니나 다를까, 상상하기조차 끔찍한 최악의 것이 그곳에 현실로 나타나 있었다. 누군가 침대보를 베개 위까지 조심스럽게 끌어 올려놓았지만, 침대보 아래에 꼼짝 않고 누워 있는 사람 몸뚱이의 윤곽을 쉽게 알아볼 수 있었다. 그는 앞으로 달려가 침대보를 걷어냈다. 그의 눈앞에 있는 시체는 전날 밤 뷜리에 무도회장에서 보았던 금발 청년이었다. 눈은 뜨고 있었지만 생기가 없었고, 부풀어 오른 얼굴은 거무죽죽했다. 그리고 양 콧구멍에선 가는 핏줄기가 조금씩 흘러나오고 있었다.

사일러스는 떨리는 목소리로 비명을 길게 토해 냈다. 그러곤 양초를 떨어뜨리며 침대 옆에 풀썩 주저앉아 버렸다.

사일러스는 난데없이 눈앞에 벌어진 끔찍한 광경에 정신이 마비되고 말았다. 누군가 오랫동안 조심스럽게 문을 두드리는 소리를 알아차리고는 정신이 번쩍 뜨였다. 그리고 몇 초가 지나서야 자신이 어떤 상황에 처했는지 깨달았다. 아무도 들어오지 못하도록 하기 위해 서둘렀지만, 이미 때는 늦었다. 길쭉한 나이트캡을 쓴 노엘 박사가 램프를 든 채 서 있었다. 손에 든 램프 빛에 비친 그의 길쭉한 얼굴은 창백했다.

그는 옆 걸음으로 움직이며 천천히 문을 밀어 열고는 새처럼 고개를 쳐든 채 사일러스를 빤히 쳐다보며 방 한가운데로 들어왔다.

「비명이 들린 것 같은데.」 의사가 말했다. 「자네, 어디가 아픈 게 아닌가 걱정되어 주저하지 않고 이렇게 찾아왔네.」

무섭게 심장이 고동치고 있던 사일러스는 붉게 상기된 얼굴로 의사와 침대 사이에 서 있었다. 하지만 아무런 대답도 하지 못했다.

「너무 어둡게 하고 있군그래.」 의사가 말을 이었다. 「아직 잠자리에 들 준비도 하지 않았으면서. 자네, 내 눈은 쉽게 못 속일걸. 자네 얼굴에 친구나 의사가 필요하다고 쓰여 있어. 어느 쪽이 좋겠나? 우선 맥박을 좀 재보세. 흔히 맥박으로 심장 상태가 어떤지 알 수 있거든.」

박사는 뒤로 물러서는 사일러스에게 다가가 그의 손목을 붙잡으려 했다. 하지만 억지로 참느라 긴장할 대로 긴장했던 미국인 청년은 거센 몸짓으로 박사를 피하고는 바닥에 풀썩 주저앉아 와락 눈물을 쏟았다.

노엘 박사는 침대 위에 누워 있는 죽은 남자를 보자마자 얼굴빛이 어두워졌다. 그는 방금 자신이 들어오며 열어 둔 문으로 황급히 돌아가 재빨리 닫고는 자물쇠를 이중으로 채웠다.

「일어나게!」 박사가 비난조로 사일러스에게 소리쳤다. 「지금 울고 있을 때가 아니야. 대체 무슨 짓을 한 거야? 어떻게 이 시체가 자네 방에 있는 거지? 내 도와주려는 거니 솔직히 말하게. 혹여 내가 자네를 파멸시킬 거라고 생각하나? 이 따위 죽은 고깃덩어리가 자네 베개 위에 있다고 해서 자네를 좋아하는 내 마음이 조금이라도 바뀔 것 같은가? 이보게, 젊은 친구, 속고만 살았는지 모르겠지만, 맹목적이고 부조리한 법의 관점에선 끔찍한 짓으로 보이는 행동도 그런 행동을 한 사람을 사랑하는 사람의 눈엔 결코 그렇게 보이지 않는다네. 진정한 친구가 피바다에서 나와 내게 오는 걸 봤다고 해도, 친구에 대한 나의 애정은 조금도 변하지 않을 거야. 자, 어서 일어나게. 선과 악은 상상 속의 괴물인 키메라와 같은 거야. 사람 살아가는 데 있어 모든 게 운명이지. 자네가 어떤 상황에 처해 있든, 자네 편에서 마지막까지 자네를 도와줄 사람은 있기 마련이네.」

박사의 말에 용기를 얻은 사일러스는 정신을 차리고는 박사가 묻는 질문에 의지하여, 목이 멘 목소리로 어찌된 일인지 여러 사실들을 그럭저럭 이야기할 수 있었다. 하지만 왕자와 제럴딘 사이에 오고 간 대화는 전부 생략했다. 그로서는 그들의 대화 내용에 어떤 뜻이 있는지 전혀 알 수 없었고, 자신의 불행한 상황과는 아무런 관련이 없겠거니 생각했기 때문이었다.

「아아!」 노엘 박사가 소리쳤다. 「내가 주제넘게 아는 체하는 게 아니라면 자넨 순진하게도 유럽에서 가장 위험한 일당에게 걸려든 것 같군. 불쌍한 친구, 자네 같은 순진한 젊은이가 이런 함정에 빠져 버리다니! 신중치 못하게 이 얼마나 무시무시한 사지의 위험에 빠졌단 말인가! 여보게, 자네가 두 번이나 봤다는 그 영국 남자, 술수가 보통이 아닌 놈 같은데, 어떻게 생긴 놈인지 설명해 줄 수 있나? 젊은 놈인가, 늙은 놈인가? 키 큰 놈인가, 작은 놈인가?」

호기심은 무척 많았지만 대상을 요모조모 뜯어 보고 머리에 담아 둘 수 있는 능력은 부족했던 사일러스가 알려 줄 수 있었던 것은 대략적인 인상뿐이어서, 그것만으로는 어떤 사람인지 알 수 없었다.

「그런 걸 내가 학교에서 알아봐야겠나!」 의사가 화를 내며 소리쳤다. 「원수의 생김새도 제대로 보지 못하고 제대로 기억하지 못한다면, 좋은 눈과 논리적인 말은 어디다 써먹으려 하는가? 유럽의 모든 악한 일당을 아는 내가 그놈의 정체를 밝히고 자네를 보호할 새 무기를 주겠네. 이 불쌍한 친구야, 앞으론 스스로를 보호하는 기술을 연마해야 해. 그게 정말 요긴하다는 걸 알게 될 걸세.」

「앞으로요!」 사일러스가 대답했다. 「앞으로 교수형을 당할 일 말고 제게 뭐가 남아 있겠어요?」

「젊었을 땐 겁이 많지.」 의사가 말했다. 「게다가 자기 눈엔 제 곤경이 실제보다 더 심각해 보이기 마련이고. 난 나이를 먹었지만, 결코 절망하지 않아.」

「이 일을 경찰에게 털어놔도 될까요?」

「절대 안 돼.」 박사가 대답했다. 「자네가 말려든 이 음모에 대해서 생각해 봤는데, 이 경우는 그런 식으로 해결하려고 해봐야 피만 볼 뿐이야. 경찰 당국의 좁은 시각으로는 자넨 영락없는 죄인이야. 우리가 알고 있는 것은 이 음모의 일부분뿐이라는 걸 명심하게. 이 음모를 꾸민 악당들은 틀림없이 경찰 수사를 대비해 많은 일들을 준비해 놓았을 거야. 그땐 무죄인 자네가 꼼짝없이 죄를 뒤집어쓰게 되겠지.」

「그럼 전 정말로 죽은 목숨이군요!」사일러스가 소리쳤다.

「난 그렇게는 말하지 않았네. 난 신중한 사람이야.」

「하지만, 이걸 보세요!」사일러스가 시체를 가리키며 항의조로 말했다. 「여기 제 침대 위에 있는 대상을 보라고요. 너무나 무서워서 뭐라 설명할 수도 없고, 처리할 수도 없고, 쳐다볼 수도 없는 이것을요.」

「무섭다고?」의사가 대답했다. 「무서울 것 없네. 이건 고장 난 시계와도 같은 거야. 수리 도구로 어디가 어떻게 고장났는지 알아내야 하는, 하나의 정교한 기계 장치에 불과한 것이지. 일단 피가 식어 흐르지 않으면, 그것은 더 이상 사람의 피가 아니네. 살이 죽으면, 더 이상 우리가 욕망하는 사랑하는 사람의 살이 아니야. 너무나도 깨끗하고 부드러워 감탄을 자아내던 친구의 살이 아니라고. 생명력 있는 영혼과 함께 우아함, 매력, 공포 따위는 모두 사라지는 거야. 태연히 쳐다보는 데 익숙해지도록 하게. 내가 생각한 계획을 실행하려면 자넨 앞으로 며칠간은 자네가 그토록 무서워하는 저것과 계속 붙어 지내야 하니 말일세.」

「박사님의 계획이라고요?」사일러스가 소리쳤다. 「어떤 계획인데요? 박사님, 빨리 얘기해 주세요. 더는 살아갈 용기조차 없어요.」

노엘 박사는 대답하지 않고 몸을 돌려 침대 쪽으로 다가

가서는 시체를 살펴보았다.

「죽은 게 분명하군.」 의사가 중얼거렸다. 「그래, 예상했던 대로 주머니는 비어 있군. 그래, 셔츠에서 이름도 잘라 냈어. 놈들, 철저하게 잘 처리했군그래. 다행히 체구는 작군.」

사일러스는 몹시 불안한 표정으로 박사의 말을 듣고 있었다. 마침내 박사는 검안을 마치고 의자에 앉더니 미소를 지으며 미국인 청년에게 말했다.

「자네 방 안에 들어온 이후로 내 귀와 혀는 몹시 바빴지만, 눈도 그냥 놀게 놔두지 않았네. 조금 전에 보니 저쪽 구석에 자네 나라 사람들이 세계 어디를 가든 가지고 다니는, 엄청나게 큰 사라토가 트렁크가 있더군. 지금까지 그 커다란 걸 어디에 쓸까 생각도 해보지 못했는데, 이제야 어렴풋이 알 것 같군. 노예 무역에 유용한 것인지, 아니면 보이 나이프[4]로 잡은 많은 사냥물을 감출 때 유용한 것인지 딱 부러지게 말할 순 없지만 한 가지는 분명히 알겠네. 저런 트렁크는 시체를 담는 데 유용하다는 걸.」

「농담이나 할 때가 아니에요.」 사일러스가 소리쳤다.

「좀 농담처럼 얘기했지만, 내 말에 담긴 뜻은 아주 중요하다네.」 박사가 대답했다. 「여보게, 젊은 친구. 우선 우리가 해야 할 일은 저 트렁크 내용물을 몽땅 비우는 거라네.」

사일러스는 노엘 박사의 권위에 복종하여 그의 지시를 따랐다. 그는 당장 사라토가 트렁크 안에 들어 있던 것을 전부 꺼냈다. 결국 방바닥에 상당한 양의 잡동사니가 쌓였다. 이

4 수렵용 긴 칼.

제 사일러스는 살해당한 남자의 발꿈치를 잡고 박사는 어깨를 받쳐 들고서 시체를 침대에서 끌어내려 어렵사리 반으로 접어 빈 트렁크 안에 집어넣었다. 두 사람은 힘을 모아 이 특별한 짐을 넣은 트렁크 뚜껑을 억지로 눌러 닫았다. 그러곤 박사가 직접 트렁크를 잠그고 끈으로 둘러 묶었다. 그사이에 사일러스는 트렁크 안에서 꺼낸 잡동사니를 벽장과 장롱 안의 상자 안에 넣어 두었다.

「이제 자네를 구하기 위한 첫발을 내디딘 걸세. 수위에게 빚진 돈이 있으면 전부 갚아. 그의 의심을 푸는 게 내일, 아니 오늘 자네가 해야 할 일이야. 일을 무사히 마무리짓기 위해 필요한 조치는 내게 맡기게. 그건 그렇고, 우선 안전하고 효과 좋은 진정제를 줄 테니 내 방으로 따라오게. 뭘 하든, 자넨 먼저 휴식을 취해야 하거든.」 박사가 말했다.

다음 날은 사일러스의 기억에 남을 가장 긴 하루였다. 절대 끝나지 않을 것 같은 하루였다. 그는 찾아온 친구들을 맞이하지 않았고, 침울한 생각에 잠긴 채 방구석에 앉아 사라토가 트렁크만 골똘히 쳐다보았다. 그가 앞서 저지른 경솔한 행동이 이제는 똑같이 앙갚음을 하고 있었다. 제피린 부인의 방을 훔쳐봤던 비밀 구멍이 다시 열렸던 것이다. 그녀의 방에서 누군가가 그 구멍으로 자신을 계속 훔쳐보고 있는 것만 같았다. 너무 괴로워서 결국 그는 자기 방 쪽에서 그 구멍을 막아 버렸다. 누군가에게 감시당할 위험에서 벗어난 후에 그는 오랫동안 회개의 눈물을 흘리며 기도했다.

늦은 밤, 노엘 박사가 주소가 쓰여 있지 않은 밀봉된 봉투

두 개를 들고 방으로 들어왔다. 하나는 조금 두툼했고, 다른 하나는 내용물이 없는지 얄팍했다.

테이블 앞에 앉으며 박사가 말했다. 「사일러스, 이제 자네를 구할 내 계획을 설명해 주겠네. 내일 아침 일찍 보헤미아의 플로리젤 왕자가 며칠간의 파리 축제 유람을 마치고 런던으로 돌아간다네. 오래전에 나는 운 좋게도 왕자의 거마 관리관인 제럴딘 대령에게 도움을 준 적이 있지. 내 직업상 흔한 일이었지만, 우리 두 사람 모두 결코 잊지 못할 일이었다네. 그 사람이 내게 신세진 일에 대해 설명할 필요는 없을 듯싶네. 다만 할 수만 있다면 기꺼이 나를 도와줄 인물이라고만 해두지. 이제, 자네는 트렁크를 잠근 채 런던으로 가져가야만 해. 그렇게 하려면 세관을 통과해야 하는데, 정말 어려운 일이지. 하지만 왕자와 같은 유력 인사의 짐은 예우로 세관원의 검사를 받지 않고 통과할 거야. 제럴딘 대령에게 부탁했더니 호의적인 답변을 해주더군. 내일, 6시 전까지 왕자가 묵고 있는 호텔로 가면 자네의 짐은 왕자의 짐에 끼어 세관을 통과하게 될 거야. 자넨 왕자를 모시는 수행단의 일행으로 여행을 하게 될 거고.」

「박사님의 말씀을 들으니 벌써 왕자와 제럴딘 대령을 만나 뵌 것 같아요. 실은 요전날 밤에 뷜리에 무도회장에서 어쩌다 두 분의 대화를 엿들은 적이 있어요.」

「그럴 만도 하지. 왕자는 각계각층의 사람들과 어울리는 걸 좋아하니.」 박사가 대답했다. 「일단 런던에 도착하면 자네의 일은 거의 끝날 거야. 이 두툼한 봉투에는 주소가 쓰여 있지 않은 편지를 넣어 두었다네. 하지만 다른 봉투에는 어떤 집 주소가 적힌 편지를 넣어 두었지. 자넨 트렁크와 함께 그걸 가지고 그 집으로 가야만 해. 그러면 그 집 사람이 자네 트렁크를 넘겨받을 것이고, 그것으로 자넨 더 이상 곤란을 겪지 않아도 될 걸세.」

「아아! 박사님의 말씀을 전부 믿고 싶지만, 그게 가능하겠습니까? 박사님께서는 잘될 거라고 말씀하시지만, 그렇게 가망 없는 해결책을 제가 어떻게 받아들일 수 있겠습니까? 정말 어쩔 생각이신지 좀 더 자세히, 이해할 수 있게 설명해 주세요.」 사일러스가 말했다.

의사가 고통스러운 듯 잔뜩 인상을 찌푸렸다.

「이보게. 지금 자네가 요구한 게 얼마나 어려운 일인지 자넨 모르네. 하지만, 그럴 수도 있지. 난 이젠 창피한 일 따위엔 단련된 몸이니. 게다가 이토록 많은 일을 도와주고 이제 와서 자네 부탁을 거절한다면 그것도 이상한 일일 테지. 그럼 들어 보게. 지금은 비록 소박하게 혼자 연구에만 몰두하며 조용히 지내고 있지만, 실은 난 젊었을 때 런던에서 가장 교활하고 위험한 사람들 무리에서 이름을 날렸던 몸일세. 겉보기엔 존경과 경외의 대상이었지만, 난 가장 은밀하고 끔찍한 범죄와 연루된 일들을 통해서 진정한 권력을 행사했네. 자네의 짐을 받을 사람도 한때 내 밑에서 일하던 친구들 중 한 사람이야. 그 시절 친구들은 다양한 나라 출신인 데다가 재주도 각양각색이었지만 모두 무서운 서약으로 맺어진 사람들로서 같은 목적을 위해 일을 했지. 이 무리들이 주로 하는 일이 살인이었어. 지금 자네에게 말하고 있는, 겉보기엔 선량해 보이는 내가 사실은 이 가공할 일당의 두목이었다네.」

「뭐라고요?」 사일러스가 소리쳤다. 「살인자라고요? 게다가 살인이 직업인 사람이라고요? 그런데도 내가 당신 도움을 받을 수 있겠습니까? 당신이 그런 사람이란 걸 알고도 어찌 당신의 도움을 받는단 말인가요? 흉악한 범죄자 노인네, 곤란한 지경에 빠진 어린 나를 공범자로 만들 속셈이오?」

의사가 쓴웃음을 지었다.

「스쿠더모어 씨, 당신 참 비위 맞추기 힘든 사람이야.」 박사가 말했다. 「그럼 두 가지 선택안을 주지. 살해당할 자와 살해하는 자, 둘 중 어느 편에 설 텐가. 만약 양심에 찔려 내 도움을 받지 못하겠다면, 그렇다고 말해. 그럼 당장 나갈 테니. 그러고 나면 당신은 당신 트렁크와 그 안에 들어 있는 걸 당신의 정직한 양심이 시키는 대로 잘 처분할 수 있을 테지.」

「잘못했습니다.」 사일러스가 대답했다. 「제가 박사님께 저의 무죄를 납득시키기도 전에 박사님이 기꺼이 저를 감싸 주셨다는 걸 잊지 말았어야 했는데 말입니다. 감사한 마음으로 박사님의 조언을 계속 듣겠습니다.」

「좋아. 자네, 이제야 경험을 통해 뭔가 좀 배우기 시작하는 것 같군.」

「그건 그렇고, 말씀하셨듯이 이런 비참한 일에 익숙하시고 제게 추천해 주신 사람들이 옛날 동료와 친구분들이시니, 박사님께서 직접 트렁크를 운반해 주시면 안 되겠습니까?

이 혐오스러운 것에서 당장 벗어나게 해주시면 안 되겠습니까?」 뉴잉글랜드 출신 젊은이가 말했다.

「자네에게 진심으로 감탄했네. 정말이야.」 박사가 대답했다. 「자네, 내가 자네 일에 관여한 게 아직도 충분치 않았다고 생각하는 모양이군. 내 생각은 자네 생각과는 다르니 도와주는 대로 받든지 말든지 알아서 하게. 그리고 더는 고맙다는 말로 날 귀찮게 하지 마. 난 자네 생각을 자네의 덜떨어진 머리, 그것보다도 훨씬 하찮게 여기고 있으니 말이야. 만일 앞으로 건강한 정신으로 오랜 세월 목숨을 부지할 수 있다면 자네는 이 모든 일을 달리 생각하며 오늘 밤의 자네 행동을 부끄럽게 여길 날이 올 거야.」

이렇게 말하고서 의자에서 일어난 박사는 지시 사항을 간단하고 분명하게 반복해서 이른 다음, 사일러스에게 대답할 여유도 주지 않고 후딱 방을 나가 버렸다.

다음 날 아침 사일러스는 의사가 알려 준 호텔로 찾아갔다. 그곳에서 제럴딘 대령의 환대를 받자, 이때부터 트렁크와 그 안에 있는 소름 끼치는 내용물에 대한 걱정은 당분간 잊을 수 있었다. 여행은 별 사고 없이 지나갔다. 비록 왕자의 짐이 이상하게 무겁다며 투덜거리는 선원들과 역무원들의 볼멘소리를 우연히 듣고 질겁하기도 했지만……. 사일러스는 기차 여행을 하는 중에 왕자의 시종들과 같은 객실을 썼다. 플로리젤 왕자가 거마 관리관과 단둘이 있고 싶어 했기 때문이었다. 하지만 기선에 탔을 때는 앞날에 대한 불안 때문에 우울한 표정으로 짐 더미만을 바라보며 서 있다가 왕자의 관심을 끌게 되었다.

「저 청년은 근심거리가 있는 모양이야.」사일러스를 지켜보고 있던 왕자가 입을 열었다.

「저 친구는 제가 전하의 수행원들과 함께 여행해도 좋다고 허락한 미국인입니다.」제럴딘이 대답했다.

「그러고 보니, 저 청년에게 미처 인사도 못 했구먼.」플로리젤 왕자는 이렇게 말하고, 사일러스에게 다가가 아주 세세하게 마음 쓴 겸손한 태도로 말했다. 「젊은 선생님, 제럴딘 대령을 통해 말씀 들었습니다. 선생님이 원하는 바를 만족시켜 드릴 수 있어 기쁘게 생각합니다. 앞으로도 언제든지 더 어려운 문제일지라도 부탁할 게 있으시다면 기꺼이 도와드리겠습니다.」

이처럼 인사말을 건넨 후에 왕자는 미국의 정치 상황에 대해서 몇 가지 질문을 했고, 사일러스는 사려 깊고 정중하게 대답했다.

「아직 젊으신데 너무 심각해 보이는군요. 젊은 나이답지 않게 말입니다. 중요한 연구에 너무 지나치게 몰두하고 계신 듯합니다. 음, 한데 제가 경솔하게 아픈 곳을 건드린 건 아닌지 모르겠군요.」왕자가 말했다.

「빤한 이유 때문에, 전 누구보다도 비참한 지경에 몰려 있습니다.」사일러스가 말했다. 「저처럼 아무 죄도 없는데 비참하게 속아서 이 지경이 된 사람은 없을 겁니다.」

「무슨 사연이 있는지는 묻지 않겠습니다.」플로리젤 왕자가 대답했다. 「하지만 제럴딘 대령의 추천서는 확실한 보증서라는 걸 잊지 마세요. 또한 저 역시도 기꺼이 도와드리리라는 걸, 누구보다도 더 잘 도와드리리라는 걸 잊지 마세요.」

이 유력 인사의 친절한 환대에 사일러스는 무척 흐뭇했다. 하지만 곧 다시 우울한 기분에 사로잡혔다. 왕자의 호의조차도 이 우울한 공화국 청년의 걱정거리를 없애 줄 수는 없기 때문이었다.

기차가 채링크로스 역에 도착했다. 그곳 세무서 직원들은 여느 때처럼 플로리젤 왕자의 짐을 소중히 다뤘다. 대단히 품격 있는 마차가 대기하고 있었다. 사일러스는 왕자의 시종들과 함께 마차를 타고 왕자의 저택으로 향했다. 그곳에 도착하자 제럴딘 대령이 미국인 청년을 찾아와 자신이 무척 존경하는 의사의 친구를 돕게 되어 대단히 기쁘다고 말했다.

「선생의 자기(瓷器)가 전혀 손상을 입지 않았기를 바랍니다.」 대령이 덧붙였다. 「왕자님의 물건이니 아주 조심해서 다루라는 특별 명령을 내렸습니다.」

대령은 이렇게 말하고는 젊은 신사가 마음 놓고 이용할 수 있게 마차 한 대를 준비해서 사라토가 트렁크를 실으라고 하인들에게 명령한 다음, 처리할 왕실 업무가 있어 이만 가봐야겠다면서 청년과 악수를 나누었다.

대령이 자리를 뜬 후, 사일러스는 주소가 적힌 편지가 들어 있는 봉투를 뜯었다. 그러곤 위엄 있어 보이는 마부에게 스트랜드 가 근처의 박스 골목으로 가라고 일렀다. 마부는 그곳을 잘 알고 있기라도 한 듯 깜짝 놀라며 다시 한 번 말해 달라고 부탁했다. 호화로운 마차를 타고 목적지로 가는 동안 사일러스는 불안감에 사로잡혀 있었다. 박스 골목의 입구는 너무 좁아 마차가 지나갈 수 없었던 것이다. 양쪽 끝에 기둥이 있고 그것과 연결된 양 난간 사이로 보도가 있었다. 한쪽 기둥에 앉아 있던 한 남자가 곧장 뛰어 내려와 마부와 가볍게 인사를 나눴다. 마부가 문을 열고는 사일러스에게 사라토가 트렁크를 내려야 할지, 몇 번지로 운반해야 할지 물었다.

「괜찮으시면, 3번지까지 옮겨 주십시오.」 사일러스가 말했다.

마부와 기둥에 앉아 있던 남자는 사일러스의 도움을 받고서도 아주 힘겹게 트렁크를 옮겼다. 미국인 청년은 트렁크가 문제의 집 문 앞에 놓이기도 전에 주변에 많은 사람들이 어슬렁거리며 자신들을 지켜보는 것을 발견하고 기겁했다. 하지만 최선을 다해 침착한 표정을 짓고는 문을 두드렸다. 그러곤 문을 연 사람에게 또 다른 봉투를 내밀었다.

「그분, 집에 안 계십니다.」 문을 연 사람이 말했다. 「하지만 편지를 남겨 두고 가셨다가 내일 일찍 다시 오시면 그분을 만나 뵐 수 있을지, 언제 만나 뵐 수 있을지 알려 드리겠습니다. 트렁크는 놓고 가시겠습니까?」

「그럼, 부탁드립니다.」 사일러스가 큰 소리로 말했다. 하지만 다음 순간, 자신의 경솔한 말을 후회하고는, 트렁크를 호텔로 가져가겠다고 이번에도 힘주어 말했다. 트렁크를 옮긴 다른 이들은 사일러스의 우유부단함을 비웃으며 그를 따라 마차로 돌아왔다. 부끄럽고 두려운 생각이 들었던 사일러스는 하인들에게 편안하고 조용한 여관으로 데려다 달라고 부탁했다.

왕자의 마차는 크레이븐 가에 있는 크레이븐 호텔에 도착했고, 사일러스를 숙소 직원들 곁에 혼자 남겨 둔 채 곧장 떠났다. 빈 방은 창문이 뒤뜰로 나 있는 5층의 작은 골방뿐이었다. 건장한 짐꾼 두 명이 계속 투덜거리며 사라토가 트렁크를 힘들여 그 골방으로 옮겼다. 말할 필요도 없이 사일러스는 그들 뒤에 바싹 붙어 뒤따라 계단을 오르며 모퉁이를 돌 때마다 조마조마하여 마음을 졸였다. 만일 계단 하나라도 헛디뎠다간 트렁크가 난간 너머 홀 바닥으로 떨어져 안에 들어 있는 섬뜩한 것이 백일하에 드러날 게 뻔해 보였기 때문이다.

그는 방 안에 들어선 이후, 방금 전에 겪었던 고통에서 벗어나고자 침대 끝머리에 털썩 주저앉았다. 하지만 짐꾼이 트렁크 옆에 무릎을 꿇고 앉아 공들여 묶어 놓은 끈을 주제넘게 풀려고 하자, 위험 상황을 직감하여 그대로 앉아 있을 수 없었다.

「그냥 두시오!」 사일러스가 소리쳤다. 「여기 묵는 동안은 그 내용물을 쓸 일이 없소.」

「그럼 홀에 그냥 놔두지 그랬어요.」 짐꾼이 투덜댔다. 「너무 크고 무거웠어요. 안에 뭐가 들어 있는지 전혀 감이 안 오네요. 손님, 그게 전부 돈이라면 저보다 훨씬 부자시겠어요.」

「돈? 돈이라니 그게 무슨 뜻이오?」 사일러스가 갑자기 당황하며 반복해서 물었다. 「난 돈 따위 없소. 그러니 바보 같

86

은 소리 하지 마시오.」

「알겠습니다, 대장.」 짐꾼이 윙크를 하며 말대꾸했다. 「누구도 각하의 돈에 손대지 않을 겁니다. 전 은행만큼이나 안전한 놈이죠.」 그가 덧붙였다. 「하지만, 상자가 너무 무거웠던지라 각하의 건강을 기원하며 한잔해야겠는데요.」

사일러스는 짐꾼의 손에 20프랑 금화 두 개를 억지로 쥐여 주면서, 방금 도착해서 수중에 (팁으로 줄 돈이) 외국 돈밖에 없어 미안하다고 사과했다. 짐꾼은 더 심하게 투덜대며 자기 손에 있는 돈과 사라토가 트렁크를 불쾌한 표정으로 몇 번 번갈아 가며 쳐다보다가 마침내 마지못해 물러갔다.

시체는 거의 이틀 동안 사일러스의 트렁크 안에 갇혀 있었다. 뉴잉글랜드 출신의 이 불운한 청년은 혼자 있게 되자 곧 트렁크의 틈과 구멍마다 코를 대고 온 정신을 집중해 냄새를 맡아 보았다. 그러나 날씨가 서늘했기에 트렁크는 그 충격적인 비밀을 아직은 누설하지 않고 있었다.

그는 트렁크 옆에 의자를 끌어다 놓고 앉아, 양손에 얼굴을 묻고 깊은 생각에 잠겼다. 빨리 트렁크를 처리하지 않으면 곧 발각될 게 뻔했다. 만에 하나 의사가 소개해 준 사람을 만나지 못한다면, 낯선 도시에서 친구나 동료도 없이 혼자인 그로선 길 잃은 이방인이 될 게 뻔했다. 그는 자신이 꿈꿨던 야심 찬 앞날의 계획을 애처롭게 되돌아보았다. 자신은 이제 고향인 메인 주의 뱅거에서 영웅이나 대표자가 되기는 글렀다는 생각이 들었다. 요직을 두루 거치며 온갖 명예를 누리리라는 희망도 수포로 돌아갔다는 생각이었다. 이제 국민들의 환호를 받는 미국 대통령이 되어 가장 형편없는 예술 양식으로 조각된 자신의 동상을 워싱턴 국회 의사당에 남기리라는 희망도 당장에 버리는 게 좋을 터였다. 지금 그는 사라토가 트렁크 안에 반으로 포개진 채 들어 있는 영국 남자의 시체에 발목이 잡힌 신세였다. 이 트렁크를 없애 버리지 않는 한, 국가적 영예를 떨친 인물 명단에 자신은 낄 수 없을 터였다!

나는 이 청년이 의사, 피살자, 제피린 부인, 호텔 직원, 왕자의 신하, 즉 그의 끔찍한 불행과 조금이라도 연관된 사람들에게 했던 말들을 시시콜콜하게 전부 기록하고 싶지는 않다.

저녁 7시쯤 사일러스는 저녁 식사를 하러 슬그머니 아래층으로 내려갔다. 하지만 노란색 식당에 앉아 있노라니 오싹한 기분이 들었다. 식사 중인 사람들이 의심스러운 눈초리로 자신을 노려보는 것만 같았기 때문이었다. 그리고 위층에 있던 사라토가 트렁크에 계속 마음이 쓰였다. 웨이터가 치즈를 가져왔을 때 이미 신경이 예민해질 대로 예민해져 있던 사일러스는 의자에서 어정쩡히 일어나다가 술잔에 남아 있던 에일 맥주를 식탁보에 엎지르고 말았다.

그가 식사를 마치자 웨이터가 흡연실로 안내해 주겠다고 했다. 당장에라도 위험한 보물이 있는 방으로 돌아가고 싶은 마음이 간절했지만 거절할 용기가 나지 않아 웨이터의 안내를 받아 가스등이 불을 밝힌 어둑한 지하실로 내려갔다. 그곳이 크레이븐 호텔의 흡연실이었는데, 지금도 그때와 똑같을 것이다.

남자 두 명이 무척 어두운 표정으로 내기 당구를 치고 있었고, 폐병을 앓는 듯한 안색의 남자가 울상인 얼굴로 점수를 매기고 있었다. 그 순간 사일러스는 이 방에 그들밖에 없는 모양이라고 생각했다. 하지만 주변을 흘끗 봤더니, 가장 멀리 떨어진 한쪽 구석에 시선을 내리깐 채 아주 점잖고 품위 있는 태도로 담배를 피우고 있는 한 남자가 보였다. 사일러스는 전에 봤던 얼굴임을 금세 알아차렸다. 옷차림은 완전히 바뀌었지만, 그자는 박스 골목 입구의 기둥 위에 앉아 있다가 마차에서 트렁크를 내려 옮기는 걸 도와줬던 남자임에 틀림없었다. 사일러스는 얼른 뒤돌아 뛰어가서 단숨에 침실로 들어와 문을 잠그고 빗장을 걸었다.

사일러스는 밤새도록 아주 끔찍한 상상에 사로잡힌 채, 시체가 담긴 섬뜩한 트렁크 옆에 붙어 앉아 그것을 지켜보고 있었다. 눈을 감기라도 하면 그 트렁크 안에 금화가 가득 들어 있을 거라던 짐꾼의 말이 떠올랐고, 그럴 때마다 새삼 온갖 두려운 생각들에 시달렸다. 사일러스는 박스 골목에서 어슬렁거리던 자가 변장을 하고 흡연실에 나타난 걸로 볼 때 자신이 또다시 알 수 없는 음모의 중심에 선 게 분명하다는 생각이 들었다.

자정을 알리는 시계 종소리가 몇 차례 울렸을 때, 사일러스는 불안한 예감을 견디지 못하고 침실 문을 열어 복도를 내다보았다. 달랑 하나뿐인 가스등 불빛이 복도를 흐릿하게 비추고 있었고, 조금 떨어진 곳에선 제복을 입은 호텔 잔심부름꾼 한 명이 바닥에 누워 자고 있었다. 사일러스는 발소리를 죽이고 그 남자에게 다가갔다. 모로 누워 잠든 남자는 오른쪽 팔뚝으로 얼굴을 가리고 있었기에 누군지 알아볼 수 없었다. 사일러스가 허리를 굽히고 잠든 남자를 한참 내려다보는데, 그가 갑자기 팔을 치우고는 눈을 번쩍 떴다. 순간 사일러스는 박스 골목에서 처음 봤던 남자의 얼굴과 다시 한 번 마주쳤다.

「선생님, 안녕하세요.」 남자가 상냥하게 말했다.

하지만 사일러스는 너무 놀란 나머지 대답할 말도 떠올리지 못하고 그냥 방으로 돌아왔다.

불안감에 시달리며 뜬눈으로 밤을 새운 그는 아침이 되고 나서야, 의자에 걸터앉아 트렁크에 이마를 기댄 채 잠에 빠져들었다. 그렇게 불편한 자세로, 그토록 소름 끼치는 베개를 베고 있었음에도 그는 꽤 오랫동안 단잠을 잤다. 늦은 아침, 방문을 거세게 두드리는 소리에 겨우 잠에서 깨어났다.

냉큼 문을 열었더니, 제복을 입지 않은 호텔 직원이 문밖에 서 있었다.

「선생님이 어제 박스 골목에 오셨던 분이죠?」 그가 물었다.

사일러스는 떨리는 목소리로 그렇다고 대답했다.

「그럼, 받으시죠. 선생님 앞으로 온 편지입니다.」 직원은 밀봉된 봉투 하나를 내밀며 말했다.

사일러스가 봉투를 뜯어 보니 안에 이렇게 쓰여 있었다. 〈12시〉.

그는 시간을 제대로 지켰다. 건장한 하인 몇 명이 트렁크를 들고 앞장섰다. 그는 어떤 방으로 안내되었는데, 그 안에는 한 남자가 문을 등지고 난로 앞에 앉아 불을 쬐고 있었다. 많은 사람들이 들락거리며 냈던 소리에도, 트렁크가 맨마룻바닥에 놓이며 나는 삐걱거리는 소리에도 문제의 남자는 (주변엔 아무런 관심이 없는지) 앉은 자리에서 꿈쩍도 하지 않았다. 사일러스는 그 남자가 자신이 와 있다는 걸 알아차릴 때까지 두려움에 떨며 마냥 그대로 서 있었다.

5분쯤 지나서야, 남자가 천천히 몸을 돌렸다. 그렇게 얼굴을 드러낸 이는 보헤미아의 플로리젤 왕자였다.

왕자가 아주 엄중한 태도로 말했다. 「선생, 예의를 다해 도와줬건만, 이런 식으로 보답하는 거요? 당신이 사회적 지위가 높은 사람들에게 접근했던 건 다른 목적이 있어서가 아니라 자신이 저지른 범죄가 발각되는 걸 피하려고 한 짓이었군그래. 어제 내가 말을 걸었을 때 당신이 몹시 당황했던 이유를 이제야 알겠군.」

「정말로 전 아무 죄가 없습니다. 불운한 것 말고는 말입니다.」 사일러스가 큰 소리로 말했다.

사일러스는 아주 솔직하게 자신이 겪은 불행을 전부 왕자에게 서둘러 털어놓았다.

「음, 내가 오해했군요.」 왕자가 사일러스의 말을 전부 듣고 나서 말했다. 「선생은 오히려 희생자요. 선생을 처벌하지 않을 테니 안심해도 좋아요. 최선을 다해서 돕겠소.」 왕자는 계속 말을 이었다. 「그럼, 바로 용건으로 돌아갑시다. 자, 당장 트렁크를 열어 봐요. 안에 뭐가 들었는지 봅시다.」

사일러스의 얼굴색이 돌변했다.

「그걸 보려니 무섭습니다.」 그가 큰 소리로 말했다.

「아니, 이미 보지 않았소? 보지 않으려는 건 감상적인 행동에 지나지 않소. 아직 도울 수 있는 환자를 보는 것이 도울 수도, 해칠 수도, 사랑할 수도, 증오할 수도 없는 죽은 사람을 보기보다 훨씬 더 직접적으로 감정을 자극하는 법이오. 스쿠더모어 씨, 용기를 내시오.」 사일러스가 여전히 망설이는 모습을 보고는 왕자가 덧붙여 말했다. 「더는 억지로 부탁하기 싫으니 빨리 내 말을 들으시오.」

미국인 청년은 꿈에서 깨어나기라도 한 듯 혐오감에 몸서리를 치더니, 마침내 끈을 풀고 사라토가 트렁크의 자물쇠를 열었다. 왕자는 옆에서 뒷짐을 지고 서서 태연하게 지켜봤다. 시체는 완전히 경직되어 있었는데, 사일러스는 정신적, 육체적으로 온 힘을 다해 시체의 자세를 바로잡아 얼굴이 보이게 했다.

순간 플로리젤 왕자가 고통에 찬 비명을 지르며 뒤로 물러섰다.

「아아!」 왕자가 탄식했다. 「답답한 사람, 스쿠더모어 씨, 이렇게 잔인한 선물을 내게 가져오다니요. 이 사람은 내 수행원이자 내 신뢰하는 친구의 동생이오. 내 문제를 해결하려다가 난폭하고 위험한 놈들의 손에 이렇게 희생되고 만 거요. 오, 불쌍한 제럴딘.」 왕자는 자신에게 말하듯이 말을 이었다. 「자네 동생의 죽음을 내가 어떻게 말해야 할까? 자네 동생을 이처럼 잔혹하고 기괴한 죽음으로 내몬 내 몰염치한 계획에 대해 자네 앞에, 하느님 앞에 어떻게 용서를 빌 수 있을까? 아, 플로리젤! 플로리젤! 네놈은 언제쯤 세상 물정을 알 만큼 철이 들고, 네 마음대로 권력을 행사할 수 있다는 환상에서 벗어날 수 있겠는가?」 그가 소리쳤다. 「권력? 나만큼 무력한 자가 어디 있단 말인가? 스쿠더모어 씨, 내가 희생시킨 이 젊은이를 보고 있자니 왕자라는 게 얼마나 보잘것없는 존재인지 알겠소.」

사일러스는 왕자가 탄식하는 모습을 보고는 감동을 받았다. 그는 위로의 말을 몇 마디 중얼거리다가 와락 울음을 터뜨렸다. 왕자는 진심에서 우러나온 그의 행동에 감동해서 그에게 다가가 손을 잡았다.

「진정하시오.」 왕자가 말했다. 「우리 두 사람 다 배울 게 많소. 우린 오늘의 만남을 통해 더 나은 사람이 될 것이오.」

사일러스는 애정 어린 시선으로 말없이 왕자에게 감사의 마음을 표했다.

「이 종이에 노엘 박사의 주소를 써주시오.」 왕자가 사일러스를 테이블 쪽으로 데려가며 말을 이었다. 「그리고 다시 파리로 돌아가거든 그처럼 위험한 자와는 어울리지 말길 바라오. 그 사람도 이번 일을 도와주려는 선의에서 행동한 것 같소. 그렇게 믿어야 할 거요. 그가 제럴딘 청년의 죽음에 은밀히 관여했다면 이 시신을 진짜 범인의 집으로 보내지는 않았을 것이오.」

「진짜 범인!」 사일러스가 깜짝 놀라며 왕자가 한 말을 되풀이해 말했다.

「그렇소. 전능하신 하느님의 뜻인지 묘하게도 내 수중에 들어온 이 편지는 바로 범인인, 악명 높은 자살 클럽의 회장에게 보낸 것이오. 이번 사태는 너무 위험한 일이니 더는 알려고 하지 마시오. 그저 기적적으로 위험에서 벗어난 것에 만족하시고 당장 이 집을 떠나시오. 난 긴급히 처리해야 할 일이 있소. 게다가 이 불쌍한 육신, 얼마 전까지도 그토록 용감하고 잘생겼던 이 청년의 시신을 당장 수습해야겠소.」

사일러스는 플로리젤 왕자에게 감사를 표하고 공손히 작별 인사를 했다. 하지만 그는 경찰서장 헨더슨을 만나러 화려한 마차를 타고 떠나는 왕자의 모습을 볼 때까지 떠나지 못하고 박스 골목을 서성였다. 젊은 미국인은 비록 공화국 출신이었지만 충정의 마음으로 모자를 벗고 떠나는 마차를 향해 절을 했다. 그러곤 그날 밤 파리로 돌아가는 기차에 올라탔다.

(아라비아 작가가 말하길) 여기까지가 「의사와 사라토가 트렁크 이야기」의 끝이다. 원문에는 하느님의 권능에 대한 견해가 아주 적절히 쓰여 있지만, 우리 서양인의 취향과는 거리가 멀어 생략하겠다. 다만, 스쿠더모어 씨는 벌써 정계에서 명성을 쌓아 가고 있고, 최근 소식에 의하면 고향의 주지사가 되었다는 점만큼은 덧붙이겠다.

이륜마차의 모험

브래큰버리 리치 중위는 인도에서 벌어진 한 소규모 고지 전투에서 큰 공을 세웠다. 그는 족장을 직접 생포했다. 그의 무용(武勇)은 널리 찬사를 받았다. 그리고 군도(軍刀)에 중상을 입고 정글의 열병에 오랫동안 시달린 끝에 지칠 대로 지친 몸으로 고국으로 돌아왔을 때, 사교계는 그를 아주 영광스러운 명사로 추대하며 환영할 준비가 되어 있었다. 하지만 그는 전혀 꾸밈이 없고 겸손한 인물이었다. 모험심이 많은 사람이었지만, 칭찬받는 일 따위에는 전혀 관심이 없었다. 이런 성품 탓에 그는 외국의 해수욕장이나 알제에 머물며 자신의 공적 때문에 얻은 유명세가 한동안 세상에 떠돌다 잊힐 때까지 기다렸다. 그렇게 외국에서 지내다가 마침내 런던으로 돌아왔다. 본격적인 사교 시즌이 시작되려면 아직 이른 때였기에 그는 자신이 원하는 대로 남의 시선을 끌지 않고 돌아올 수 있었다. 그는 고아였고 피붙이라고는 시골에 사는 먼 친척뿐이었기에 자신이 피 흘려 헌신한 나라의 수도에 자리를 잡았을 때 그 처지가 거의 외국인이나 다름없었다.

런던에 도착한 다음 날, 그는 군인 클럽에서 혼자 식사를 했다. 몇몇 옛 전우들과 악수를 나누고 그들로부터 따뜻한 환대를 받았다. 하지만 그날 밤, 모든 이들이 하나같이 다들 약속이 있어서 그는 혼자서 시간을 보내야 할 판국이었다. 그는 연극이라도 보러 가볼까 해서 옷을 차려입었다. 하지만 대도시는 그에게 낯설었다. 애당초 그는 지방 학교를 나와 사관학교에 진학한 이후 곧바로 동로마 제국으로 떠났던 사람이었다. 이 세상을 두루 탐험하며 온갖 즐거운 일을 경험해 볼 요량으로 그렇게 했던 것이다.

이제 그는 지팡이를 흔들며 서쪽으로 길을 나섰다. 포근한 저녁이었고 날은 벌써 어두워져 있었다. 때때로 비가 쏟아질 조짐을 보이기도 했다. 가로등 불빛 아래 스쳐 지나가는 사람들의 얼굴을 보니 상상력이 발동했다. 도시의 자극적인 분위기, 4백만 명의 삶 각각의 미스터리에 둘러싸여 언제까지라도 영원히 걸을 수 있을 것만 같았다. 그는 거리의 집들을 흘끗 쳐다보며 따뜻하게 불이 켜진 창문 안에서 과연 어떤 일들이 일어나고 있을지 호기심을 품었다. 사람들의 얼굴을 하나하나 살펴보았다. 나쁜 짓인지 좋은 일인지 알 수 없어도 사람들은 저마다 뭔가 관심 있는 일을 하려는 듯이 보였다.

그는 생각했다. 〈사람들은 전쟁에 대해서 이야기하지만, 실은 여기가 바로 인류의 거대한 전쟁터이다.〉

이처럼 복잡한 무대에서 이토록 오래 걸었는데도 모험적인 일이라고는 그림자도 비치지 않으니 참 이상하다는 생각이 들기 시작했다.

그는 상념에 잠겼다. 〈모든 것에는 때가 있는 법이다. 나는 여전히 이방인이고, 행색도 이상할 거야. 하지만 오래지 않아 틀림없이 소용돌이에 휘말리겠지.〉

차가운 빗줄기가 느닷없이 어둠을 뚫고 쏟아지기 시작했을 때는 이미 밤이 깊어 있었다. 브래큰버리는 비를 피해 어떤 나무 아래에 서 있었는데, 마차가 비었다며 자신에게 손짓을 하는 한 이륜마차의 마부가 눈에 들어왔다. 그는 마침 잘됐다 싶어 냉큼 지팡이를 들어 좋다는 신호를 보내고는 재빨리 이 런던의 곤돌라로 뛰어들어 자리를 잡고 앉았다.

「선생님, 어디로 모실까요?」 마부가 물었다.

「어디든 좋소.」

말을 마치기가 무섭게 마차는 빗속을 뚫고 미로와도 같이 복잡하게 이어진 교외 주택들 사이사이를 놀라운 속도로 쏜살같이 달려갔다. 안뜰을 갖춘 주택들은 하나같이 비슷비슷한 모양이었고, 마차가 나는 듯이 달려가는 그 가로등에 비친 인적 끊긴 거리와 초승달 모양의 거리는 어디가 어딘지 분간하기 힘들었다. 결국 브래큰버리는 얼마 못 가 방향 감각을 완전히 잃고 말았다. 그는 마부가 자신을 즐겁게 해주려고 같은 지역을 빙빙 돌거나 들어갔다 나오기를 반복하고 있다고 믿고 싶은 마음이었지만, 실제로는 달리는 속도로 보아 뭔가 특별한 사정이 있다는 확신이 들었다. 마부는 정해진 목적지를 향해 급하게 갈 만한 특별한 목적이 있어 보였다. 이런 생각에 빠져 있던 브래큰버리는 이런 미로 길을 요리조리 찾아 달리는 마부의 솜씨에 무척 감탄하며 이렇게 서두르는 이유가 무엇인지 알고 싶은 생각이 들었다. 그는 이방인들이 런던에서 불행한 일을 겪은 이야기를 들은 적이 있었다. 그의 머릿속에는 이런저런 생각이 맴돌았다. 〈혹여 이 마부가 어떤 살벌하고 위험한 단체에 소속되어 있는 사람은 아닐까? 괜히 휘말려 잔악한 죽음을 당하는 건 아닐까?〉

얼핏 이런 생각에 깊이 빠져들려는 찰나, 마부가 모퉁이를 잽싸게 돌아 길고 넓은 도로가 나 있는 곳에 선 어떤 저택의 정원 문 앞에 마차를 세웠다. 집에는 환하게 불이 켜져 있었다. 마차 한 대가 막 떠나고 한 신사가 현관에서 제복 입은 하인 몇 명의 마중을 받아 안으로 들어서는 모습이 브래큰버리의 눈에 보였다. 그는 마부가 연회가 열린 집 바로 앞에 마차를 세웠다는 사실에 놀랐지만, 우연히 벌어진 일이겠거니 생각했을 뿐 별다른 의심은 하지 않았다. 그대로 앉은 채 조용히 담배를 피우고 있는데, 갑자기 머리 위로 마차 뚜껑 문이 열리는 소리가 났다.

「선생님, 다 왔습니다.」 마부가 말했다.

「다 왔다고!」 브래큰버리가 되받아 말했다. 「여기가 어디요?」

「선생님, 어디든지 마음대로 가라고 말씀하셨잖아요.」 마부가 낄낄 웃으며 대답했다. 「그래서 여기로 온 겁니다.」

브래큰버리는 마부의 말투가 신분이 낮은 사람치고는 이상할 정도로 부드럽고 예의 바르다는 생각이 들었다. 마차가 달리던 속도를 떠올리자, 그제야 이 이륜마차가 보통 속도의 일반 마차보다 훨씬 더 고급스러운 설비를 갖추고 있다는 사실을 깨달았다.

「설명을 들어야겠소.」 그가 말했다. 「이 빗속에 날 내쫓을 생각이오? 이봐요, 내리고 안 내리고는 내가 선택할 문제일 텐데.」

「물론 손님께서 선택하실 문제지요.」 마부가 대답했다. 「하지만 제 말을 전부 들어 보시면 선생님 같으신 신사분께선 분명 내리실 겁니다. 이 집에선 신사분들의 연회가 열리고 있습니다. 이 집의 주인이 런던에 처음 오신 분인지, 지인이 없는 분인지, 아니면 성품이 괴팍한 분인지 전 모릅니다. 하지만 분명한 사실은 주인이 야회복을 입은, 혼자 계신 신사분을 얼마든지 모셔 오라고 저를 고용했다는 겁니다. 게다가 군 장교라면 더욱 좋다고 했습니다. 선생님은 들어가셔서 모리스 씨의 초대를 받았다는 말씀만 하시면 됩니다.」

「당신이 모리스 씨요?」 중위가 물었다.

「아, 아닙니다. 모리스 씨는 이 집 주인입니다.」

「손님을 별나게 모으는군.」 브래큰버리가 말했다. 「하지만 괴짜가 나쁜 의도 없이 즉흥적인 기분으로 그럴 수도 있겠지. 한데, 내가 모리스 씨의 초대를 거절하면 어쩔 거요?」

「그럴 경우엔 원래 계셨던 곳까지 다시 모셔다 드리고, 자정까지 다른 분을 계속 찾아다니라는 지시를 받았습니다. 모리스 씨는 모험을 좋아하지 않는 그런 분은 손님으로 받지 않겠다고 하셨습니다.」 마부가 대답했다.

이 말을 들은 중위는 즉석에서 결정을 내렸다.

그는 이륜마차에서 내리면서 생각했다. 〈결국, 모험을 오래 기다리지 않게 됐군.〉

그가 미처 인도에 올라서기도 전, 아직 주머니에서 돈을 찾고 있는데 마차는 빙그르르 방향을 돌리더니 방금 온 길을 따라 엄청나게 빠른 속도로 달려갔다. 브래큰버리가 마부를 향해 요금을 받지 않았다고 소리쳤지만 마차는 그냥 계속 달려갈 뿐이었다. 그의 목소리가 집 안까지 들렸는지 문이 다시 활짝 열리고 정원을 비추는 환한 불빛이 쏟아져 나왔다. 동시에 하인 한 명이 우산을 들고 나와 브래큰버리를 맞았다.

「요금은 미리 지급했습니다.」하인이 아주 정중한 목소리로 말하고는 브래큰버리를 안내하여 계단을 올랐다. 현관 안으로 들어서자 다른 하인 몇 명이 그의 모자와 지팡이와 외투를 받아 들고 대신 번호가 적힌 표를 건네준 다음 열대 식물로 장식된 계단으로 정중히 안내했다. 그는 하인을 따라 2층으로 올라 어떤 방 문 앞까지 갔다. 그곳에서 근엄해 보이는 한 집사가 그의 이름을 묻더니, 〈브래큰버리 리치 중위님이십니다〉라고 알리고는 응접실로 안내했다.

늘씬하고 무척 잘생긴 한 젊은이가 앞으로 나와 정중하고 상냥한 태도로 그를 맞이했다. 계단에 있던 것과 같은, 아름다운 꽃을 피운 수많은 희귀 관목들이 향기를 내뿜는 방 안에는 최고급 양초 수백 개가 불을 밝히고 있었다. 벽 쪽에 놓인 테이블에는 군침을 돋우는 진수성찬이 차려져 있었고, 하인 여럿이 과일과 샴페인이 담긴 술잔을 들고 이리저리 돌아다니고 있었다. 그곳에 모인 사람들은 열여섯 명쯤 됐는데 모두 남자였다. 인생 후반기에 들어선 사람은 몇 명 되지 않았고, 모두 예외 없이 생기 넘치고 유능해 보였다. 사람들은 두 무리를 이루었는데 한 무리는 룰렛 판 주변에 모여 있었고 다른 한 무리는 테이블 주위에 모여 바카라를 하고 있었다. 패거리 중 한 사람이 판돈을 쥐고 있었다.

〈알 것 같군.〉 브래큰버리가 생각했다. 〈여긴 사설 도박장이고, 그 마부는 호객꾼이었어.〉

그가 주변을 하나하나 세세히 둘러본 다음 이렇게 결론을 내리는 사이에도 집주인은 여전히 그의 손을 붙잡고 있었다. 그는 얼른 주변을 살펴보고는 다시 집주인에게 시선을 던졌다. 다시 바라보니 모리스 씨의 외모는 처음 봤을 때보다 훨씬 더 놀라웠다. 편안하고 우아한 자태, 외모에서 엿보이는 기품 있고 온화하고 배짱 두둑한 성품은 도박장 주인에 대한 중위의 선입견과는 아주 거리가 먼 것이었다. 그리고 말투에서는 상당한 지위에 있으며 큰 공적을 세운 인물의 품성이 느껴졌다. 브래큰버리는 자신을 환대한 인물에게 본능적으로 호감을 느꼈다. 그는 이처럼 타인에 쉽게 호감을 갖는 약점에 대해 스스로를 꾸짖었지만, 모리스 씨의 인품과 성격에 친근한 매력을 느끼지 않을 수 없었다.

「리치 중위님, 말씀 많이 들었습니다.」 모리스 씨가 나지막한 목소리로 말했다. 「만나 뵙게 되어 정말 기쁩니다. 인도에서 떨치신 명성 그대로시군요. 이처럼 변칙적인 방법으로 초대한 것을 조금만 양해해 주신다면, 저로서는 대단한 영광일 것이며 또한 대단히 기쁠 겁니다.」 그가 웃으며 덧붙여 말했다. 「야만인 족장들을 단숨에 삼키신 분이니, 지나치게 예의에 어긋난 행동이었더라도 질겁하지는 않으셨겠지요.」

모리스 씨는 브래큰버리 리치 중위를 벽 쪽 테이블로 안내하여 음식을 좀 들라고 권했다.

브래큰버리는 이렇게 생각했다. 〈정말 아주 유쾌한 친구로군. 그리고 이 사교 모임도 런던에서 가장 유쾌한 사교 모임 중 하나일 거야.〉

그는 샴페인을 조금 마셨는데, 맛이 일품이었다. 주변을 둘러보니 벌써 많은 사람이 담배를 피우고 있었다. 그는 수중에 있던 마닐라 엽궐련을 꺼내 불을 붙이고는 천천히 룰렛판 쪽으로 다가가서 돈을 걸어 이따금 따기도 하고 다른 사람들의 행운을 웃으면서 바라보기도 했다. 그렇게 한가하게 시간을 보내는 사이에 그는 손님들 모두가 면밀히 관찰당하고 있다는 사실을 깨닫게 되었다. 모리스 씨는 이리저리 오가며 손님을 맞이하고 대접하는 데 여념이 없는 척했지만, 줄곧 빈틈없이 사람들의 행동을 살피고 있었다. 그의 예측 못 할 예리한 시선을 피할 수 있는 손님은 아무도 없었다. 그는 많은 돈을 잃은 사람들의 태도를 찬찬히 살펴보는가 하면 판돈이 얼마인지 가늠해 보기도 하고 대화에 깊숙이 빠져 있는 두 사람 뒤에 조용히 서 있기도 했다. 요컨대 사람들이 누구도 자신의 성격을 쉽게 드러내지 않아도 모리스 씨는 그것을 파악해서 기록해 두고자 하는 것 같았다. 브래큰버리는 이곳이 정말로 도박장인지 의심이 들기 시작했다. 무슨 이유에선지 손님들을 비밀리에 조사하고 있다는 느낌이 강하게 들었다. 그는 모리스 씨의 모든 움직임을 좇았다. 브래큰버리의 눈에 모리스 씨는 언제든 필요할 때마다 웃고 있긴 해도 속으로는 무서운 목적을 숨기고 초조해하며 무엇인가에 몰두한 것 같았다. 주변 사람들은 웃으며 게임에 열중했지만, 브래큰버리는 손님들에겐 관심을 두지 않았다.

브래큰버리는 생각했다. 〈모리스 씨는 방 안에서 그저 빈둥거리고 있는 게 아니야. 뭔가 음흉한 목적을 숨기고 있을 거야. 그의 목적이 뭔지 알아내야겠어.〉

이따금 모리스 씨는 손님 중 한 사람을 대기실로 따로 불러 짧은 대화를 나누곤 했다. 그러고는 혼자 돌아왔고 문제의 손님은 다시는 나타나지 않았다. 이런 일이 몇 차례 반복되자 브래큰버리는 더욱더 호기심이 일었다. 그는 당장 이 작은 수수께끼를 파헤치기로 결심했다. 그는 슬그머니 대기실로 들어가 그 방의 창가에서 최신 유행의 녹색 커튼에 가린 깊숙한 벽감을 발견했다. 그는 얼른 그 안으로 몸을 감췄다. 얼마간 시간이 지나자 거실에서 발걸음 소리와 말소리가 들리더니 점점 더 자신 쪽으로 가까이 다가왔다. 커튼 사이로 슬쩍 엿보니 모리스 씨가 뚱뚱하고 혈색 좋은 사람을 데리고 대기실로 들어오고 있었다. 어쩐지 외판원처럼 보이는 남자는 테이블에서 음탕하게 웃고 천박하게 행동해서 진즉 브래큰버리의 눈에 띄었던 사람이었다. 두 사람이 창가 바로 앞에 멈춰 섰기에 브래큰버리는 그들의 대화를 한 마디도 놓치지 않고 엿들을 수 있었다.

「대단히 죄송합니다!」 모리스 씨가 애써 회유하는 태도로 말을 꺼냈다. 「혹여 실례가 되더라도 너그러이 봐주시리라 믿습니다. 런던 같은 대도시에서는 우발적인 사고가 빈번히 일어나곤 하죠. 그럴 때는 가능한 한 지체 없이 일을 바로잡는 게 최선일 겁니다. 음, 솔직히 말씀드리면 선생님께서는 실수로 이 누추한 저희 집에 오신 것 같습니다. 실은 전 선생님의 얼굴이 기억나지 않거든요. 피차 체면을 아는 신사니 한마디면 충분하겠지요. 그럼, 쓸데없는 말은 생략하고 단도직입적으로 묻겠습니다. 여기가 누구 집이라고 생각하고 오셨는지요?」

「모리스 씨 댁이지요.」 상대방이 몹시 당혹스러운 기색을 보이며 대답했다. 그는 이미 모리스 씨의 마지막 말 몇 마디를 들으면서부터 점점 더 당황하는 모습을 보이고 있었다.

「존 모리스 씨입니까? 아니면 제임스 모리스 씨입니까?」 집주인이 물었다.

「실은 잘 모릅니다.」 불운한 손님이 대답했다. 「개인적으론 선생님을 모르는 것처럼, 그 신사분도 모릅니다.」

「알겠습니다.」 모리스 씨가 말했다. 「저 거리를 더 내려가시면 같은 이름을 가진 사람이 한 명 더 살고 있습니다. 경찰에게 물어보시면 분명 주소를 알려 드릴 겁니다. 오해로 빚어진 이런 일도 저로선 행운이라 생각합니다. 그 덕분에 오랫동안 자리를 함께해 주셔서 대단히 즐거웠습니다. 언젠가 정식으로 다시 한 번 뵙기를 바랍니다. 이제 더는 친구분과 함께하실 시간을 빼앗으면 안 되겠군요.」 그가 목소리를 높이며 덧붙였다. 「여보게, 존, 이 신사분의 외투를 찾아 드리겠나?」

모리스 씨는 아주 친절히 이 손님을 대기실 문까지 안내하고, 그곳부턴 집사의 안내를 받도록 했다. 모리스 씨가 응접실로 돌아가며 창가를 지나칠 때 무슨 큰 걱정거리가 있는지 한숨을 내쉬는 소리가 브래큰버리의 귓가에 들렸다. 그는 몰두하고 있는 일에 이미 지친 듯했다.

그로부터 한 시간여 동안 마차가 계속 분주하게 도착하면서 모리스 씨는 돌려보내는 사람만큼 또 새로 찾아오는 손님을 맞이해야 했다. 이렇게 해서 손님의 숫자는 줄어들지 않았다. 하지만 갈수록 새로 도착하는 사람이 뜸해지며 수가 줄어들더니 마침내 완전히 끊기고 말았다. 이에 반해 사람들을 내보내는 일은 계속됐다. 결국 응접실에 모인 사람들이 줄면서 돈을 걸 만한 사람이 없게 되자 바카라는 중단되고 말았다. 이젠 자기가 먼저 작별을 고하고 떠나는 사람들도 하나둘 나타나기 시작했고, 갈 사람은 특별히 권유를 받지 않고도 알아서 떠났다. 그동안 모리스 씨는 더욱더 신경을 써서 남은 사람들을 접대했다. 그는 이 무리 저 무리, 이 사람 저 사람 사이를 오가며 손님들에게 쾌히 공감을 표하는 표정으로 아주 적절하고 유쾌한 말을 건네곤 했다. 그는 남자 주인이라기보다는 여자 주인처럼 행동했다. 그의 여성스러운 싹싹함과 겸손한 태도가 모든 사람들의 마음을 끌었다.

손님이 점점 줄어들자, 브래큰버리 리치 중위는 신선한 공기를 쐬려고 잠시 어슬렁대며 응접실에서 나와 현관으로 향했다. 하지만 대기실 문을 나서는 순간 아주 놀라운 광경을 보고는 멈춰 서고 말았다. 계단에 놓여 있던 꽃이 핀 관목이 사라졌고, 커다란 가구를 실은 짐마차 세 대가 정원 문 앞에 서 있었다. 하인들은 집 안 곳곳에서 분주히 물건들을 치우고 있었고, 몇몇 하인은 벌써 외투를 걸치고 떠날 채비를 하고 있었다. 모든 것을 임대해서 꾸민 시골 무도회가 끝난 것 같은 분위기였다. 브래큰버리는 몇 가지 의문이 들었다. 어쩐 일인지 손님 같지 않은 손님들은 모두 내보낸 게 우선 마음에 걸렸다. 그리고 이제는 하인 같지 않은 하인들이 발 빠르게 뿔뿔이 떠나고 있었다.

〈이 집에 있는 모든 게 가짜인가?〉 그가 자문했다. 〈버섯처럼 하룻밤 만에 생겼다가 아침이 되기 전에 사라져 버리는 걸까?〉

적당한 기회를 봐서 브래큰버리는 재빠르게 계단을 올라 그 집에서 가장 높은 곳으로 향했다. 예상한 대로였다. 이 방에서 저 방으로 뛰어다니며 살펴봤지만 가구 한 점 눈에 띄지 않고 벽에 그림 한 점 걸려 있지 않았다. 페인트칠과 도배는 되어 있었지만, 현재 살고 있는 사람이 아무도 없을 뿐만 아니라 전에 누군가 살았던 흔적조차 보이지 않았다. 젊은 장교는 도착했을 때의 광경이 머릿속에 떠오르자 그 안정되고 쾌적하던 근사한 분위기가 온데간데없이 사라진 현재의 모습이 놀랍기만 했다. 이런 대형 사기를 치려면 틀림없이 막대한 비용이 들었을 것이다.

〈그렇다면 모리스 씨는 대체 어떤 인물일까? 런던의 서쪽 외딴곳에서 하룻밤 동안 주인 행세를 하는 이유가 뭘까? 또 한 거리에서 아무렇게나 손님을 모은 이유는 뭘까?〉

브래큰버리는 너무 오래 사람들 곁을 떠나 있었다는 생각이 들어 서둘러 손님들이 있는 방으로 돌아갔다. 그가 자리를 비운 동안 이미 많은 사람이 떠난 상황이었다. 응접실에, 어쨌든 응접실로 급조해 놓은 그 방에 남은 사람은 중위와 주인을 포함해서 다섯 명뿐이었다. 그가 다시 방으로 들어오자 모리스 씨가 즉시 자리에서 일어나더니 미소를 지으며 그를 맞이했다.

「신사 여러분, 이제 여흥을 즐길 시간에 여러분을 꼬여 낸 이유를 밝혀야 할 때인 것 같습니다.」 모리스 씨가 말문을 열었다. 「오늘 밤 그리 따분하진 않으셨으리라 믿습니다. 하지만, 솔직히 말씀드리면, 제 의도는 여러분의 여가를 즐겁게 해드리려는 게 아니라 불가피하게 여러분의 도움을 구하고자 한 것이었습니다. 여러분은 모두 신사분들입니다.」 그가 말을 계속했다. 「여러분을 뵈니, 정말 그런 풍모가 느껴집니다. 덕분에 더없이 안심이 됩니다. 그럼, 지금부터 숨김없이 말씀드리겠습니다. 저는 여러분이 저를 위해 위험하고 까다로운 일을 해주실 것을 부탁드립니다. 목숨을 걸어야 할 수도 있는 위험한 일이며, 보고 듣는 모든 것에 최대한 신중을 기해 주셨으면 하는 까다로운 일입니다. 생전 처음 뵙는 분들께 이런 부탁을 드리는 것이 얼마나 가당찮은 일인지 잘 알고 있습니다. 그렇기 때문에, 덧붙여 말씀드리자면, 만일

이 자리에 남아 계신 여러분들 중에 더 듣고 싶지 않으신 분이나, 누군지도 모르는 사람을 위험하게 믿을 수 없다고 주저하시거나, 모르는 사람을 위해 돈키호테식으로 헌신하는 게 못마땅하신 분이 계신다면 저는 기꺼이 작별 인사를 드리고 진심으로 그분의 성공을 기원할 준비가 되어 있습니다.」

키가 아주 크고 몸이 몹시 구부정한 흑인이 이 말에 바로 반응했다.

「선생님, 솔직하게 말씀해 주셔서 감사합니다.」 그가 말했다. 「저는 가겠습니다. 생각해 볼 것도 없이, 전 선생님이 말씀하신 게 전부 의심스럽습니다. 그러니 말씀드린 대로 저는 가겠습니다. 저 같은 사람은 더 말할 권리도 없다고 생각하실지 모르지만 말입니다.」

「그럴 리가요. 오히려 말씀해 주셔서 감사합니다. 제가 드리는 제안의 중대성은 결코 과장이 아닙니다.」 모리스 씨가 대답했다.

「음, 신사분들, 여러분의 생각은 어떻습니까?」 키 큰 흑인이 다른 사람들에게 물었다. 「우리는 오늘 밤 즐겁게 놀았습니다. 이제 우리 모두 무사히 집으로 돌아가는 게 어떻습니까? 내일 아침에 태양이 다시 뜨는 걸 아무 탈 없이 편안히 볼 때면 제 제안이 옳았다고 생각하실 겁니다.」

그는 마지막 말을 힘주어 강조하면서, 유독 진지하고 의미심장한 표정을 지었다. 바로 다음 순간 다른 한 사람이 벌떡 일어나 약간 놀란 표정으로 떠날 채비를 했다. 이제 굳이 그대로 남아 있는 사람은 브래큰버리와 코가 빨간 늙은 기병대 소령, 둘뿐이었다. 이 두 사람은 짐짓 태연한 태도를 유지하며 서로 의미 있는 눈빛을 얼른 교환했을 뿐, 방금 끝난 토론에는 전혀 관심이 없다는 표정을 보였다.

모리스 씨는 떠나는 사람들을 문까지 바짝 따라가 배웅했다. 그러곤 안도와 함께 생기가 도는 표정을 지으며 돌아와서는 두 장교에게 말했다.

「결국 저는 성경에 나오는 여호수아 같은 분들을 선택했군요. 런던에서 가장 훌륭한 분들을 뽑았다고 믿습니다. 두 분을 뵙고 제 마부도 좋아했고, 저도 기뻤습니다. 저는 두 분이 낯선 사람들 틈에서, 또 아주 이상한 환경에서 어떻게 행동하시는지 지켜봤습니다. 도박을 어떻게 하시는지, 돈을 잃었을 땐 어떻게 참아 내시는지 살펴보았습니다. 그리고 마지막으론 충격적인 발표로 시험을 했지요. 두 분은 그것을 저녁 식사 초대쯤으로 받아들이시더군요.」 그가 갑자기 목청을 높였다. 「유럽에서 가장 용감하고 현명하신 분의 친구이자 제자로 지내 온 세월이 결코 헛되지 않은 것 같군요.」

「분더창 사건 당시에 저는 자원할 사람 열두 명을 요청했는데, 기병대 전체가 제 호소에 응했습니다.」 소령이 말했다. 「하지만 도박장에 모인 사람들이 포화 속의 군인들과 같을 수는 없지요. 제 생각입니다만 두 사람만이라도 찾아낸 것을 기뻐하셔도 될 듯합니다. 우리 두 사람은 위험한 상황이라도 선생을 저버릴 생각은 없습니다. 줄행랑친 두 명은 생전 처음 보는 측은하기 짝이 없는 비겁자들이었어요.」 그가 브래큰버리에게 알은체하며 말을 덧붙였다. 「리치 중위, 최근에 당신에 관한 소문을 많이 들었소. 당신도 나에 관한 소문을 들었으리라 생각하오만, 난 오루크 소령이외다.」

노병이 떨리는 붉은 손으로 젊은 중위에게 악수를 청했다.

「소령님을 모르는 사람이 있겠습니까?」 브래큰버리가 대답했다.

「이번의 작은 문제가 해결되면, 두 분 모두 제가 드리는 보상에 충분히 만족하실 것 같군요. 제가 두 분을 서로 알게 해드렸으니까요. 그보다 더 가치 있는 보상은 없을 테지요.」모리스 씨가 말했다.

「그건 그렇고, 결투를 해야 하는 일입니까?」 오루크 소령이 말했다.

「어느 면에선 결투라고도 할 수 있겠지요. 알 수 없는 위험한 적들과의 결투입니다. 심히 우려가 되는 건 죽음과의 결투일 수도 있다는 겁니다. 참, 부탁드릴 게 있습니다.」 그가 말을 이었다. 「이젠 저를 모리스라고 부르지 마시고 해머스미스라고 불러 주셨으면 합니다. 그리고 저의 실명이나 조만간 두 분께 소개해 드릴 다른 한 분의 실제 이름에 대해선 묻지도, 알려고도 하지 말아 주시길 바랍니다. 제가 언급한 그분은 3일 전에 갑자기 댁에서 실종되셨습니다. 그리고 오늘 아침까지 행방이 묘연합니다. 법 집행에 직접 관여하는 분이라고 말씀드리는 것만으로도 제가 우려하는 바가 얼마나 큰지 짐작하실 수 있을 겁니다. 너무나 경솔하게 맹세한 불운한 서약에 옥죄여, 그분은 법의 도움 없이 교활하고 잔인한 악한을 없애야만 합니다. 이미 우리 친구 두 명이 이 사건에 뛰어들었다가 목숨을 잃고 말았습니다. 한 명은 제 친동생이었습니다. 제가 완전히 속고 있는 게 아니라면 제가 모시는 분도 마찬가지로 치명적인 함정에 걸려들었을 겁니다. 하지만, 이 서신이 충분히 뒷받침해 주듯, 그분은 아직 살아 계시고 여전히 희망을 버리지 않으셨습니다.」

이렇게 말한 사람은 다름 아닌 제럴딘 대령이었다. 그는 편지 한 장을 내밀었는데, 다음과 같이 쓰여 있었다.

해머스미스 소령 앞.

수요일 새벽 3시에 리젠트 공원의 로체스터 하우스로 오면 나를 위해 일하는 사람이 정원의 작은 문으로 들여보내 줄 것이네. 한시도 늦어서는 안 되네. 내 칼을 꼭 갖고 와야 하고, 가능하다면 품위 있고 신중한 신사 한두 명을 데려오게. 내가 누군지는 밝히지 말게. 이번 일에 내 이름을 들먹여서는 안 되네.

— T. 고달

두 사람이 편지를 읽고 저마다 호기심을 충족시키고 나자 제럴딘 대령이 말을 이었다. 「제 친구 되시는 이분이 시키는 일은 무조건 따를 만합니다. 지위와는 무관하게 그분의 지혜만 보더라도 말입니다. 한데 굳이 말씀드릴 필요도 없겠지만, 로체스터 하우스에는 근처도 가본 적이 없어서, 이분이 지금 어떤 궁지에 빠져 계신지 저도 두 분처럼 전혀 모릅니다. 이 지시를 받자마자 저는 가구업자를 찾아가서 몇 시간

안에 이 집을 꾸며 좀 전에 보신 것과 같이 연회 분위기를 내게 했습니다. 이는 제가 직접 생각해 낸 계획입니다. 오루크 소령님과 리치 중위님의 도움을 받게 되었으니 제 행동이 아쉬울 것은 없지요. 한데, 거리에서 구해 고용했던 하인들은 잠자리에서 일어나면 이상하게 생각할 겁니다. 오늘 밤 등불과 손님들로 가득했던 집이 내일 아침에는 아무도 살지 않는, 팔려고 내놓은 상태라는 걸 알게 될 테니까요.」 대령이 덧붙여 말했다. 「아무리 심각한 상황이라도 이처럼 유쾌한 구석이 있는 법이지요.」

「그럼, 결말도 유쾌하게 마무리지어 보죠.」 브래큰버리가 말했다.

대령이 시계를 보았다.

「지금 2시가 거의 다 됐습니다.」 그가 말했다. 「한 시간쯤 남았고, 문밖에는 빠른 마차가 준비되어 있습니다. 그럼 저를 좀 도와주시겠습니까?」

「난 긴 세월을 살아오면서 도중에 손을 떼본 적이 없소. 이랬다 저랬다 한 적도 없고 말이오.」 오루크 소령이 대답했다.

브래큰버리도 적절한 말로 준비가 됐음을 표명했다. 셋이서 포도주 한두 잔을 마시고 나자, 대령이 두 사람에게 장전된 권총을 나눠 줬다. 이윽고 세 사람은 마차를 타고 문제의 장소로 향했다.

로체스터 하우스는 운하 기슭에 서 있는 웅장한 대저택이었다. 안채를 감싼 정원이 워낙 넓었기에 주변 사람들로부터 방해를 받을 일은 전혀 없었다. 지체 높은 귀족이나 백만장자가 개인적으로 소유한 사슴 사냥터 같았다. 저 멀리 거리에서 봤을 때에는 저택의 수많은 창문 어디에도 불빛 하나 보이지 않는 것이, 주인이 오랫동안 집을 빈 채로 방치해 둔 것처럼 보였다.

마차에서 내리고 얼마 지나지 않아 세 신사는 작은 문을 발견했다. 그 문은 두 개의 정원 담장 사이에 있는 좁은 길에서 안으로 들어가는 일종의 샛문이었다. 약속 시간까지는 아직 10분 내지 15분 정도 남아 있었다. 빗발이 거세지자 이들 모험가들은 늘어진 담쟁이덩굴 밑에서 비를 피하면서 곧 닥칠 상황에 관해 나지막한 목소리로 대화를 나눴다.

갑자기 제럴딘이 손가락을 들어 〈쉿〉 하며 조용히 하라고 했다. 세 사람은 모두 바짝 귀를 기울였다. 끊임없이 내리는 빗소리 가운데 두 사람의 발걸음 소리와 목소리가 담장 너머에서 들려왔다. 두 사람이 좀 더 가까이 다가오자 청각이 유난히 예민했던 브래큰버리는 단편적으로나마 그들의 대화를 알아들을 수 있었다.

「무덤은 팠어?」 한 사람이 물었다.

「그래.」 다른 사람이 대답했다. 「월계수 울타리 뒤에. 일이 끝나면 말뚝을 쌓아 덮어 버리면 돼.」

첫 번째 사람이 웃었다. 담장 반대편에서 귀를 기울이고 있던 사람들은 그자가 흥에 겨워 떠드는 소리에 충격을 받았다.

「그럼, 한 시간 뒤에.」 그가 말했다.

발걸음 소리로 보아, 두 사람은 헤어져 서로 반대 방향으로 가는 것이 분명했다.

곧 샛문이 조심스럽게 열리고 하얀 얼굴 하나가 좁은 길로 쑥 나오더니 쳐다보고 있던 그들을 손짓해 부르는 게 보였다. 세 사람이 쥐 죽은 듯 조용히 안으로 들어서자 그가 즉시 문을 잠갔다. 그러곤 정원의 여러 샛길을 거쳐 저택의 주방 입구로 그들을 안내했다. 촛불 하나가 불을 밝힌 타일을 깐 커다란 주방에는 흔한 가구 하나 없었다. 일행은 거기서부턴 나선 계단을 통해 위로 올라갔다. 곳곳에서 들려오는 쥐들의 요란한 소리만 들어봐도 그 집이 얼마나 황폐한 곳인지 명확히 알 수 있었다.

안내인은 촛불을 들고 앞장서 계단을 올랐다. 그는 깡마른 체구에 허리가 몹시 꾸부정했지만 그래도 민첩하게 움직였다. 가끔 뒤돌아보며 조용히 하라고 경고하기도 하고, 조심하라고 손짓을 하기도 했다. 제럴딘 대령은 한쪽 겨드랑이 밑엔 칼을 숨기고 다른 쪽 손엔 권총을 쥔 채 안내인을 바짝 뒤따라갔다. 브래큰버리는 심장이 마구 두근거렸다. 시간이 있다는 것은 알고 있었지만, 민첩하게 앞서 가는 노인의 모습을 볼 때 행동에 나설 때가 임박했다는 판단이 들었다. 이 모험의 상황은 아주 모호한 데다 위협적이었고 선택한 장소 또한 가장 흉악한 짓에 어울릴 만한 곳이다 보니 나선 계단을 다 올라왔을 때는 브래큰버리보다 나이 많은 쪽도 어쩔 도리 없이 몹시 긴장했다.

맨 꼭대기에 도착하자 안내인은 문을 열고, 뒤따라 올라온 세 명의 장교를 작은 방으로 안내했다. 연기 나는 램프가 불을 밝힌 방 안은 타오르는 난롯불 덕분에 제법 따뜻했다. 난로 한쪽 곁에 품위 있고 위엄 있어 보이는 한창때의 건장한 젊은이가 앉아 있었다. 그의 태도와 표정은 대단히 침착했다. 어찌 보면 그는 아주 느긋하게 궐련을 피우며 생각에 잠겨 있는 것 같기도 했다. 그리고 그의 팔꿈치 옆 테이블 위에는 길쭉한 유리잔이 놓여 있어, 그 안에 담긴 탄산음료가 방 안에 기분 좋은 향기를 퍼뜨리고 있었다.

「잘 왔네.」 그가 제럴딘 대령에게 손을 내밀며 말했다. 「제시간에 올 거라고 확신했네.」

「충정을 바쳐.」 대령이 머리 숙여 인사하며 대답했다.

「자네 친구들을 소개해 주게.」 대령이 자신이 데려온 두 사람을 모두 소개하자, 젊은이는 상대방을 아주 세심하게 배려해 상냥한 태도로 말했다. 「신사분들, 두 분을 위해 좀 더 즐거운 계획을 마련했더라면 좋았을 텐데, 그러지 못해 아쉽습니다. 중대한 일을 앞두고 이렇게 갑작스럽게 인사를 하게 되어 유감스럽지만 사태가 워낙 긴박한 상황이라 예의를 갖춰 정식으로 인사할 겨를이 없습니다. 오늘 기분 좋은 밤을 보내시지 못하게 한 점 용서하시길 바라며, 그래 주실 줄로 믿습니다. 또한 두 분 같은 분이라면 큰 호의를 베푸신다는 것만으로도 만족하실 거라고 믿습니다.」

「전하, 송구스럽지만 솔직히 말씀드립니다.」 소령이 말했다. 「저는 아는 것을 숨기지 못하는 성격입니다. 조금 전부터 해머스미스 소령의 정체에 대해선 의심했지만, 고달 씨에 대해서는 틀림없는 분이라고 생각했습니다. 런던에서 보헤미아의 플로리젤 왕자님을 모르는 사람을 찾기란 모래밭에서 바늘 찾기와 같습니다.」

「플로리젤 왕자님이라고요!」 브래큰버리가 깜짝 놀라며 소리쳤다. 그러고는 자기 앞에 있는 그 저명인사의 얼굴을 몹시 흥미롭다는 눈초리로 빤히 쳐다보았다.

「내 정체가 탄로난 걸 안타까워하지 않겠습니다.」 왕자가 말했다. 「그 덕분에 두 분께 더 권위를 갖춰 감사의 마음을 전할 수 있을 테니까요. 제가 보헤미아의 왕자가 아니라 그저 고달 씨였다 해도 두 분께선 똑같이 도움을 주셨으리라 믿습니다. 물론 왕자라면 두 분께 더 많은 보답을 드릴 수 있을 테죠. 소득은 왕자인 제가 더 많으니까요.」 왕자는 예의를 갖춘 공손한 몸짓을 곁들여 덧붙였다. 이제 그는 두 명의 장교와 인도 군대와 토병에 관한 이야기를 나누었다. 그는 다른 어떤 주제에 대해서나 그렇듯이 이 주제에 대해서도 놀라울 정도로 많은 정보를 알고 있었고 아주 정확히 꿰고 있었다.

아주 위험한 순간에도 왕자의 태도에는 뭔가 매혹적인 것이 묻어났기에 브래큰버리는 감탄과 함께 그를 존경하지 않을 수 없었다. 이야기할 때 묻어나는 매력이나 사근사근하게 사람을 대하는 지극히 상냥한 태도 역시 감탄스러웠다. 몸짓과 말투 하나하나가 그 자체로 고상할 뿐만 아니라 그를 대하게 된 운 좋은 사람까지도 기품 있게 만들어 주는 것 같았다. 브래큰버리는 이런 분이야말로 용감한 사람이라면 기꺼이 목숨을 바칠 만한 군주라는 생각에 감격하지 않을 수 없었다.

그렇게 얼마간 시간이 지났을 때, 지금까지 방 한쪽 구석에 시계를 든 채 앉아 있던 사람, 즉 세 사람을 저택으로 안내해 준 사람이 일어서더니 왕자의 귀에 대고 무슨 말인가를 속삭였다.

「좋습니다. 노엘 박사.」 플로리젤 왕자가 큰 소리로 대답했다. 그러곤 다른 사람들에게 말했다. 「신사분들, 여러분을 어둠 속에 몰아넣더라도 부디 용서하시길 바랍니다. 이제 때가 됐습니다.」

노엘 박사가 등불을 껐다. 새벽을 예고하는 흐릿한 잿빛 여명이 창문에 비쳤지만 방 안을 밝히기에는 충분하지 않았다. 때문에 왕자가 벌떡 일어났을 때 그의 모습을 알아볼 수 없었고, 그가 말할 때 정확히 어떤 감정 상태인지 짐작할 수 없었다. 왕자는 문 앞으로 다가가더니 아주 조심스럽게 한쪽 문 옆에 멈춰 섰다.

「짙은 어둠의 그림자 속에 몸을 숨기고 쥐 죽은 듯 조용히 계십시오.」 그가 말했다.

세 명의 장교와 의사는 서둘러 왕자의 지시에 따랐다. 로체스터 하우스에서는 거의 10분 동안 목조 구조물 뒤에서 이리저리 움직이는 쥐들의 소리뿐 아무 소리도 들리지 않았다. 그렇게 10여 분이 지났을 무렵, 마침내 침묵을 깨고 경첩이 삐걱거리는 소리가 확연히 들렸다. 곧이어 숨어 있는 사람들의 귀에 주방 계단을 천천히 조심스럽게 밟고 올라오는 발소리가 들려왔다. 침입자는 두 계단을 오를 때마다 걸음을 멈추고는 무슨 소리가 들리지 않나 귀를 기울이는 것 같았다. 숨어서 귀를 기울이고 있던 사람들로서는 그 순간이 무척이나 길게 느껴졌고, 그때마다 마음속에 극심한 불안감이 일었다. 노엘 박사는 그런 위험한 감정에 익숙해 있었음에도 지독한 육체적 피로감을 느꼈다. 숨소리가 거칠어졌고, 위아래 이빨이 바각거렸다. 초조한 듯 자세를 바꾸자 관절에서 우두둑 소리가 크게 났다.

마침내 문손잡이를 누가 잡는가 싶더니, 가벼운 소리와 함께 빗장이 풀렸다. 이어 한순간 정적이 흘렀다. 바로 그때 브래큰버리는 왕자가 마치 뭔가 특별한 행동에 나서려는 듯 조용히 몸을 웅크리는 걸 보았다. 이윽고 문이 열리자, 조금 더 밝은 새벽 여명이 방 안으로 흘러 들어왔다. 그리고 사람 형체 하나가 문턱 위로 모습을 드러내고는 가만히 멈춰 서 있었다. 키가 컸고 손에는 칼이 들려 있었다. 숨어 있던 사람들은 여명 속에서도 침입자가 드러낸 반짝이는 윗니를 볼 수 있었다. 그자가 막 덤벼들려는 사냥개처럼 입을 벌리고 있었기 때문이다. 이 남자는 불과 1~2분 전까지만 해도 물에 잠겨 있었던 게 분명해 보였다. 문턱에 서 있는 동안에도 그의 젖은 옷에선 물방울이 뚝뚝 떨어져 바닥을 때렸다.

다음 순간 남자가 문턱을 넘었다. 누군가가 그자를 힘껏 덮쳤고, 이어 숨이 막히는 듯한 외침과 함께 몸부림치는 소리가 들렸다. 제럴딘 대령이 돕고자 냉큼 몸을 날리기도 전에 왕자가 침입자의 무기를 빼앗고 꼼짝 못 하게 그자의 양 어깨를 제압했다.

「노엘 박사, 불을 켜요.」 왕자가 말했다.

왕자는 제럴딘과 브래큰버리에게 죄수를 넘기고는 방을 가로질러 가서 벽난로 옆 장식물에 기대섰다. 램프가 불을 밝히자 전과는 다른 왕자의 준엄한 표정이 일행의 눈에 들어왔다. 그는 더 이상 여유로운 신사 플로리젤이 아니었다. 이제 그는 의분에 떨고 죽음을 불사하는 결의에 찬 보헤미아의 왕자였다. 마침내 그는 고개를 들고는 붙잡힌 자살 클럽 회장에게 말을 던졌다.

「회장, 네놈이 쳐놓은 마지막 덫에 네놈 스스로 걸려든 거야. 날이 밝고 있어. 이게 네놈의 마지막 아침이 될 거야. 네놈은 방금 리젠트 운하를 헤엄쳐 왔지. 그게 이 세상에서 한 네놈의 마지막 수영일 거다. 네놈의 옛 공범자인 노엘 박사는 나를 배신하기는커녕 네놈을 심판하라고 내 손에 넘겼다. 그리고 네놈이 오늘 오후에 내 몫으로 파놓은 무덤에, 전능하신 신의 섭리로 네놈이 묻히게 될 거다. 그것으로 네놈의 정당한 파멸은 사람들의 호기심으로부터 가려질 것이다. 이런 네 운명을 기꺼이 받아들일 마음이 있다면 무릎을 꿇고 기도를 드려라. 네놈에겐 남은 시간이 얼마 없으니 말이다. 하느님께서도 네놈이 저지른 죄악에 지치셨다.」

회장은 입으로든 몸짓으로든 아무런 대답도 하지 못했다. 그는 한눈팔지 않는 왕자의 따가운 시선을 의식한 듯 고개를 숙인 채 시무룩하게 바닥만 쳐다보았다.

「신사 여러분, 이놈은 오랫동안 교묘히 나를 피해 왔지만, 노엘 박사 덕분에 이렇게 붙잡았습니다.」 플로리젤 왕자가 다시 평소 대화하는 어조로 말을 이었다. 「이놈이 저지른 악행을 논하기엔 지금은 시간이 없습니다. 이놈은 자신에게 희생당한 사람들의 피가 저 운하를 가득 채운다고 해도 지금 여러분의 눈에 보이는 바처럼 눈물 한 방울 흘리지 않을 철면피입니다. 하지만 나는 이번 사건마저도 명예로운 형식에 따라 처리하고 싶습니다. 신사 여러분, 나는 여러분을 재판관으로 삼으려 합니다. 이 일은 결투라기보다 사형 집행에 가깝습니다. 그러니 이 악한에게 무기 선택권을 주는 것은 너무 지나치게 예의를 차리는 일일 것입니다. 난 이런 일로 목숨을 잃을 마음은 없습니다.」 그는 칼이 든 상자의 자물쇠를 열면서 말을 이었다. 「총알의 방향에는 종종 우연적인 요소가 많고, 총을 쏠 때 너무 긴장해서 심하게 떠는 쪽은 솜씨와 용기를 제대로 발휘하지 못할 수도 있으니 검 대결로 이 문제를 끝내기로 결정했습니다. 여러분도 내 결정에 찬성하리라 확신합니다.」

이 말은 특히 브래큰버리와 오루크 소령에게 한 말이었다. 두 사람이 저마다 찬성한다는 의사를 넌지시 표현하자, 플로리젤 왕자가 회장에게 덧붙여 말했다. 「나를 기다리게 하지 말고, 얼른 칼을 골라라. 네놈을 영원히 끝장내고 싶어 참을 수가 없다.」

붙잡혀 무기를 빼앗긴 이후 처음으로 회장이 고개를 들었다. 이제 용기가 나기 시작한 게 분명했다.

「정정당당한 결투입니까?」 그가 간절한 마음으로 물었다. 「당신과 나 사이의?」

「그래, 네놈에겐 과분한 처사지.」왕자가 대답했다.

「아, 그렇다면야!」회장이 큰 소리로 말했다. 「규칙이 공정하다면, 무슨 일이 일어날지 누가 알겠습니까? 그 결정은 전하로서 훌륭한 처신이었다는 점을 말씀드려야겠군요. 최악의 상황이 닥친다 해도 저는 유럽에서 가장 훌륭한 신사의 손에 죽게 되겠지요.」

곧 회장은 자신을 붙들고 있던 사람들에게서 풀려나 테이블로 다가가서는 아주 세심하게 살펴 검을 고르기 시작했다. 그는 싸움에서 승리할 것을 확신하는 것 같았다. 지켜보고 있던 사람들은 자신만만한 그의 얼굴을 보고는 점차 불안감에 사로잡혀 플로리젤 왕자에게 결정을 바꾸라고 간청했다.

「저 짓은 연극일 뿐입니다.」왕자가 대답했다. 「신사 여러분, 내 약속하지요. 연극은 곧 끝날 겁니다.」

「전하, 무리하게 공격하지 않도록 주의하셔야 합니다.」제럴딘 대령이 말했다.

「제럴딘, 내가 영예로운 빚을 지고 갚지 않은 적이 있었나? 난 이놈의 죽음으로 자네에게 진 빚을 갚을 거야. 꼭 그렇게 할 거야.」왕자가 말했다.

마침내 회장은 레이피어를 고르고는 만족스러워하며 몸짓으로 준비됐다는 의사를 밝혔다. 그런 그의 몸짓에도 조야하지만 나름 숭고한 것이 묻어났다. 위기의 순간이 코앞에 다가오자, 이 혐오스러운 악당조차 용기를 내어 제법 사나이답고 기품 있는 태도를 보이고 있었다.

왕자는 손이 가는 대로 아무 검이나 잡았다.

「제럴딘 대령과 노엘 박사는 이 방에서 나를 기다려 주시오.」 그가 말했다. 「이런 일에 친구를 끌어들이고 싶진 않아요. 오루크 소령, 소령께선 연륜에 명성도 갖춘 분이니 회장을 도와주십시오. 그리고 리치 중위는 나를 도와주시오. 젊은 사람이야 이런 경험을 아무리 많이 한다 한들 나쁠 게 없으니 말입니다.」

「전하, 무한한 영광입니다.」 브래큰버리가 대답했다.

「좋아요. 앞으로 더욱 중요한 상황에서도 내가 당신 친구이길 바랍니다.」 플로리젤 왕자가 대답했다.

왕자는 이렇게 말하고 방에서 나가 주방 계단을 내려갔다.

방에 남은 두 사람은 창문을 활짝 열고 몸을 창밖으로 내밀고는 곧 일어날 비극적인 사건의 작은 조짐이라도 알아내려는 듯 온 감각을 곤두세웠다. 비는 이제 멈췄다. 날이 거의 밝아 오자 정원의 관목림과 임목지에서 새들이 지저귀는 소리가 들려왔다. 왕자와 동료들은 꽃나무 덤불 사이로 난 샛길을 지날 때 한순간 모습이 보였지만 곧 첫 모퉁이를 돌자 우거진 나뭇잎에 가려 다시 시야에서 사라졌다. 결국 대령과 의사가 그들을 볼 수 있었던 것은 방금 전뿐이었다. 정원이 워낙 크고 결투 장소가 본채에서 너무 멀리 떨어져 있어 칼이 부딪치는 소리조차 들을 수 없었다.

「왕자님이 놈을 무덤으로 데려가셨소.」 노엘 박사가 몸서리치며 말했다.

「하느님,」 대령이 외쳤다. 「하느님은 정의의 편이시다!」

조용히 결과를 기다렸지만, 의사는 두려움에 몸을 떨었고, 대령은 조마조마한 긴장의 고통 속에 손에 땀을 쥐었다. 그렇게 꽤 오랜 시간이 흘렀다. 어느덧 날은 눈에 띄게 밝았고, 정원의 새들은 훨씬 더 요란하게 지저귀었다. 바로 그때, 돌아오는 사람들의 발걸음 소리가 들렸다. 두 사람의 시선은 문 쪽으로 향했다. 방으로 들어온 사람은 왕자와 두 명의 인도 근무 장교였다. 하느님은 정의의 편이셨다.

「이런 내 감정이 부끄럽소.」 플로리젤 왕자가 말했다. 「이런 감정은 내 지위와는 어울리지 않는 결점이라 생각합니다. 하지만 지옥의 사냥개 놈이 계속 살아 있는 게 질병처럼 나를 괴롭히기 시작한 참이었어요. 놈이 죽으니, 하룻밤 푹 자고 일어날 때보다도 더 상쾌하군요. 이걸 보게, 제럴딘.」 왕자가 바닥에 검을 내던지며 말을 이었다. 「이 검에는 자네 동생을 죽인 놈의 피가 묻어 있네. 기쁜 광경이지. 그렇지만 말이야.」 그가 덧붙였다. 「한번 보게나, 우리 인간이 얼마나 이상하게 만들어졌는가를! 복수를 한 지 5분도 채 지나지 않았는데 난 벌써 불확실한 우리네 인생의 무대에서 복수란 것이 이루어질 수나 있는 것인지 자문하기 시작했네. 놈이 저지른 죄악을 누가 되돌릴 수 있겠는가? (우리가 서 있는 이 저택도 놈의 소유인 것에서 보듯) 놈은 엄청난 부를 축적했지. 이처럼 놈이 이룬 이력은 이제 영원히 인류 숙명의 일부가 되었어. 판결을 알리는 망치 소리가 울릴 때까지 내가 진저리나도록 놈을 칼로 찔러 댄대도 자네 동생의 죽음은 변치 않아. 또한 죄 없는 수천 명의 사람들은 치욕스럽고 타락한 처지를 벗어나지 못해! 인간이란 목숨을 빼앗기엔 너무나 하찮은 존재이고 내 사람으로 쓰기엔 너무나 엄청난 존재이지!」 그가 외쳤다. 「아! 인생에서 목적을 이뤘을 때처럼 환멸감이 들 때가 또 있을까?」

「하느님의 정의가 이루어진 것입니다.」 박사가 대답했다. 「저는 그걸 그대로 봤습니다. 그리고 전하, 비로소 얻은 교훈은 제겐 잔인한 것입니다. 저도 죽음의 불안감을 느끼며 제 차례를 기다리고 있습니다.」

「내가 무슨 말을 하고 있었지?」 왕자가 큰 소리로 말했다. 「나는 놈을 처벌했어요. 그리고 사태를 원상태로 되돌릴 수 있도록 나를 도와줄 수 있는 사람은 우리 곁에 있는 이 사람입니다. 아, 노엘 박사! 당신과 나는 앞으로도 오랜 세월 동안 힘들고 명예로운 싸움을 계속해야 할 겁니다. 그리고 우리가 그 싸움을 끝내기까지는 당신은 예전에 저지른 죄를 다 속죄하지 못할 겁니다.」

「그럼 우선은 가서 제 가장 오랜 친구를 묻을 수 있게 해주십시오.」 박사가 말했다.

(박식한 아라비아 작가의 말에 의하면) 이것이 이 이야기의 다행스러운 결말이다. 말할 필요도 없이, 왕자는 이 위대한 위업을 이루는 데 자신을 도와준 사람을 한 명도 잊지 않았다. 오늘날까지 왕자의 권위와 영향력이 그들의 공직 경력을 쌓는 데 도움을 주는가 하면 왕자의 겸손한 우정이 그들의 개인 생활을 더욱 매혹적으로 만들어 주었다. 아라비아

작가는 또 이렇게 말하기도 했다. 왕자가 하느님의 뜻에 따라 맡은 이상한 사건들을 모두 모아 책으로 엮는다면 그 책들로 온 세상을 채울 수 있을 것이라고.

시체 도둑

그해에 장의사, 여인숙 주인, 페테스, 나, 이렇게 우리 네 사람은 매일 밤 데번햄에 있는 조지 여인숙의 작은 응접실에 모여 앉곤 했다. 가끔 몇 사람 더 모일 때도 있었지만, 비가 오나 눈이 오나 바람이 부나 서리가 내리나 우리 네 사람은 하루도 빠짐없이 모여 각자의 안락의자에 앉아 있었다. 스코틀랜드 출신 노인인 페테스는 술주정뱅이였지만 한눈에 보아도 제법 많이 배운 사람임에 틀림없어 보였고 빈둥거리며 사는 품을 볼 때 재산도 꽤 있는 듯했다. 그는 오래전 젊었을 때 데번햄으로 이사 온 이래 여태껏 계속 눌러 살다 보니 어느새 이 마을 사람이 다 됐다. 그가 늘 입고 다니는 푸른색 낙타털 외투는 어느새 교회 첨탑만큼이나 오래된 마을 골동품이 되어 있었다. 조지 여인숙의 응접실에 있는 그의 자리며 그가 교회에 나가지 않는 것이나 오랫동안 폭음해 온 나쁜 습관 따위는 데번햄 사람이라면 다 아는 이야기였다. 좀 모호한 성향의 급진적인 견해와 덧없는 무신론적 사고를 지니고 있던 그는 때때로 떨리는 손으로 테이블을 내리치며 그런 자신의 견해에 대해 열변을 토하기도 했다. 또한 매일 밤마다 습관적으로 럼주를 다섯 잔씩 마셨다. 그렇기 때문에 조지 여인숙에 와 있을 때는 대부분 오른손에 술잔을 든 채 술에 잔뜩 절어서 우울한 모습으로 앉아 있었다. 우리는 그를 의사 선생이라 불렀다. 그가 상당한 전문 의학 지식을 가지고 있는 듯했고, 마을 사람이 골절이나 탈구와 같은 사고를 당했을 때 응급 처치를 해준 사실이 널리 알려져 있기 때문이었다. 하지만 이런 몇 가지 특별한 점을 제외하면 우리는 그의 성격이나 이력에 대해서 아는 바가 없었다.

어느 어두운 겨울밤, 조지 여인숙 주인이 우리와 자리를 함께했던 9시 직후의 일이다. 여인숙에는 주인이 나타나기 전부터 아픈 사람이 한 명 있었다. 이웃에 사는 대지주였는데 의회에 가는 길에 갑자기 뇌졸중으로 쓰러지고 말았다. 이 거물에겐 더 거물인 런던의 주치의가 있었기에 전보로 그를 불렀다. 데번햄에 철도가 새로 개통된 지 얼마 안 됐던 터라 이런 일은 처음 겪는 일이었다. 이런 뜻밖의 사건에 우리 모두 크게 동요했다.

「그 사람이 왔더군.」 여인숙 주인이 파이프에 담배를 채워 불을 붙이고는 말했다.

「그 사람이라니?」 내가 말했다. 「누구? 의사가 아니고?」

「그래, 그 사람.」 여인숙 주인이 말했다.

「그 사람 이름이 뭐지?」

「맥팔레인 박사.」 여인숙 주인이 대답했다.

페테스는 석 잔째 술을 비운 후 취해서 정신이 멍한 듯 꾸벅꾸벅 졸고 있었는데, 갑자기 고개를 들더니 당황하여 주변을 두리번거렸다. 여인숙 주인의 마지막 말에 잠이 확 달아난 듯 정신을 차리는가 싶더니 맥팔레인이란 이름을 두 번이나 반복해서 중얼거렸다. 처음엔 조용히 말했지만, 두 번째엔 갑자기 흥분한 어조로 말을 내뱉었다.

「그래.」 여인숙 주인이 말했다. 「그게 그 사람 이름이지, 울프 맥팔레인 박사.」

페테스는 곧 술기운에서 깨어났다. 두 눈에 생기가 돌았고, 목소리는 또렷하고 크고 안정적이었다. 그리고 말투는 힘차고 진지했다. 우리 모두는 마치 죽은 사람이 깨어난 것을 보기라도 한 듯 페테스의 갑작스러운 변화에 깜짝 놀랐다.

「미안하지만,」 그가 말했다. 「내가 자네 말을 주의 깊게 듣지 않았네. 이 울프 맥팔레인이 누구라고?」 그러곤 여인숙 주인의 말을 듣더니 이렇게 덧붙였다. 「그럴 리 없어, 그럴 리 없다고! 내가 그자를 직접 만나 봐야겠어.」

「의사 선생, 아는 사람인가?」 장의사가 놀라서 헉 소리를 내며 물었다.

「그럴 리가 없어!」 의사 선생이 대답했다. 「하지만 특이한 이름으로 봐선, 음, 동명이인도 흔치 않을 텐데. 이보게, 주인장, 그자가 노인네던가?」

「음, 젊지 않은 건 분명하지. 머리도 희끗희끗하고……. 그래도 의사 양반보단 어려 보이더군.」 여인숙 주인이 말했다.

「보기는 그래도 나보다 나이가 많다네. 몇 살 위지.」 손바닥으로 테이블을 내리치며 페테스가 말했다. 「내 얼굴에 생긴 건 럼주와 죄악의 흔적뿐이지. 그런데, 그자는 양심은 없고, 위장은 튼튼할 거야. 양심이라! 내 얘기 좀 들어 보게. 자네들은 내가 선량하고 연륜 있고 훌륭한 인격을 갖춘 기독교도라고 생각할 테지. 그렇지 않나? 하지만 그렇지 않아. 난 그런 위인을 흉내도 내본 적 없어. 하지만 볼테르가 내 처지였다면 그런 위인을 흉내 냈을지도 모르지. 그래도 두뇌는.」 그는 벗어진 자신의 머리를 손가락으로 톡 치며 말했다. 「두뇌는 맑고 민활하게 잘 돌아갔지. 그리고 난 직접 봐야 직성이 풀리지, 추론으론 만족 못 해.」

「선생은 그 의사를 아는 모양이군요. 그를 좋게 보는 주인장의 견해엔 동의하지 않는 것 같고요.」 어색한 침묵이 얼마간 흘렀을 때, 내가 용기를 내어 말했다.

페테스는 내 말을 무시했다.

「그래.」 그가 갑자기 결심한 듯 말을 내뱉었다. 「그자를 직접 봐야겠어.」

또다시 침묵이 흘렀다. 그러던 중 갑자기 2층에서 문이 거세게 닫히는 소리가 들리고 뒤이어 계단을 내려오는 발소리가 들려왔다.

「그 의사야.」 주인이 말했다. 「빨리 가보면 볼 수 있을 거야.」

오랜 세월을 버텨 온 조지 여인숙의 작은 응접실에서 문까지는 겨우 두 발짝 거리밖에 되지 않았다. 넓은 참나무 계단은 길거리 가까이까지 이어져 있었다. 현관 문턱과 마지막 계단 사이에는 바닥에 깔린 터키산 양탄자 말고는 특별히 다른 것이 자리할 공간이 없었다. 하지만 이 작은 공간은 계단 위에 있는 등불과 간판 아래 커다란 표시등뿐 아니라 여인숙 술집 창문에서 새어 나오는 따뜻한 불빛 덕분에 밤이면 늘 환했다. 이 때문에 조지 여인숙은 차가운 거리를 지나는 행인들의 눈에 환하게 보였다. 페테스는 그곳으로 찬찬히 걸어갔다. 우리도 그 뒤를 따라가서 페테스의 표현대로 두 사람이 직접 대면하는 것을 지켜보았다. 맥팔레인 박사는 민첩하고 강건해 보였다. 활력 넘치는 용모였지만 백발 때문에 창백하고 차분해 보였다. 금테 안경을 꼈고 화려한 금단추가 달린 값비싼 최고급 브로드[1]와 순백색 리넨 옷에 근사한 금시곗줄을 늘어뜨리고 있었다. 흰색 바탕에 라일락 무늬가 점점이 박힌 넥타이를 넓게 접어 맸고, 팔까지 여유롭게 내려오는 모피 코트를 걸치고 있었다. 차림새만 보아도 그가 인생의 전성기를 맞아 부와 명예를 누리고 있는 것은 분명해 보였다. 그에 비해, 대머리에 지저분하고 여드름투성이인 데다 낡은 낙타털 외투를 걸친 우리의 응접실 술고래가 계단 아래에서 의사를 마주하자 그 모습은 극명한 대조를 이루었다.

「맥팔레인!」 페테스가 큰 소리로 의사의 이름을 불렀다. 친구보다는 전령을 부르는 목소리 같았다.

그 소리에 저명한 의사는 네 단째에서 멈춰 섰다. 자신을 부르는 귀에 익은 목소리에 놀란 한편 다소 체면이 구겨진

---

1 면사 따위를 평직으로 짠 것으로 광택이 나는 폭이 넓은 셔츠나 드레스의 옷감으로 쓰인다.

듯 언짢은 표정을 지었다.

「토디 맥팔레인!」 페테스가 다시 불렀다.

그 런던 의사는 휘청거리다시피 했다. 그는 자기 앞에 서 있는 사람을 재빨리 쳐다보더니, 겁을 먹은 듯 자기 뒤를 살피고는 몹시 놀란 목소리로 나지막이 말했다. 「페테스! 자네 군!」

「그래, 나요!」 페테스가 말했다. 「당신도 내가 죽은 줄 알았나? 우리의 인연은 꽤나 질긴 것 같군.」

「쉿, 쉿!」 의사가 말했다. 「너무나 뜻밖의 만남이군. 실은 자네 행색이 남루해서 처음엔 자네를 알아보지 못했네. 아무튼 반갑네. 이렇게 만나다니 정말 반가워. 그런데 어쩌지, 이렇게 반가워하자마자 작별 인사를 해야겠네. 지금 마차가 기다리고 있거든. 기차를 놓쳐서는 안 되고. 그렇지만 자네가……, 어디 보자, 그래, 자네 주소를 알려 주게. 그럼 곧 연락하겠네. 페테스, 자넬 위해 우리가 뭔가 해야겠군. 자네의 형편이 몹시 어려워 보여 마음이 아프군그래. 옛날처럼 저녁이나 먹으며 옛 추억을 되새겨 보세.」

「돈!」 페테스가 소리쳤다. 「네놈에게 받은 돈! 네게 받은 돈은 그날 빗속에 던져 버렸으니, 거기 있겠지.」

어느 정도 우월감을 가지고 자신만만하게 말하던 맥팔레인 박사는 예기치 못한 단호한 거절에 처음 그랬던 것처럼 몹시 당혹스러워했다. 순간 덕망 있어 보이는 그의 얼굴에 잔혹하고 험악한 표정이 스쳐 지나갔다. 「여보게, 친구.」 그가 말했다. 「자네 좋을 대로 하게. 내가 마지막에 한 말이 자네의 감정을 상하게 한 모양이군. 억지로 강요할 생각은 없네. 그럼, 내 주소만이라도 주고 가겠네…….」

「필요 없어. 난 네놈이 기어들어 가 자는 곳이 어딘지 알고 싶지 않아.」 페테스는 상대방의 말을 잘랐다. 「난 네놈의 이름을 듣고는 설마 네놈이면 어쩌나 하고 걱정했어. 어쨌든 하느님이 존재하는지 알고 싶었는데, 이제 알겠군. 하느님은 존재하지 않는다는 걸. 썩 꺼져 버려!」

페테스는 여전히 계단과 출입구 사이에 놓인 양탄자 한가운데에 서 있었다. 그러니 그 거물 런던 의사가 그곳에서 빠져 나가려면 한쪽으로 비켜서 가야만 했다. 그건 굴욕적인 일이라는 생각이 들었던지 의사는 망설이는 것 같았다. 겁에 질린 듯 그의 얼굴은 백지장처럼 하얗게 변해 있었고, 안경 너머 두 눈은 위험하게 빛났다. 어찌할지 몰라 머뭇거리고 있는 동안에 거리에서 마부가 이 진풍경을 들여다보는 모습이 눈에 띄었다. 응접실에서 술집 구석으로 몰려와 바라보고 있던 우리의 작은 무리도 동시에 눈에 띄었다. 지켜보는 사람들이 너무 많다는 걸 알아차린 그는 달아나기로 마음먹었다. 그는 몸을 웅크리고 뱀처럼 벽을 쓸면서 재빨리 옆을 지나쳐 문으로 달려가려 했다. 하지만 그의 시련은 아직 다 끝난 게 아니었다. 지나치는 순간 페테스에게 팔을 붙잡히고 만 것이다. 곧 낮은 어조임에도 고통스러울 만큼 또렷한 페테스의 목소리가 의사의 귀청을 때렸다. 「그걸 다시 본 적이 있나?」

런던의 거물 의사는 마치 목이 죄는 듯 크고 날카로운 비명을 질렀다. 그는 페테스를 옆으로 밀어 버리고는 양손으로 머리를 감싸 쥔 채 마치 도둑질하다 들킨 사람처럼 문밖으로 뛰쳐나갔다. 우리 중 누가 어떻게 해보기도 전에 마차는 이미 역을 향해 덜컹거리며 달려가고 있었다. 이 광경은 마치 꿈처럼 끝이 났지만, 꿈은 마차가 지나간 증거와 흔적을 남겼다. 다음 날 하인이 문간에서 부러진 고급 금테 안경을 발견했던 것이다. 그날 저녁 우리 모두는 술집 창가에 숨을 죽이고 서 있었다. 그때 우리 곁에 서 있던, 술에 취하지 않은 페테스의 표정은 창백하고 단호해 보였다.

「하느님 맙소사, 페테스!」 제일 먼저 정신을 다잡은 여인숙 주인이 말문을 열었다. 「대체 이게 다 무슨 일이야? 자네가 지금까지 한 말들은 이상하기 짝이 없어.」

페테스가 우리를 향해 돌아섰다. 그는 우리 얼굴을 하나하나 차례대로 보며 말했다. 「비밀을 지킬 수 있다면 말해 주겠네. 저 맥팔레인이란 인간의 뜻을 거역하는 짓은 위험한 일이네. 그자의 뜻을 거스른 사람들은 후회했지만, 이미 때가 늦은 뒤였지.」

이렇게 말한 그는 세 번째 잔을 다 비우지도, 남은 두 잔을 기다리지도 않고 우리에게 작별 인사를 하고는 여인숙 등불 밑을 지나 컴컴한 밤 속으로 사라졌다.

우리 세 사람은 응접실에 있는 각자의 자리로 돌아갔다. 벽난로에선 커다란 불꽃이 피어오르고, 네 개의 촛불은 환한 빛을 발하고 있었다. 우리는 지나간 일을 되짚어 보았다. 처음엔 놀라움에 오싹한 기분이 들었지만, 놀라움은 곧 은

근한 호기심으로 바뀌었다. 우리는 늦게까지 자리에 앉아 있었다. 내가 알기로 낡은 조지 여인숙에서 가장 늦게까지 자리를 뜨지 않은 날이었다. 우리는 헤어지기 전에 저마다 나름대로 가정을 해보고 그것을 증명해 보려 했다. 그때 우리에게 뭔가 꿍꿍이가 있어 보이는 친구의 과거를 추적하고 그가 런던의 거물 의사와 공유하고 있는 비밀을 밝혀내는 일보다 더 시급한 것은 없었다. 큰 자랑거리는 아니지만 나는 내가 조지 여인숙에 모인 다른 친구들보다는 이야기를 캐내는 솜씨가 훨씬 좋다고 생각한다. 때문에 다음의 구역질 나는 기괴한 사건을 들려줄 수 있는 사람은 아마 나 말고는 아무도 없을 터이다.

젊은 시절, 페테스는 에든버러의 학교에서 의학을 공부했다. 그는 들은 것을 빠르게 이해하고 쉽게 익히는 재능이 있었다. 집에서도 공부에 열심인 학생은 아니었지만 스승들 앞에서는 예의 바르고 상냥하고 지적인 제자였다. 스승들은 곧 그를 수업을 열심히 듣고 기억력이 좋은 학생으로 인정했다. 사실 처음 들었을 때는 좀 이상하다고 생각했지만, 아무튼 당시 그는 꽤나 호감 가는 유쾌한 인상이었던 듯싶다. 그 시기에 외부에서 초빙한 해부학 강사가 있었는데, 나는 지금부터 그를 K라고 부르겠다. 그의 이름은 훗날 매우 유명해진다. 버크[2]의 사형 집행에 환호하던 군중이 그자를 고용했던 사람도 처형하라고 소리쳐 요구할 때 K는 변장을 하고

2 윌리엄 버크. 공범인 윌리엄 헤어와 함께 최소 16명을 살해하여 외과 의사이자 해부학 교수인 로버트 녹스에게 해부용 시체로 판 인물.

에든버러 거리로 몰래 숨어들었다. 하지만 해부학 강사로 한참 활동하던 당시엔 K의 인기는 절정에 있었다. 그는 뛰어난 재능과 훌륭한 강의, 그리고 경쟁 상대인 대학교수의 무능력 덕분에 큰 인기를 누렸다. 아무튼 학생들은 그를 깊이 신뢰했다. 그랬기에 페테스가 일약 유명해진 이 인물의 총애를 얻게 되자 페테스 자신뿐 아니라 다른 이들도 그가 성공의 기초를 다지게 됐다고 믿었다. K는 뛰어난 선생인 데다 쾌활한 사람이기도 했다. 그는 철저히 수업 준비를 했을 뿐 아니라 익살스럽게 암시하는 것을 즐기기도 했다. 페테스는 이 두 가지 능력에 있어서 K의 인정을 받았고 충분히 그럴 만한 자격을 갖추고 있었다. 이 덕분에 마침내 2년차가 됐을 때 페테스는 같은 학급의 제2 시범 조교 혹은 부조교라는 반 (半)정규직 자리를 얻게 됐다.

부조교 자격으로 그는 특별히 수술실과 강의실을 관장하는 책임을 맡았다. 수술실이나 강의실을 청결하게 관리하고 다른 학생들의 학업 관리도 책임져야 했을 뿐 아니라 해부용 시체를 공급받아 학생들에게 나눠 주는 일도 그가 해야 했다. 해부용 시체를 관리하는 일은 매우 세심한 주의가 필요한 일이었다. 페테스는 이 책무를 다하기 위해서 처음엔 K와 같은 골목에서, 나중에는 아예 같은 건물에서 지내다가 결국엔 해부실이 있는 건물에서 살게 됐다. 이곳에서, 격정적인 쾌락을 즐기며 하룻밤을 보내고 나서 손이 부들부들 떨리고 눈앞은 여전히 몽롱하고 혼란스러운 채로도, 한겨울 동이 트기 전 컴컴한 시각에 더럽고 막가는 인생인 불법 해부용 시체 공급자들이 찾아오면 그는 잠자리에서 일어나야만 했다. 그러곤 훗날 이 지역 전역에 걸쳐 악명을 떨칠 자들에게 문을 열어 줬다. 이어 페테스는 그자들을 도와 비참한 운명의 짐을 들여놓고, 그들에게 더러운 돈을 지불하곤 했다. 곧 그자들이 가고 나면 우정을 나눌 수 없는 시체와 홀로 남게 됐다. 그러면 당장 밤에 빼앗긴 수면을 보충하고 그날의 일을 위해 필요한 기운을 회복하고자 다시 한두 시간 눈을 붙였다.

인간은 죽음을 피할 수 없다는 사실을 상징적으로 보여주는 시체와 함께 시간을 보내면서 삶에 아무런 변화도 느끼지 않는 젊은이는 흔치 않을 터이다. 그는 점차 모든 보편적인 가치 앞에서 눈을 감았다. 그는 다른 사람들의 죽음이나 운명 따위에 관심을 둘 여유가 없었고, 자신의 욕망과 저속한 야망의 노예가 되어 가고 있었다. 그는 냉정하고 가볍고 이기적이었지만 남에게 폐를 끼칠 만큼 심하게 취하거나 처벌받을 도둑질은 하지 않았다. 이는 그가 도덕적인 사람이어서가 아니라 조금이나마 분별력을 갖고 있었기 때문이다. 게다가 그는 스승들과 동급생들로부터 인정을 받고 싶었고, 겉으로 드러나는 일상생활에 큰 흠을 남기고 싶지는 않았다. 이렇다 보니 그는 우수한 학업 성적을 얻는 것이나, 매일 자신을 조교로 쓰는 K의 눈 밖에 나지 않도록 만전을 기하는 데서 기쁨을 얻었다. 하지만 밤이 되면 낮에 열심히 일한 것을 보상하려는 듯 망나니처럼 야단스레 향락을 즐겼다. 그러면서도 낮에 한 일에 대한 적절한 보상이라고 생각하면 양심의 가책 따위는 전혀 들지 않았다.

　해부용 시체를 구하는 일은 그의 스승뿐만 아니라 그에게
도 계속 골칫거리였다. 수강생이 많은 열띤 강의에서 해부용
시체는 늘 부족했다. 그래서 어쩔 수 없이 하는 시체 거래는
그 자체로 기분 나쁜 일이었을 뿐 아니라 관련된 모든 사람
들에게 위험한 결과를 가져올 수 있는 일이기도 했다. 거래
를 할 때는 아무것도 묻지 않는 것이 K의 원칙이었다. 「그쪽
은 시체를 가져오고, 우리는 돈을 지불한다.」 K는 라틴어로
〈쿠이드 프로 쿠오*quid pro quo*〉[3]라는 말을 강조하곤 했다.
또한 조교들에게 반복해서 좀 상스러운 말을 하기도 했다.
「양심에 꺼리지 않으려면, 아무것도 묻지 마.」 누구도 해부
용 시체들이 살인이라는 범죄를 통해 공급된 것임을 인정하
지 않았다. K에게 그런 생각을 말로 꺼냈더라면 아마 공포
에 질려 움찔했을 것이다. 하지만 K는 그렇게 중대한 문제
를 가볍게만 얘기했다. 그런 식의 말은 그 자체만으로 올바
른 태도에 반하는 것이었고, 그가 부려 먹는 이들에겐 유혹
이었다. 이를테면 페테스만 하더라도 시체가 이상할 정도로
신선하다고 종종 혼잣말로 말하곤 했다. 그는 동이 트기 전
에 찾아오는 악한들의 비열하고 혐오스러운 모습에 번번이
충격을 받았다. 그래서 개인적으로 상황을 명확히 종합해서
생각해 보았다. 그랬더니, 자신이 스승의 직설적인 조언에
지나치게 비도덕적이고 단정적인 의미를 부여한 건지도 모
른다는 생각이 들었다. 요컨대, 페테스는 자신의 의무를 세

　3　응분의 대가, 보상.

가지로 이해했다. 즉 가져온 것을 받고, 돈을 지불하고, 어떤 것이든 범죄의 증거는 외면하는 것이었다.

11월의 어느 날 아침, 이 침묵의 원칙이 엄중한 시험대에 올랐다. 그날 페테스는 극심한 치통 때문에 밤을 지새우고 있었다. 치통이 어찌나 심했던지 그는 우리에 갇힌 짐승처럼 방 안을 이리저리 서성이기도 했고, 격분하여 침대 위로 몸을 던지기도 했다. 그러다가 이처럼 고통스러운 밤이면 종종 그랬듯이 불편하고도 깊은 잠에 빠져들었지만, 서너 차례 거세게 두드리는 약속된 신호에 잠에서 깼다. 창밖으로 달빛이 엷게 빛나고 있었다. 매섭게 추운 날씨에 바람이 휘몰아치고 서리까지 내렸다. 도시는 아직 깨어나지 않았지만 말로는 표현할 수 없는 어떤 움직임이 그날 벌어질 소란과 사건을 미리 예고하고 있었다. 도굴꾼들은 평소보다 늦게 왔고 웬일인지 서둘러 돌아가려고 안달하는 듯했다. 페테스는 잠이 덜 깬 얼굴로 그들이 위층으로 올라올 수 있게 불을 밝혀 주었다. 그들이 아일랜드 억양으로 투덜거리는 소리가 잠결에 들렸다. 페테스는 그들이 자루를 벗겨 가여운 상품을 꺼내 놓는 동안에 벽에 어깨를 기대고 꾸벅꾸벅 졸고 있었다. 그는 그들에게 돈을 꺼내 주려고 몸을 흔들어 잠을 쫓아냈다. 그러다가 그의 시선이 우연히 죽은 사람의 얼굴에 가 닿았다. 그는 소스라치게 놀랐다. 촛불을 들어 올린 채 그는 두어 발짝 앞으로 가까이 다가갔다.

「오, 맙소사! 이건 제인 갤브레이스잖아!」

시체를 가져온 이들은 아무런 대답도 없이 발을 질질 끌며 문 쪽으로 걸음을 옮겼다.

「내가 아는 여자야.」 페테스가 말을 이었다. 「어제까지만
해도 건강하게 살아 있던 여자라고. 그런 여자가 죽다니, 말
도 안 돼. 당신들이 이 시체를 정상적인 방법으로 구했을 리
가 없어.」

「선생, 뭔가 잘못 알고 계신 거요.」 한 남자가 말했다.

다른 남자는 험악한 눈초리로 페테스를 노려보며 당장 돈
을 내놓으라고 요구했다.

그것은 분명 위협이었다. 정말로 위험한 상황이었다. 젊은
이는 심장이 멎는 것만 같았다. 그는 더듬더듬 변명을 하면
서 돈을 세어 치렀다. 그러곤 혐오스러운 방문자들이 떠나는
것을 지켜보았다. 그들이 가자마자 페테스는 서둘러 의혹의
대상을 확인해 보았다. 분명한 특징이 여남은 개나 눈에 띄
는 걸로 보아, 바로 전날 자신이 희롱했던 소녀임이 확실했
다. 그는 두려움에 떨며 그녀의 몸에서 폭력의 흔적으로 보
이는 자국들을 확인했다. 돌연 공포가 엄습하자, 그는 도망
치듯 자기 방으로 황급히 뛰어 들어갔다. 그러곤 자신이 발
견한 사실을 곰곰이 생각해 보았다. K가 지시했던 말의 속
뜻과 이렇게 심각한 일에 자신이 연루된 것이 얼마나 위험한
지에 대해서도 냉정히 생각해 보았다. 몹시 혼란스러웠던 그
는 결국 직속 선배인 수업 조교에게 조언을 구해 보기로 마
음먹었다.

그 선배가 바로 젊은 의사 울프 맥팔레인이었다. 교활하
고 방탕한 데다 극도로 파렴치한 인간이었지만, 모든 무모

한 학생들 사이에서 대단히 인기가 높았다. 외국을 여행하고 유학을 한 적도 있었다. 태도는 상냥하면서도 좀 뻔뻔한 면이 있었다. 스케이트나 골프 실력이 남달랐고 연극 무대에서도 뛰어난 솜씨를 발휘했다. 대담하게 멋을 부린 옷차림은 근사했고, 소유하고 있던 이륜마차와 튼튼하고 빠른 말 한 필은 그의 명예를 완벽히 마무리해 주었다. 페테스와 그는 친한 사이였다. 사실상 그들은 처해 있는 위치 때문에 일정한 공동체 생활을 했다. 해부용 시체가 부족하면 두 사람은 맥팔레인의 마차를 타고 멀리 시골까지 가서 외딴 묘지를 찾아 무덤을 훼손한 후 동트기 전에 전리품을 가지고 해부실로 돌아오곤 했다.

페테스가 갤브레이스의 시체를 알아본 그날 아침, 맥팔레인은 평소보다 조금 일찍 도착했다. 페테스는 그의 발소리를 듣고 계단으로 내려가서 그를 만나 오늘 벌어진 이야기를 들려주고는 자신이 놀란 원인을 보여 주었다. 맥팔레인은 그녀의 몸에 남은 상처 자국들을 살펴보았다.

「그렇군.」 맥팔레인이 고개를 끄덕이며 말했다. 「수상한 데가 있어.」

「그럼, 어떻게 하죠?」 페테스가 물었다.

「어떻게 하다니?」 맥팔레인이 되물었다. 「뭘 하고 싶은데? 말이 많으면 화근이 되는 법이지. 이게 내가 하고 싶은 말이야.」

「누군가 이 여자를 알아볼 수도 있어요.」 페테스가 반박했다. 「알 만한 사람은 다 아는 여자예요.」

「그런 일이 없길 바라야지.」 맥팔레인이 말했다. 「행여 누가 알아보더라도, 음, 자네는 이 여자를 모르는 거야, 알겠나? 모른다면 그걸로 끝이야. 사실 이 일을 너무 오랫동안 계속해 왔어. 괜히 문제를 들추었다간 K가 아주 곤란한 지경에 빠지게 돼. 그리되면 너 역시 궁지에 빠지게 될 거야. 나도 그렇게 될 테고. 그러면 우리의 꼴이 어떻게 보일까. 기독교 증언대에 올라 우린 무슨 말로 변명해야 할까. 너도 알고 있을 테지만, 사실 우리가 받아 온 해부용 시체들은 모두 살해된 거였어.」

「맥팔레인!」 페테스가 소리쳤다.

「자, 자!」 상대방이 비웃었다. 「너, 전혀 의심하지 못했던 거야?」

「의심하는 것과…….」

「증거는 다르다는 거지. 그래, 나도 알아. 나도 너만큼이나 이게 여기에 온 게 유감이야.」 맥팔레인이 지팡이로 시체를 툭툭 치며 말했다. 「지금으로서는 이걸 모르는 척하는 게 가장 좋은 방법이야.」 그가 냉정하게 덧붙여 말했다. 「난 이제 이게 누군지 몰라. 넌 원하는 대로 해. 내 생각을 강요하진 않겠어. 하지만 세상 사람들은 다 나처럼 처신할 거야. 한마디 덧붙이자면, K가 우리에게 원하는 게 무엇일까 생각해 보라는 거야. 문제는 왜 그가 우리 두 사람을 조교로 뽑았는가 하는 거지. 내가 대답해 주겠어. 그는 수다스러운 노파 따위는 원하지 않았던 거야.」

맥팔레인의 말은 젊은 페테스의 마음을 뒤흔들어 놓았다. 그는 맥팔레인의 행동에 따르는 데 동의했다. 불운한 소녀의 시체는 예정된 시각에 해부되었고, 그녀를 안다고 말하거나 아는 듯이 행동하는 사람은 아무도 없었다.

어느 날 오후, 하루의 일을 마치고 사람들이 많이 찾는 선술집에 들렀던 페테스는 맥팔레인이 낯선 사람과 함께 있는 것을 보았다. 함께 있는 남자는 체구가 작았고, 낯빛은 창백하고 어두웠고, 두 눈은 칠흑처럼 새까맸다. 그의 용모는 언뜻 보아 지적이고 세련되어 보였지만, 가까이에서 제대로 보니 그런 점이 거의 느껴지지 않았다. 오히려 태도에서 보이듯 그는 거칠고 저속하고 멍청한 사람이었다. 그렇지만 그가 맥팔레인을 휘어잡고 있었다. 마치 군주처럼 명령을 내렸고 조금이라도 말대꾸를 하거나 꾸물거리면 불같이 화를 냈다. 그리고 맥팔레인이 노예처럼 자신의 명령에 복종해야만 한다고 무례하게 떠들곤 했다. 이처럼 아주 무례한 사람이 페테스에겐 바로 호감을 보이며 술을 권하더니, 자신만만하게 자신의 과거 경력을 자랑해 댔다. 그가 고백한 이야기의 10분의 1이라도 사실이라면 그는 정말 흉악한 악한일 터였다. 그토록 경험이 많은 사람이 보이는 관심은 젊은이의 허영심을 자극했다.

「난 정말 나쁜 놈이지. 하지만 맥팔레인은 애송이야. 토디 맥팔레인, 난 이 친구를 그렇게 불러.」 낯선 사람이 말했다. 그는 〈토디, 자네 친구에게 술 한 잔 더 시켜 줘〉 혹은 〈토디, 일어나서 문 좀 닫고 와〉라는 식으로 말했다. 「토디는 날 몹시 미워해.」 그러곤 다시 이렇게 말했다. 「그렇잖아. 토디, 너 날 미워하잖아!」

「그 빌어먹을 이름으로 날 부르지 마요.」 맥팔레인이 투덜 댔다.

「이 친구가 말하는 소리를 들었지! 젊은이들이 칼 쓰는 걸 본 적 있나? 저 친구는 내 온몸을 난도질하고 싶을걸.」 낯선 사람이 말했다.

「우리 의학도들에겐 그보다 더 나은 방법이 있어요.」 페테스가 말했다. 「우린 싫어하는 친구의 시체는 해부해 버리거든요.」

맥팔레인이 매서운 눈빛으로 얼굴을 쳐들었다. 그런 농담은 미처 생각지도 못했다는 듯이.

오후가 지나갔다. 낯선 이의 이름은 그레이였다. 그는 페테스에게 저녁을 함께 먹자고 권하고는 선술집을 술렁이게 할 정도로 호화로운 음식을 주문했다. 저녁 식사를 마치자 그는 맥팔레인에게 계산을 하라고 명령했다. 그들은 늦은 밤이 되어서야 헤어졌다. 그레이라는 남자는 몸을 가눌 수 없을 만큼 잔뜩 취했다. 하지만 화가 나서 그런지 정신이 멀쩡했던 맥팔레인은 억지로 치러야 했던 술값과 꾹 참고 삼켜야 했던 모욕감에 대해 곱씹어 생각했다. 섞어 마신 여러 종류의 술이 머릿속에서 울리는 듯했던 페테스는 비틀비틀 걸어서 정신이 완전히 나간 상태로 집에 돌아왔다. 다음 날 맥팔레인은 수업을 빼먹었다. 페테스는 맥팔레인이 못 견딜 만큼 까다로운 그레이에게 아직도 붙잡힌 채 이 술집 저 술집을 옮겨 다니고 있을 거라고 상상하며 혼자 미소 지었다. 수업이 끝나자마자 그는 지난밤의 술친구들을 찾아 이곳저곳을 돌아다녔지만 어디에서도 그들을 볼 수 없었다. 어쩔 수 없이 그는 일찌감치 숙소로 돌아와 잠자리에 들어 숙면을 취했다.

새벽 4시, 그는 익숙한 신호 소리에 잠에서 깼다. 문으로 내려간 그는 맥팔레인이 마차를 끌고 온 걸 보고는 깜짝 놀랐다. 마차에는 그가 익히 아는, 소름 끼치는 길쭉한 꾸러미 하나가 실려 있었다.

「뭡니까?」 페테스가 소리쳤다. 「혼자 구해 온 겁니까? 어떻게 그걸 혼자 가져왔어요?」

하지만 맥팔레인은 거칠게 페테스의 말문을 막으며 할 일이나 하라고 지시했다. 두 사람은 시체를 위층으로 옮겼다. 시체를 테이블 위에 올려놓자 맥팔레인은 처음에는 가버리려는 듯 움직이다가 곧 걸음을 멈추고는 뭔가 주저하는 기색을 보였다. 그러더니 이윽고 좀 조심스럽게 말문을 열었다. 「얼굴을 확인해 보는 게 좋을 거야.」 페테스가 놀라서 자신을 뚫어지게 쳐다보기만 하자 맥팔레인이 다시 입을 열었다. 「확인해 보는 게 좋을 거라니까.」

「한데, 언제 어디서 어떻게 구한 거죠?」 페테스가 소리쳤다.

「얼굴을 확인해 보라니까.」 대답은 그뿐이었다.

페테스는 망설였다. 이상한 의구심이 엄습했다. 그는 젊은 의사를 쳐다보던 시선을 시체로 옮겼고, 다시 의사를 쳐다보았다. 마침내 페테스는 움찔하며 맥팔레인이 시키는 대로 했다. 그의 눈에 들어온 광경은 거의 예상했던 그대로였지만 그래도 충격은 잔인했다. 고기로 배를 채우고 맥팔레인을 실컷 골탕 먹인 후 선술집을 나섰던 남자, 멋진 옷차림을 하고 있던 그가 딱딱하게 굳은 시체가 되어 벌거벗은 몸으로 거친 삼베 자루 속에 처박혀 있었다. 그 시체를 보니 인정 없던 페테스에게조차 양심의 가책과 함께 공포가 엄습했다. 자신이 알고 있던 사람이 둘이나 이 차디찬 테이블 위에 누워 있게 될 줄이야. 〈내일은 네 차례〉라는 경구가 머릿속에 메아리쳤다. 하지만 이런 생각은 부차적인 것이었다. 우선 걱정할 것은 울프와 관련된 일이었다. 이 뜻하지 않은 중대한 사태를 맞이해 페테스는 동료의 얼굴을 어떻게 쳐다봐야 할지 몰랐다. 감히 동료와 눈을 마주칠 수도 없었고, 그의 지시에 어떤 말은커녕 목소리조차 낼 수 없었다.

먼저 나서 입을 연 건 맥팔레인이었다. 그가 조용히 뒤로 다가오더니 부드러우면서도 힘 있게 페테스의 어깨에 손을 얹으며 말했다.

「머리는 리처드슨에게 줘.」

리처드슨은 오래전부터 인간의 머리를 해부하고 싶어 안달하던 학생이었다. 아무런 대답이 없자, 살인자가 말을 이었다. 「그럼, 일 처리에 대해 얘기하지. 내게 돈을 지불하고, 장부에 꼭 기록하도록 해.」

「돈을 달라고요!」 페테스가 스스로 생각하기에도 제 목소리 같지 않은 목소리로 말했다. 「저것에 대한 대가를 달라는 겁니까?」

「그래, 당연히 내게 돈을 줘야지. 어느 모로 보나 그렇고말고.」 맥팔레인이 대답했다. 「내가 그걸 공짜로 준 건 아니야.

자네가 공짜로 받아서도 안 될 일이지. 우리 둘이 타협을 보면 돼. 이 일도 저번 제인 갤브레이스의 경우와 같아. 일이 잘못될수록 우리는 더욱더 아무런 일이 없는 듯이 행동해야 해. 늙은이 K가 돈을 어디에 두지?」

「저쪽에요.」페테스가 구석에 있는 벽장을 가리키며 쉰 목소리로 대답했다.

「열쇠 줘.」맥팔레인이 손을 내밀며 조용히 말했다.

잠깐 망설였지만 주사위는 이미 던져졌다. 맥팔레인은 손가락 사이에 닿는 열쇠의 감촉이 느껴지자 신경이 경련을 일으키는 것을 억누르지 못했다. 그 미세한 신체 반응이 그가 크게 안도했음을 보여 주었다. 그는 벽장을 열고 한 칸에서 펜과 잉크, 장부를 꺼냈고 서랍에 있던 돈뭉치에서 해부용 시체 값에 해당하는 액수의 돈을 떼어 냈다.

「자, 이 돈을 보라고.」그가 말했다. 「이제 시체 값이 지불된 거야. 이게 네가 성실하다는 첫 번째 증거지. 네 안전을 위한 조치의 첫 단계이기도 하고. 이제 두 번째 단계로 일을 마무리 지어야 해. 자, 지불 내역을 장부에 기록해. 그러면 네게 문제될 게 전혀 없을 거야.」

맥팔레인의 말을 듣고 페테스는 잠시 고민했다. 여러 가지 두려움을 저울질했는데, 결국 가장 당장 두려운 것이 승리했다. 지금 당장 벌어질 수도 있는 맥팔레인과의 싸움을 피할 수만 있다면 앞으로 닥칠 어떤 어려움도 참아 낼 수 있을 것만 같았다. 그는 지금껏 내내 들고 있던 촛불을 내려놓고 침착하게 날짜와 거래 유형, 거래 금액을 적었다.

「자, 이제 너도 주머니에 돈을 좀 챙겨. 그래야 공평하지. 난 이미 내 몫을 챙겼으니. 그런데 말이야, 세상 물정에 밝은 사람은 운이 좋아 주머니에 여윳돈이 좀 생기면, 말하기 부끄럽지만, 꼭 지켜야 할 행동 수칙이란 게 있어. 한턱을 내지 않기, 비싼 수업 교재를 사지 않기, 오래된 빚을 갚지 않기, 빌리고 빌려 주지 않기. 바로 이런 거야.」맥팔레인이 말했다.

「맥팔레인.」페테스가 여전히 쉰 목소리로 말했다.「난 선배를 위해서 목숨을 걸었어요.」

「나를 위해서라고?」울프가 소리쳤다.「오, 왜 이래! 내가 보기에 그건 순전히 너 자신을 지키려고 한 일이야. 생각해 봐. 내게 문제가 생기면, 넌 어떻게 될 것 같나? 이 두 번째 작은 사건은 분명히 첫 번째 사건에서 연유한 거야. 그레이 씨는 갤브레이스 양의 속편이라고. 시작하지 않았으면 멈출 일도 없었겠지. 하지만 일단 시작을 했으면 그 일을 계속해야 하는 거야. 그게 진리야. 사악한 자에게 휴식 따윈 없어.」

끔찍할 정도로 눈앞이 캄캄한 느낌과 운명이 자신을 배반했다는 예감이 이 불행한 학생의 영혼을 휘어잡았다.

「맙소사!」그가 소리쳤다.「대체 내가 무슨 짓을 했다는 겁니까? 언제 뭘 시작했다는 거죠? 상식적으로 생각해서, 조교가 된 것이 무슨 잘못입니까? 봉사하려면 지위가 필요한 것이고, 봉사에 지위가 주어지는 것이죠. 조교가 꼭 지금의 내 처지가 되어야 하는 겁니까?」

「친구, 넌 정말 어린애로군!」맥팔레인이 말했다.「도대체 네게 해가 될 게 뭐가 있다고 그래? 입만 다물면 무슨 해가 돌아가겠나? 이봐, 우리의 인생이 뭔지 아나? 우리 같은 사람들은 두 종류가 있어. 바로 사자와 양이지. 네가 양이라면 그레이나 제인 갤브레이스처럼 이 테이블 위에 눕게 될 거야. 네가 사자라면 살 수 있을 테고, 나와 K처럼 말을 몰 수 있지. 기지나 용기가 있는 세상 모든 사람들처럼 말이야. 처음에 넌 망설였지. 하지만 K를 보라고! 이 친구야, 넌 영리하고 배짱도 있어. 난 네가 마음에 들어. K도 널 좋아하고. 넌 사냥에 타고난 재능이 있어. 내 명예와 인생 경험을 걸고 말하는데, 넌 3일만 지나면 고등학생이 익살극을 보고 웃듯이 모든 허수아비들을 보며 웃게 될 거야.」

이런 말을 남기고 떠난 맥팔레인은 마차를 몰고 골목길을 달려 날이 밝기 전에 안전한 곳으로 피했다. 홀로 남게 된 페테스는 후회스러웠다. 그는 자신이 비참한 지경의 위험한 일에 연루되고 말았다는 사실을 알았다. 자신이 한없이 약하다는 것을, 자꾸 양보만 하다가 맥팔레인의 운명을 결정짓는 자의 위치에서 돈을 챙긴 무력한 공범으로 전락하고 말았다는 사실을 깨닫자 말로는 표현할 수 없는 절망감이 들었다. 그때 조금이라도 더 용기를 냈더라면 어떤 희생을 치르더라도 상관없을 것 같았다. 하지만 여전히 용감해질 수는 없을 것 같았다. 제인 갤브레이스의 일을 비밀로 한 것과 장부에 맥팔레인과 시체를 거래한 내역을 기록한 저주받을 일이 그의 입을 틀어막았다.

몇 시간 뒤, 수업이 시작되었다. 불운한 그레이의 신체 부위들이 여러 학생들에게 이리저리 분배되었지만 시체에 대해서 뭐라 하는 사람은 아무도 없었다. 리처드슨은 머리를 받고는 무척 기뻐했다. 수업 시간이 끝났음을 알리는 종소리가 울리기 전에, 페테스는 그레이의 신체 부위들이 안전지대로 가버렸다는 걸 깨닫고는 기쁨에 몸을 떨었다.

이틀 동안 더더욱 큰 기쁨을 느끼며 그는 실체를 감추는 무서운 위장 과정을 지켜보았다.

사흘째 되는 날 맥팔레인이 나타났다. 그는 그동안 아팠다고 말했다. 하지만 열성적으로 학생들을 지도하며 빼먹은 수업을 보충했다. 특히 리처드슨에게 매우 유익한 도움과 조언을 주었다. 그러자 그 학생은 조교의 칭찬에 크게 고무된 듯, 야심 찬 희망에 부풀어 벌써 학위 메달을 수여받기라도 한 것 같은 기분에 젖었다.

한 주가 다 가기 전에 맥팔레인의 예언은 적중했다. 페테스는 두려움을 떨쳐 내고 자신의 비열함을 잊어버릴 수 있었다. 그는 어느새 자신의 용기에 뿌듯함을 느끼기 시작했고, 실제 이야기를 자의적으로 너무 조작하다 보니 온당치 않은 자부심마저 느끼며 사건을 돌이켜 볼 수 있었다. 그는 공범을 자주 만나지는 못했다. 물론 수업과 관련된 일 때문에 만나기는 했다. 그들은 함께 K로부터 지시를 받았고 때로는 사적으로 한두 마디 말을 주고받곤 했는데, 맥팔레인은 늘 친절하고 유쾌한 모습을 보였다. 하지만 자신들이 공유한 비밀에 대해 언급하길 꺼리는 것은 분명했다. 페테스가 자신도 사자의 운명에 동참하고 결코 양은 되지 않겠다고 속삭일 때조차도 맥팔레인은 그저 미소를 지으며 조용히 하라는 뜻을 몸짓으로 알렸다.

마침내 두 사람이 다시 한 번 서로 엮이는 일이 일어났다. 학생들이 해부 수업에 열성적이었기에 K는 또다시 해부용 시체가 부족해졌다. 결국 K는 교수의 권리를 행사해, 해부용 시체를 원활히 공급하라고 요구했다. 마침 그 무렵, 글렌코스의 시골 묘지에서 장례식이 있었다는 소식이 들려왔다. 그곳은 예나 지금이나 변한 게 거의 없었다. 지금처럼 그때도 묘지는 인가에서 멀리 떨어진 교차로에 있었고, 시체는 여섯 그루의 삼나무에서 떨어진 낙엽 밑으로 수 미터 깊이에 묻혀 있었다. 근처의 언덕에서는 양들의 울음소리가 들려왔고, 묘지의 양쪽으로는 작은 개울이 흐르고 있었다. 한쪽 개울물은 요란한 소리를 내며 자갈돌 사이로 흘러내리고 다른 쪽 개울물은 작은 못에서 못으로 슬며시 떨어져 내리고 있었다. 꽃이 만발한 늙은 밤나무들 사이로 바람이 불었다. 그리고 일주일에 한 번씩 울리는 교회 종소리와 성가대 선창자의 옛 노랫가락만이 시골 교회 주변에 흐르는 정적을 깨뜨렸다. 당시엔 〈부활시키는 사람〉으로 불렸던 시체 도굴꾼은 관습적인 신앙의 신성함 때문에 자기 일을 그만둘 리가 없었다. 옛 무덤의 소용돌이와 나팔 모양 장식이나 참배자와 애도하는 사람들이 다져 놓은 발길, 유족의 사랑이 깃든 봉헌물과 비문을 멸시하고 모독하는 것이 시체 도굴꾼의 일이었다. 시골 사람들의 이웃 간 사랑은 훨씬 더 끈끈하며 혈연과 우정으로 맺어진 유대가 시골 교구 사회 전체를 하나로 묶고 있었는데, 시체 도둑들은 이에 대한 자연스러운 존중에서 시체 도굴을 그만두는 것이 아니라 오히려 더 쉽고 안전하게 일을 마칠 수 있어 좋아했다. 전혀 새로운 생으로 부활하기를 기꺼이 기대하며 땅 속에 누워 있던 시체들은 삽질과 곡괭이질을 통해서 등불 아래 소름 끼치는 모습으로 너무 성급하게 부활했다. 관이 뜯기고 수의가 찢긴 후, 애처로운 시체는 삼베 자루에 싸여 달빛 한 점 없는 샛길을 몇 시간 동안 덜컹거리며 달려야 했다. 그러곤 결국엔 입을 딱 벌리고 바라보는 학생들 앞에서 가장 치욕적인 모습으로 자신을 드러냈다.

두 마리의 독수리가 죽어 가는 양을 덮치듯이, 페테스와 맥팔레인은 조용한 푸른 묘지의 무덤 하나를 기습할 셈이었다. 무덤의 주인은 60년의 생을 산 어느 농부의 아내였다. 그저 좋은 버터를 만들고 경건한 대화를 나누며 살다 간 그녀가 한밤중에 파헤쳐진 무덤에서 끌려 나와 발가벗겨진 채 시체의 몸으로, 교회에 갈 때만 입는 가장 좋은 옷을 입고야 방문했던 먼 도시로 옮겨지게 될 터였다. 그녀의 가족 곁에 있는 무덤은 최후의 심판일이 올 때까지 텅 비어 있을 것이고, 그녀의 순결하고 존경스럽기까지 한 신체 부위들은 해부학도들의 극단적인 호기심 앞에 모습을 드러내게 될 것이었다.

어느 늦은 오후, 두 사람은 망토를 두르고 독한 술 한 병을 챙겨 길을 떠났다. 쉬지 않고 비가 내렸다. 거세게 퍼붓는 차디찬 장대비였다. 이따금씩 바람이 휙 불어왔지만 세찬 장대비는 그칠 줄 몰랐다. 그들은 술을 남김없이 마셔 대며 저녁을 보낼 예정인 페니퀵까지 마차를 몰았다. 슬프고 조용한 여정이었다. 그들은 가는 중에 마차를 멈추고는 교회 묘지에서 멀지 않은 곳의 우거진 덤불 속에 연장들을 숨겨 놓았다. 그러곤 도로 피셔스 트리스트에 가 마차를 세우고 는 주방의 화로 앞에서 건배를 하고 위스키 대신 에일 맥주 를 마시기로 했다. 목적지에 도착한 그들은 마차를 마구간 에 들여놓은 다음 말에게 먹이를 주고 편히 쉬게 했다. 그러 고는 두 젊은 의사는 사실(私室)에 앉아 주인이 내놓은 가장 훌륭한 식사와 포도주를 먹고 마셨다. 등불, 난롯불, 창문을 두드리는 빗소리, 그리고 그들 앞에 놓인 혹독하고 부조리 한 일이 식사의 즐거움에 풍미를 더해 주었다. 술잔을 들이 킬 때마다 온정이 더해 갔다. 곧 맥팔레인이 동료에게 꽤 되 는 금화를 내밀었다.

「내 성의야.」 맥팔레인이 말했다. 「친구 사이에 이 약소한 돈쯤이야 별거 아니지.」

페테스는 그 돈을 받아 주머니에 넣고는 맥팔레인에게 극 구 찬사를 보냈다. 「선배는 철학자예요.」 페테스가 큰 소리 로 말했다. 「난 선배를 알기 전까지는 바보였어요. 선배와 K, 두 분 사이에서 난 정말 바보였어요! 하지만, 이제 나를 진정한 사나이로 만들어 주시겠죠.」

「물론 우리는 그렇게 해줄 거야.」 맥팔레인이 맞장구를 쳤 다. 「사나이라? 요전번에 나를 도와준 일이 바로 사나이다 운 행동이었지. 덩치만 크고 말 많은, 마흔 살 먹은 겁쟁이들 이었다면 그 시체를 보기만 해도 구역질을 하고 말았을 거 야. 하지만 넌 달랐지. 내가 지켜봤는데, 넌 냉정을 잃지 않 았어.」

「음, 왜 아니겠어요?」 페테스가 우쭐대며 말했다. 「사실 내 일이 아니었지요. 한편으로 생각하면 혼란스러울 뿐 내게 득 될 게 없었어요. 하지만 다른 한편으로 생각하면, 내게 선배가 고마움을 표하리라는 걸 기대할 수 있었죠. 이거 보이죠?」 그는 손으로 주머니를 쳐서 금화가 딸랑거리는 소리를 냈다.

맥팔레인은 페테스의 불쾌한 말에 왠지 모를 모종의 불안감을 느꼈다. 그는 이 젊은 동료에게 너무 많은 걸 가르쳐 준건 아닌지 후회가 되기도 했다. 하지만 페테스가 계속 시끄럽게 허풍을 떨어 대는 통에 그를 입 다물게 할 여유가 없었다.

「중요한 건 두려워하지 않는다는 거죠. 우리끼리 하는 말이지만, 난 교수형당하고 싶지 않아요. 그게 실질적인 거죠. 하지만 맥팔레인, 난 선천적으로 모든 위선적인 것들을 경멸해요. 지옥, 신, 악마, 정의, 부정, 죄악, 범죄, 이런 따위의 낡은 골동품들은 어린아이들이나 무서워하죠. 선배나 나같이 세상 물정에 밝은 사람은 그것들을 경멸하죠. 자, 그레이를 기리며, 건배!」

이렇게 대화를 나누며 시간을 보내다 보니, 어느덧 예정시각이 조금 지나 있었다. 내놓으라고 일러 두었던 대로 마차가 양쪽 등불을 환히 밝힌 채 문 앞에 대기하고 있었다. 두 젊은이는 계산을 끝내고 길을 떠났다. 그들은 피블스로 간다고 말하고는 마을의 마지막 집에서 멀어질 때까지 그쪽 방향으로 마차를 몰았다. 그러곤 곧 등불을 끄고 왔던 길을 어느 정도 되돌아간 다음 샛길을 따라 글렌코스로 말을 몰왔다. 마차가 달리는 소리와 쉬지 않고 세차게 쏟아지는 빗소리 말고는 아무 소리도 들리지 않았다. 사방은 칠흑 같은 어둠에 휩싸여 있었다. 여기저기 보이는 흰색 대문이나 흰 벽돌만이 짧은 거리나마 나아갈 수 있도록 어두운 밤길을 안내해 주었다. 하지만 대부분은 걷는 속도로, 더듬다시피 하여 나아갔다. 그들은 그렇게 느릿느릿 칠흑 같은 어둠을 헤치고 외딴 곳에 있는 엄숙한 분위기의 목적지로 향했다. 묘지 주변을 가로지르는 움푹 꺼진 숲에 이르자 희미하게 비추던 마지막 불빛마저 사라졌다. 결국 성냥을 그어 마차 랜턴 중 하나에 불을 붙여야 했다. 이윽고 그들은 빗방울이 뚝뚝 떨어지는 나무들 아래, 바람에 흔들리는 거대한 그림자들에 에워싸인 곳에 도착했다. 그곳이 바로 그들이 불경스러운 일을 할 장소였다.

두 사람 모두 그런 일에 노련했기에 힘껏 삽질을 했다. 삽질을 한 지 20분도 채 되지 않아 삽날이 관 뚜껑에 부딪치며 둔탁한 덜컥 소리를 냈다. 바로 그 순간, 맥팔레인은 돌에 손을 다치고 말았다. 그는 그 돌을 집어 머리 너머로 아무렇게나 던져 버렸다. 거의 어깨 높이에 차도록 파 내려간 무덤은 묘지의 위쪽 평지가 끝나는 곳 가까이에 있었다. 그리고 마차의 등불은 작업 중인 곳을 더 잘 비추게끔 개울 쪽으로 가파른 둑 가장자리에 선 나무에 기대어 놓은 상태였다. 맥팔레인이 던진 돌이 공교롭게도 램프를 정확히 맞히고 말았다. 유리가 깨지는 쩽그렁 소리와 함께 어둠이 엄습했다. 곧이어 둔탁한 소리와 울림 소리가 교대로 나는 것으로 보아 램프가 둑 아래로 굴러떨어지는 것 같았다. 이따금 나무에 부딪치는 소리도 들렸다. 굴러 내려가는 램프에 부딪힌 돌멩이 한두 개가 램프에 뒤이어 깊은 골짜기 아래로 굴러떨어지는 소리가 들려왔다. 그러곤 어둠과 함께 다시 침묵이 엄습했다. 두 사람은 신경을 곤두세우고 귀를 기울였지만, 이제 바람과 맞서며 몇 킬로미터에 걸쳐 펼쳐진 시골 마을 위로 줄기차게 쏟아지는 빗소리 말고는 아무 소리도 들리지 않았다.

혐오스러운 일이 거의 끝나 가고 있던 터라, 그들은 어둠 속에서라도 일을 마치는 것이 최선책이라고 판단했다. 관을 들어내고 부숴 열었다. 시체를 물이 뚝뚝 떨어지는 자루에 넣은 후 두 사람이 앞뒤로 잡아서 마차로 옮겼다. 한 사람은 마차 위로 올라가 시체가 든 자루를 제자리에 놓았고, 다른 한 사람은 고삐를 잡고서, 벽과 덤불숲을 더듬으며 천천히 빠져나와 마침내 피셔스 트리스트 옆으로 난 조금 더 넓은 길에 이르렀다. 순간 어디선가 퍼져 나오는 희미한 불빛이 보였다. 그들은 햇빛을 만나기라도 한듯 환호했다. 그들은 그 불빛에 의지해서 꽤 빠른 속도로 말을 몰아, 마을을 향해 덜컥거리며 흥겹게 달리기 시작했다.

깊게 팬 바큇자국들 사이로 지나가느라고 마차가 튀어 올랐고, 그 바람에 두 사람 사이에 기대 있던 시체가 한쪽으로 쓰러졌다가 반대쪽으로 쓰러지곤 했다. 시체를 파내느라 온몸이 흠뻑 젖은 두 사람은 시체가 반복해 몸에 닿을 때마다 끔찍해하며 본능적으로 재빨리 그것을 밀쳐 내곤 했다. 그처럼 시체가 반복적으로 이리저리 움직이는 일은 그 상황에서 자연스러운 것이었지만, 두 사람은 무척 신경이 쓰이기 시작했다. 맥팔레인은 농부의 아내에 대해서 악의적인 조롱을 몇 마디 내뱉었지만 말은 입술에서 공허하게 흘러나와 침묵에 잠겨 버렸다. 그들의 기괴한 짐은 여전히 이쪽으로 또 저쪽으로 부딪치더니, 이제는 그들의 어깨 위에 은밀히 머리를 기대는가 하면 빗물에 흠뻑 젖은 삼베 자루 자락이 차갑게 그들의 얼굴을 때리기도 했다. 페테스는 등골이 오싹한 기분이 들기 시작했다. 그는 시체 자루를 자세히 살펴보았는데, 어쩐지 처음보다 조금 더 커진 것만 같았다. 가까운 곳에서든 먼 곳에서든 시골 곳곳에서 농장의 개들이 지나가는 그들을 쫓으며 비통하게 짖어 댔다. 페테스는 점차 뭔가 기괴하고 불가사의한 일이 일어난 것만 같은 기분에 사로잡혔다. 시체에 알 수 없는 변화가 생겼고, 이 때문에 불경스러운 짐에 두려움을 느낀 개들이 그토록 사납게 짖어 대는 것만 같았다.

「제발,」 페테스가 가까스로 말을 토해 냈다. 「제발 불 좀 켭시다!」

맥팔레인도 같은 기분이었던지, 아무 대답 없이 말을 멈췄다. 그는 고삐를 페테스에게 넘겨주고는 마차에서 내려 남아 있는 램프에 불을 붙였다. 그때 그들은 멀리 벗어나지도 못하고 오첸클리니로 내려가는 교차로에 도착했을 뿐이었다. 노아의 대홍수가 다시 일어날 듯이 비가 여전히 거세게 퍼붓고 있었기에 어둠에 휩싸인 축축한 곳에서 불을 붙이기란 쉽지 않았다. 마침내 깜박거리는 푸른 불꽃이 심지로 옮겨 붙더니 점점 더 커지며 선명하게 타올랐다. 비추는 불빛에 마차 주변에 희미한 밝기의 넓은 원형 공간이 생겼다. 이제 두 젊은이는 서로는 물론이고 자신들이 가져온 짐도 볼 수 있었다. 비에 젖은 거친 삼베 자루는 안에 든 시체의 윤곽을 또렷이 드러냈다. 머리는 몸통과 확연히 구분되어 보였고 어깨의 윤곽도 분명하게 눈에 띄었다. 두 사람은 유령 같으면서도 인간적인 무엇, 함께 마차를 타고 온 소름 끼치는 그 동료에게서 시선을 뗄 수 없었다.

맥팔레인은 램프를 든 채 한동안 꼼짝 못 하고 서 있었다. 뭔지 모를 공포가 물에 젖은 홑이불처럼 시체를 감싸고 있었다. 그것을 보고 있던 페테스의 얼굴은 하얗게 질렸다. 실체를 알 수 없는 두려움과 있을 수 없는 것에 대한 공포가 계속 그의 뇌리를 점령하고 있었다. 또 한 번 시체 자루에 시선을 던진 후에 그가 말문을 열려 했다. 하지만 선배가 그를 앞질렀다.

「이건 여자가 아니야.」 맥팔레인이 숨죽인 목소리로 말했다.

「우리가 넣었을 땐 여자였어요.」 페테스가 속삭였다.

「램프를 들어 봐.」 맥팔레인이 말했다. 「얼굴을 봐야겠어.」

페테스가 램프를 들자 동료가 자루를 동여맨 끈을 풀고, 자루를 머리부터 벗겨 내렸다. 불빛은 자루 속에서 드러난 형체를 또렷이 비추었다. 어둑하지만 선명하게 드러난 얼굴과 깔끔하게 면도한 양 뺨은 두 젊은이의 꿈에 자주 나타나곤 했던 너무나 친숙한 모습이었다. 날카로운 비명이 한밤의 어둠 속에 울려 퍼졌다. 두 사람은 앞다퉈 길로 뛰어내렸다. 램프가 굴러떨어져 부서지며 불이 꺼졌다. 이 기이한 소동에 놀란 말은 펄쩍 뛰더니, 에든버러를 향해 있는 힘껏 내달렸다. 이때 달리는 마차에 탄 유일한 승객은 이미 오래전에 죽어서 해부된 그레이의 시체였다.

병 속의 악마

하와이 섬에 한 남자가 살았는데, 그를 케아웨라고 부르기로 하겠다. 실은 그가 아직 살아 있기에 실제 이름을 밝힐 수 없는 것이고, 그가 태어난 곳이 케아웨 대왕의 유골이 잠든 동굴이 있는 호나우나우에서 그리 멀지 않기 때문에 그렇게 부르기로 한 것이다. 이 남자는 가난했지만 용감하고 활동적인 사람이었다. 학교 선생처럼 읽고 쓸 줄 아는 데다 일등 선원이었던 그는 한동안 기선을 타고 여러 섬 사이를 항해하기도 했고, 하마쿠아 해안에서 포경선의 키를 잡기도 했다. 그러던 사이에 케아웨는 더 큰 세상과 외국의 도시들을 보고 싶은 마음에 이끌려 샌프란시스코로 향하는 배에 올랐다.

멋진 항구가 있는 샌프란시스코는 부자들이 수없이 많은 훌륭한 도시였다. 특히 한 언덕에는 궁전같이 호화로운 저택들이 즐비하게 들어차 있었다. 어느 날 케아웨는 주머니에 돈을 가득 넣고는 이 언덕에 올라 주변을 거닐면서 길 양편에 늘어서 있는 대저택들을 즐겁게 구경했다. 그는 생각했다. 〈집들이 정말 멋지구나! 이런 집에서 사는 사람들은 얼마나 행복할까? 앞날에 대한 걱정은 전혀 없겠지!〉이런 생각을 하고 있을 때 그는 어떤 집 앞에 이르렀다. 다른 집들보다 다소 작았지만 장난감처럼 아름답게 꾸민 세련된 집이었다. 그 집 계단은 은처럼 반짝였고, 정원 가장자리에는 어찌나 꽃이 환하게 피었던지 꽃줄 장식처럼 보였다. 또한 창문은 다이아몬드처럼 반짝였다. 케아웨는 걸음을 멈추고는 그 집을 바라보며 모든 것의 빼어난 아름다움에 감탄했다. 그렇게 집을 바라보던 그는 한 남자가 창밖으로 자신을 내다보고 있는 걸 알아차렸다. 창문이 어찌나 깨끗하던지 창가에 서 있는 남자의 모습이 모래톱 웅덩이 속에 있는 물고기처럼 보였다. 그 남자는 나이가 지긋해 보였고 대머리에 검은 턱수염을 기르고 있었다. 슬픈 일이 있는지 무거운 표정을 지으며 쓸쓸히 한숨을 내쉬고 있었다. 사실 그때, 그 남자를 올려다보는 케아웨나 케아웨를 내다보는 그 남자나 서로를 부러워하고 있었다.

갑자기 남자가 미소를 지으며 고개를 끄덕여 인사를 하고는 케아웨에게 들어오라는 손짓을 했다. 두 사람은 현관 앞에서 만났다.

「이 멋진 집은 내 집이오.」남자는 말을 하고는 쓰디쓴 한숨을 내쉬었다. 「방도 구경해 보지 않겠소?」

그는 케아웨를 안내하며, 지하실에서 지붕까지 속속들이 집을 보여 주었다. 어느 것 하나 완벽하지 않은 것이 없었기에 케아웨는 감탄하지 않을 수 없었다.

「정말 아름다운 집이군요. 제가 이런 집에서 산다면 온종일 웃고만 있을 겁니다. 그런데 선생님은 왜 그렇게 한숨만 내쉬고 계시나요?」케아웨가 말했다.

「별 이유는 없다네.」집주인이 말했다. 「원한다면 젊은이도 모든 면에서 이 집과 같거나 아니면 더 좋은 집을 가질 수 있을 걸세. 젊은이도 돈이 좀 있을 텐데, 그렇지 않나?」

「50달러뿐입니다. 이런 집을 사려면 그 돈으론 어림도 없겠지요.」

남자는 곰곰이 생각하더니 입을 열었다. 「그것밖에 없다니 유감이군. 나중에 문제가 생길 수도 있을 테니. 하지만 50달러에 살 수도 있을 거야.」

「이 집을요?」

「아니, 이 집 말고 병을 살 수 있지.」남자가 대답했다. 「말해 줄 게 있네. 젊은이 눈에는 내가 굉장히 부자고 운도 좋은 사람처럼 보일 테지만, 실은 내 모든 재산과 이 집과 정원은 기껏해야 맥주잔만 한 병에서 나온 거라네. 바로 이것이지.」

그는 자물쇠를 단단히 채운 서랍을 열더니 배가 볼록하고 목이 길쭉한 병 하나를 꺼냈다. 병의 유리는 하얀 우유 빛깔을 띠었는데, 미미하게 무지개 색깔로 변했다. 그 안에선 무엇인가가 그림자와 불꽃처럼 어렴풋이 움직였다.

「이게 그 병이라네.」남자가 이렇게 말하자 케아웨는 웃음을 터뜨렸다. 「내 말이 믿어지지 않는 모양이지?」남자가 덧붙였다. 「그래, 그럼 직접 시험해 보게나. 이걸 깨뜨릴 수 있는지 확인해 보라고.」

케아웨는 병을 집어 들어 바닥에 힘껏 내던졌다. 지칠 때까지 그렇게 반복해서 내던져 보았지만, 병은 아이들의 공처럼 바닥에서 튀어오를 뿐 흠집 하나 생기지 않았다.

「이거 정말 이상한 물건이군요.」 케아웨가 말했다. 「아무리 쳐다보고 요리조리 만져 봐도 유리로 된 게 분명한데요.」

「유리지.」 아까보다 더 무겁게 한숨을 내쉬며 남자가 대답했다. 「하지만 그 유리는 지옥의 불꽃에 담금질한 것이라네. 악마가 이 안에 살고 있지. 우리 눈에 움직이는 그림자가 바로 놈일 거야. 내 생각엔 그래. 악마는 누구든 이 병을 사는 사람의 명령에 복종한다네. 악마는 사랑이든, 명성이든, 돈이든, 이런 집이든, 아니면 이런 도시든, 주인이 뭐든 원하는 걸 말만 하면 들어준다네. 나폴레옹도 이 병을 소유하고 있었다네. 그 덕분에 세계를 지배하는 왕이 될 수 있었지. 하지만 마지막엔 이 병을 팔았고, 그 때문에 몰락하고 말았어. 쿡 선장도 이 병을 소유했고 그 덕분에 그렇게 많은 섬을 발견할 수 있었지. 하지만 그도 병을 팔았고 결국엔 하와이에서 살해되고 말았다네. 일단 이 병을 팔고 나면 병의 효력과 보호를 받지 못하거든. 그리고 자신이 가진 것에 만족하지 않으면, 나쁜 일이 닥치게 되지.」

「그런데 선생님은 이걸 팔겠다고요?」 케아웨가 말했다.

「나는 원하는 걸 모두 가졌고 이젠 점점 늙어 가고 있어.」 남자가 대답했다. 「악마가 해줄 수 없는 게 딱 한 가지 있는데, 그건 수명을 늘리는 일이라네. 아, 그리고 이 병에는 한 가지 결점이 있네. 그걸 숨기는 건 공정하지 못한 일일 테니 얘기해 주겠네. 그러니까 이 병을 소유한 사람이 죽기 전에 다른 사람에게 팔지 않으면, 죽어서는 지옥에서 영원히 불타는 몸이 되고 만다는 것일세.」

「그건 정말 큰 결점이로군요.」 케아웨가 소리쳤다. 「그런 일엔 휘말리지 않겠어요. 집 없이도 살아갈 수 있어요. 다행한 일이죠. 하지만 내가 정말로 원하지 않는 게 딱 한 가지가 있는데 그건 저주받는 것입니다.」

「이보게나, 이런 일로 몸을 사릴 필요는 없어.」 남자가 대답했다. 「자네는 그저 악마의 힘을 적절히 사용하다가 나처럼 다른 사람에게 팔기만 하면 되네. 그러고 나서 편안하게 삶을 마감하면 되는 거지.」

「선생님을 가만히 보니, 두 가지 점이 좀 이상해 보이는군요.」 케아웨가 말했다. 「사랑에 빠진 아가씨처럼 내내 한숨만 쉬시는가 하면, 이 병을 헐값에 팔아 버리려고 하시니 말입니다.」

「내가 왜 한숨을 쉬는지는 이미 말했네.」 남자가 말했다. 「내 몸이 몹시 쇠약해지는 게 걱정스러워 그러네. 그리고 자네 말처럼, 죽어서 악마 곁에 가는 건 누구에게나 불행한 일이지 않나. 실은 병을 이토록 싸게 파는 이유가 있네. 그 이유이기도 한 이 병의 한 가지 특징을 자네에게 설명해 주지 않을 수 없겠구먼. 오래전 악마가 처음 이것을 지상에 가져왔을 땐 엄청나게 비쌌지. 첫 소유자가 된 프레스터 존[1]은 수백만 달러를 주고 샀지. 하지만 손해를 보지 않고는 이 병을

---

1 Prester John. 중세 시대, 아시아와 아프리카 등 동방에 강대한 기독교 국을 건설하였다고 하는 전설상의 왕.

팔 수 없었어. 산 가격보다 싸게 팔지 않으면 병은 집으로 되돌아오도록 훈련받은 비둘기처럼 다시 돌아오거든. 이 때문에 수세기 동안 가격이 계속 내려가 지금은 아주 헐값이 되고 말았지. 나는 이 언덕에 사는 저명한 이웃에게서 단돈 90달러에 병을 샀다네. 그렇기 때문에 나는 89달러 99센트보다 비싸게는 팔지 못하지. 단 1페니라도 더 받으면 다시 내게 돌아올 테니 말일세. 아, 그리고 성가신 문제가 두 가지 있다네. 우선 이 병을 고작 80달러 남짓에 팔겠다고 하면 사람들은 자네가 농담을 한다고 여길 걸세. 두 번째 문제는, 그리 급한 것도 아니고, 내가 굳이 말할 필요는 없을 테지만, 말이 나온 김에 말해 주겠네. 그러니까 오직 동전을 받아야만 팔 수 있다는 점만 기억해 두게.」

「그게 모두 사실인지 제가 어떻게 압니까?」 케아웨가 물었다.

「지금 당장 시험해 보지.」 남자가 대답했다. 「내게 50달러를 주고 이 병을 가져가게. 그러곤 50달러가 다시 자네 주머니에 있었으면 하고 빌어 보게. 만일 원하는 그대로 되지 않으면, 내 명예를 걸고 약속하는데, 거래를 취소하고 자네 돈을 돌려주겠네.」

「행여 저를 속이려는 건 아니겠죠?」

남자는 절대 그런 일은 없을 거라고 굳게 다짐했다.

「음, 그 정도의 위험은 감수할게요.」 케아웨가 말했다. 「손해 볼 일은 없을 테니까요.」 그는 남자에게 돈을 건네고 병을 받았다.

「병 속의 악마야, 난 50달러를 다시 원해.」그의 입에서 말이 채 떨어지기가 무섭게 그의 주머니가 다시 두둑해졌다.

「이거 정말 놀라운 병이로군요.」케아웨가 말했다.

「자, 그럼 잘 가게, 멋진 친구. 악마도 함께!」

「잠깐만요. 저는 이런 장난을 그만하고 싶어요. 여기, 어르신의 병을 가져가세요.」

「자네는 내가 치른 값보다 싸게 샀네.」남자가 양손을 마주 비비며 말했다.「이제 그것은 자네 거야. 자, 이제 떠나게. 내게 남은 관심사는 그뿐이네.」말을 마치자 그는 종을 쳐서 중국인 하인을 불러 케아웨를 배웅하게 했다.

병을 겨드랑이에 끼고 거리로 나온 케아웨는 생각했다. 〈이 병에 대한 것이 전부 사실이라면 난 손해 보는 거래를 한 건지도 몰라. 하지만 어쩌면 그 사람이 내게 장난친 건지도 모르지.〉그는 우선 돈을 세봤다. 정확히 미국 돈 49달러와 칠레 돈 1달러였다.「정말 사실인 모양인데. 그럼 다른 것도 시험해 봐야겠어.」

그 지역의 거리는 배의 갑판만큼이나 깨끗했고, 정오가 되었는데도 지나다니는 사람이 없었다. 케아웨는 병을 도랑에 버리고 자리를 떴다. 두 번이나 돌아보았지만, 배가 볼록한 우윳빛 병은 그 자리에 그대로 있었다. 세 번째 돌아보고 모퉁이를 돌았다. 바로 그때 뭔가가 팔꿈치에 걸리는 게 느껴졌다. 이런! 병의 길쭉한 목이 선원 외투의 주머니에서 삐죽 나와 있었고, 주머니는 쑤셔 넣어진 병의 볼록한 둥근 배 때문에 불룩해져 있었다.

「그 사람의 말이 사실인 모양이야.」 케아웨가 말했다.

그다음으로 그는 가게에서 코르크 마개를 뽑는 기구를 사서 남의 눈에 띄지 않는 들판으로 갔다. 그러곤 그곳에서 코르크 마개를 뽑으려고 애를 썼지만, 그 기구를 넣어 뽑을 때마다 그것만 뽑힐 뿐 마개는 변함없이 멀쩡했다.

「이건 새로 나온 코르크 마개인가 보군.」 케아웨는 이렇게 말했지만 별안간 몸이 부들부들 떨리고 식은땀이 흐르기 시작했다. 그 병이 두려웠던 것이다.

항구로 돌아오는 길에 가게 하나가 눈에 들어왔다. 원시적인 섬에서 가져온 조개껍데기와 곤봉, 옛 이교도 신상, 중국과 일본의 그림들, 그리고 선원들이 개인 사물함에 담아 가져온 온갖 물건을 팔고 있었다. 그는 그 가게를 보자 좋은 생각이 떠올랐다. 가게 안으로 들어가서 주인에게 병을 보이며 100달러에 팔겠다고 말했다. 처음에 주인은 비웃으며 5달러를 주겠다고 말했다. 하지만 그 병은 정말로 진기한 물건이었다. 어떤 유리 세공업자도 그런 유리를 만들어 본 적이 없었다. 하얀 우윳빛 표면 뒤로 너무나 아름다운 색깔이 반짝였고 병 속의 한가운데에는 그림자가 아주 기이하게 선회하고 있었다. 이 병의 가치를 알아본 가게 주인은 얼마간 흥정을 벌인 후에 케아웨에게 은화 60달러를 주고 병을 진열창 한가운데의 선반 위에 놓아 두었다.

「자, 50달러, 아니, 실은 그보다 적은 돈을 주고 산 것을 60달러에 팔았어. 1달러는 칠레 돈이었으니 말이야. 병의 원래 주인의 말이 사실인지 다른 방법으로도 알아볼 수 있을 거야.」

그는 배로 돌아가서 자신의 사물함을 열어 보았다. 놀랍게
도 그 안에 병이 있었다. 병이 자신보다 더 빨리 온 것이다.
그때 케아웨에게는 한 배에 탄 로파카라는 이름의 친구가 있
었다.

「무엇 때문에 울상이야?」 로파카가 물었다. 「사물함에 뭐
가 있기에 그래?」

선원실에는 그들 둘만 있었다. 케아웨는 로파카에게서 비
밀을 지키겠다는 약속을 받아 내고는 그에게 모든 사실을
털어놓았다.

「정말 이상한 일이로군.」 로파카가 말했다. 「이 병 때문에
네가 곤란한 지경에 빠지지 않을까 걱정이 돼. 하지만 한 가
지 분명한 사실이 있어. 넌 이 병의 위험성을 확실히 알고 있
다는 거지. 그러니 싸게 산 이 물건에서 최대한 이득을 보는
게 좋아. 원하는 게 무엇인지 결정하고서 병에게 명령해 봐.
만일 네 바람이 이루어지면 내가 이 병을 살게. 난 스쿠너[2]를
사서 여러 섬을 돌아다니며 무역을 하고 싶거든.」

「난 그런 것엔 관심이 없어.」 케아웨가 말했다. 「난 고향인
코나 해안에 정원을 갖춘 아름다운 집을 짓고 싶어. 문가에
햇살이 비치고 정원에 꽃이 피어 있고, 벽에 유리 창문이 나
있고 실내 벽에는 그림이 걸려 있고 멋진 융단이 깔려 있고
테이블 위에는 장식품이 놓여 있는 그런 집 말이야. 오늘 들
어가 봤던 바로 그런 집. 그 집보다 한 층 더 높고, 왕궁처럼

2 돛대가 두 개 이상인 범선.

사방으로 발코니가 있으면 더 좋겠지. 그런 집에서 아무 걱정 없이 친구와 친척들과 함께 즐겁게 살고 싶어.」

「그래, 이걸 가지고 하와이로 돌아가자.」 로파카가 말했다. 「네 바람대로 모든 게 이루어지면, 이미 말했듯이 내가 이 병을 살게. 난 스쿠너를 달라고 말할 거야.」

서로 의견 일치를 본 후 오래지 않아 케아웨와 로파카와 병을 태운 배는 호놀룰루로 돌아왔다. 그들은 육지에 오르자마자 해변에서 친구 한 명을 만났다. 그 친구는 케아웨를 보자마자 위로의 말을 건넸다.

「무슨 이유로 내가 위로받아야 하는지 모르겠네.」 케아웨가 말했다.

「소식 못 들었어?」 친구가 말했다. 「그토록 훌륭하신 어르신, 네 삼촌이 돌아가셨어. 귀여운 네 사촌 동생도 바다에 빠져 죽었고.」

케아웨는 슬픔에 겨워 눈물을 흘리며 애도했다. 병에 대해선 까맣게 잊고 있었다. 하지만 로파카는 골똘히 생각에 잠겨 있다가 케아웨의 슬픔이 조금 가라앉자 물었다. 「생각해봤는데, 네 삼촌이 하와이의 카우 지역에 땅을 갖고 계시지 않았던가?」

「아니, 카우가 아니라 후케나 약간 남쪽에 자리한 산 중턱에 갖고 계셔.」

「이제 그 땅은 네 것이 되겠군?」 로파카가 말했다.

「그렇겠지.」 케아웨는 이렇게 말하고는 다시 삼촌과 사촌 동생을 애도하기 시작했다.

「그만하면 됐어.」로파카가 말했다. 「지금은 그렇게 슬퍼만 하고 있을 때가 아니야. 어떤 생각이 떠올랐어. 〈이 일이 병 때문에 일어난 거라면 어쩌지?〉 하는 생각 말이야. 네 집을 지을 땅이 생긴 거잖아.」

「그게 사실이라면, 이 병은 정말 사악한 짓으로 날 도운 거야. 친척들을 죽여서 그리했으니 말이야. 어쩌면 정말 그게 사실일지도 모르겠군. 내가 마음속으로 그렸던 집이 바로 그런 곳에 있었으니.」

「하지만 아직 집이 지어진 것은 아니지.」로파카가 말했다.

「그래, 그런 일은 없을 거야! 삼촌은 커피와 바나나를 조금 재배하고 있었지만, 내가 편안히 살 정도는 되지 않거든. 그리고 나머지 땅은 모두 검은 화산암 지대야.」

「변호사에게 가보자.」로파카가 말했다. 「네 바람대로 될지도 모른다는 생각이 머릿속에서 떠나질 않아.」

변호사를 찾아가서야 그들은 케아웨의 삼촌이 최근에 엄청난 벼락부자가 되었다는 걸 알게 되었다. 그에게는 많은 돈이 있었던 것이다.

「이제 집을 지을 돈이 생긴 거야!」로파카가 큰 소리로 말했다.

「집을 새로 지을 생각이신가 본데, 여기 새로 온 건축가의 명함이 있습니다. 대단한 건축가라고 하더군요.」

「점입가경이군!」로파카가 소리쳤다. 「이제 모든 게 분명해지고 있어. 자, 계속 이대로 따라가 보자고.」

그길로 그들은 건축가를 찾아갔는데, 건축가의 책상 위에는 여러 가지 집 설계 도면이 놓여 있었다.

「좀 특별한 집을 원하시면, 이런 집은 어떠신지요?」 건축가는 케아웨에게 도면 하나를 보여 주었다.

그 도면을 본 순간 케아웨의 입에서 비명이 절로 나왔다. 자신이 머릿속에 그려 본 것과 아주 똑같은 집이 도면에 그려져 있었던 것이다.

〈내가 원하는 게 바로 이 집이야.〉 그는 생각했다. 〈이런 식으로 내 바람이 이뤄지는 건 원치 않지만, 내가 원하는 집은 바로 이런 집이야. 아무튼 불운과 함께 행운도 받아들이는 게 낫겠어.〉

그래서 그는 자신이 원하는 것을 모두 건축가에게 말했다. 어떤 가구를 갖출지, 벽에는 어떤 그림을 걸지, 그리고 테이블 위에는 어떤 장식품을 놓을지에 대해서도 이야기했다. 그리고 이처럼 집을 짓고 꾸미는 데 총비용이 얼마나 들지 솔직하게 물었다.

건축가는 많은 질문을 하더니 펜을 들고 비용을 계산했다. 그러곤 계산을 마친 후에 총액을 알려 주었다. 정확하게 케아웨가 상속받은 금액과 일치했다.

로파카와 케아웨가 서로를 쳐다보며 고개를 끄덕였다.

〈좋든 싫든 이 집을 내가 갖게 된 건 분명한 사실이야.〉 케아웨는 생각했다. 〈이 집은 악마가 준 것이지. 그러니 이제부턴 내게 좋은 일은 생기지 않을 것 같아 걱정이군. 확실히 해둘 게 하나 있어. 그래, 이 병을 가지고 있는 한, 앞으로는 절대로 소원은 빌지 않을 거야. 하지만 지금은 그 집을 맡아야

겠어. 불운이 함께한다면, 행운도 받아들이는 게 낫겠지.〉

케아웨는 건축가와 협상을 마무리 짓고 계약서에 서명했다. 그러곤 케아웨와 로파카는 다시 배를 타고 오스트레일리아로 떠났다. 그들은 전혀 간섭하지 않고 건축가와 병 속의 악마가 자기들 뜻대로 집을 짓고 꾸미게 내버려 두기로 결정했던 것이다.

항해는 순조로웠다. 다만 케아웨는 더 이상 소원을 빌지 않을 것이며 악마로부터 어떤 이익도 얻지 않겠노라고 다짐했기 때문에 항해 내내 숨을 죽이고 있었다. 그들이 돌아왔을 때는 건축가와 약속했던 기한이 지나 있었다. 건축가는 그들에게 집이 완공됐다고 알려 줬고, 케아웨와 로파카는 집을 보기 위해 홀 호를 타고 코나 뱃길을 따라 항해했다. 그들은 모든 것이 케아웨가 머릿속에서 그린 그대로 완공됐는지 확인해 보고 싶었다.

집은 산 중턱에 자리 잡고 있었기에 배에서도 보였다. 위로는 숲이 비구름에 닿을 정도로 높이 솟아 있었고, 아래로는 옛 왕들이 잠들어 있는 까마득한 검은 화산암 절벽이 있었다. 집 주변 정원에는 온갖 빛깔의 꽃들이 활짝 피어 있고 한쪽에는 파파야 과수원이, 다른 쪽에는 빵나무 과수원이 자리 잡고 있었다. 그리고 바로 앞 바다 쪽에는 깃발이 달린 배의 돛대가 세워져 있었다. 3층인 그 집에는 많은 방이 있었고 방마다 넓은 발코니가 갖추어져 있었다. 유리창은 최고급이라 그런지 물처럼 투명하고 한낮 햇빛처럼 환했다. 방마다 온갖 종류의 가구들이 놓여 있었다. 벽에는 다양한 배 그림, 싸우는 사람들의 그림, 대단히 아름다운 여인들의 그림, 그리고 진귀한 장소를 그린 그림들이 황금빛 액자에 담겨 걸려 있었다. 이 세상 어디에서도 케아웨의 집에 걸린 그림만큼 눈부신 색채의 그림은 찾을 수 없을 것이다. 장식품들은 놀라울 정도로 섬세했다. 괘종시계와 오르골, 고개를 끄덕이는 작은 남자 인형, 그림이 가득한 책, 세계 곳곳의 진귀한 무기들, 그리고 외로운 사람의 여가를 심심치 않게 해줄 아주 격조 있는 퍼즐이 있었다. 그런 방에서 살 수 있는 사람은 아무도 없었으므로, 그저 들어와서 구경만이라도 할 수 있도록 발코니가 무척 넓게 만들어져 있었다. 집이 어찌나 넓은지 온 마을 사람들이 그곳에서 기꺼이 살 수 있을 것만 같았다. 케아웨는 뒷베란다와 앞쪽 발코니 중 어느 쪽이 더 좋은지 판단할 수 없었다. 뒤쪽 베란다에선 육지의 산들바람을 느낄 수 있고 과수원과 꽃밭을 볼 수 있는가 하면, 앞쪽 발코니에선 바닷바람을 들이마실 수 있고 깎아지른 듯한 산 절벽을 내려다볼 수 있었으며 후케나와 페레 언덕 사이를 일주일에 한 번 정도 오가는 홀 호나 해안에서 목재와 바나나를 운반하는 스쿠너를 볼 수 있었다.

케아웨와 로파카는 집을 한 곳도 빠짐없이 구석구석 살펴보고 나서 베란다에 앉았다.

「자, 네가 원했던 게 전부 이루어졌나?」 로파카가 물었다.

「뭐라 말할 수 없을 정도로.」 케아웨가 대답했다. 「오히려 내가 꿈꿨던 것보다 더 나아. 정말 너무나 만족스러워.」

「하지만 한 가지 생각해 볼 게 더 있어. 어쩌면 이 모든 게 그냥 저절로 일어난 일인지도 몰라. 병 속의 악마와는 아무런 관련 없이 말이야. 그래서 말인데, 만일 그 병을 사고도 스쿠너를 얻지 못한다면 난 아무짝에도 쓸모없는 것 때문에 위험을 자처하는 꼴이 될 거야. 내가 약속했다는 거 알아. 하지만 한 번 더 증명해 줬으면 해.」

「더 이상 이득을 취하지 않기로 맹세했어. 이미 얻은 것만으로도 충분해.」

「이득을 취하라는 게 아니야.」 로파카가 대답했다. 「그냥 그 악마를 직접 보자는 것뿐이야. 그런다고 특별히 얻는 건 아무것도 없으니 부끄러워할 하등의 이유가 없지. 하지만 내가 단 한 번만이라도 악마를 볼 수 있다면 모든 걸 확신할 수 있을 거야. 그러니 부디 악마를 보여 줘. 악마를 보고 난 후엔, 여기 손에 쥔 돈이 있으니, 내가 그 병을 살게.」

「딱 하나 불안한 게 있어. 악마는 무척 흉측하게 생겼을 거야. 만일 일단 놈을 보고 나면 병을 사고 싶은 생각이 싹 달아날지도 몰라.」 케아웨가 말했다.

「난 한 입으로 두말하지 않아. 자, 여기 너와 나 사이에 돈을 놓아 두지.」

「그렇다면 좋아.」 케아웨가 대답했다. 「실은 나도 궁금해. 자, 악마 씨, 이리 나와 봐. 우리에게 네 모습을 보여 줘.」

말이 떨어지기가 무섭게 악마가 병 바깥으로 얼굴을 내밀었다가 도마뱀처럼 재빨리 다시 안으로 들어가 버렸다. 케아웨와 로파카는 앉은 자세 그대로 돌처럼 굳어 버렸다. 어둠이 깔릴 때까지 그들은 아무런 생각도 나지 않았고, 생각이 났다 해도 아무런 말도 입 밖에 낼 수 없었다. 밤이 찾아오고 나서야 비로소 로파카가 케아웨 쪽으로 돈을 밀어 주고는 병을 집어 들었다.

「난 한 입으로 두말하지 않아.」 마침내 로파카가 입을 열었다. 「당연히 약속한 대로 이 병을 사야겠지. 약속만 하지 않았더라면 발로도 건드리지 않았을 테지만. 스쿠너와 주머니에 몇 푼의 돈만 생기면, 이 악마를 최대한 빨리 팔아 치울 거야. 솔직히 말해 그놈을 보니까 기가 팍 꺾여.」

「로파카, 날 나쁘게 생각하지 마.」 케아웨가 말했다. 「지금은 밤이고 길은 험하다는 것도, 이렇게 늦은 시간에 무덤 옆길을 지나가려면 끔찍할 거라는 것도 잘 알아. 하지만 그 작은 얼굴을 본 이상 그것이 내 곁에서 사라지기 전까지는 난 밥을 먹지도 잠을 자지도 기도를 하지도 못할 거야. 랜턴과 그 병을 담을 바구니를 줄게. 그리고 그림이든 뭐든 이 집에서 네 마음에 드는 좋은 게 있으면 다 가져가도 좋아. 그렇지만 제발 지금 당장 이 집에서 떠나 줘. 후케나에 있는 나히누 집에서 자면 될 거야.」

「케아웨, 그런 말을 들으면 누구라도 기분이 나쁠걸.」 로파카가 말했다. 「난 무엇보다 너와의 우정과 약속을 지키려고 이 병을 샀어. 그런데도 네가 말한 그 따위 문제 때문에 어두운 밤에 무덤 곁을 지나가란 말이지. 지금 같은 상황에서 양심에 거리끼는 죄를 짓고 옆구리에 이런 병을 긴 채 가려면 평소보다 열 배는 더 위험할 거야. 하지만 널 탓할 생각은 없어. 나 역시도 너무나 무서우니까. 그럼, 갈게. 부디 네

180

집에서 행복하게 살기를 바랄게. 또한 나는 운 좋게 배를 얻게 되기를, 그리고 악마와 병이 무슨 짓을 하더라도 나중에 우리 둘 다 천국에 가길 빌겠어.」

로파카는 이렇게 말하고는 산을 내려갔다. 케아웨는 앞쪽 발코니에 서서 달가닥거리는 말발굽 소리를 들으며 랜턴 불빛이 오솔길을 따라 내려가서 옛 사람들이 죽어 묻힌 동굴이 있는 절벽을 따라가는 모습을 지켜보았다. 그는 내내 몸을 떨면서 두 손을 꼭 쥐고 친구를 위해 기도했다. 그리고 골칫거리였던 병에서 벗어나게 해준 데에 감사하는 마음으로 하느님을 찬양했다.

이튿날 환하게 날이 밝자, 새 집을 보는 것만으로도 너무나 즐거웠기에 그는 악마에 대한 두려움을 까맣게 잊고 말았다. 케아웨는 그곳에서 살며 하루하루 늘 즐거운 나날을 보냈다. 그는 뒤쪽 베란다에 자리를 마련해 놓고 그곳에서 식사를 하고 호놀룰루 신문 기사를 읽곤 했다. 그리고 지나가는 사람이면 누구든 집에 들어와 방과 그림들을 구경할 수 있도록 했다. 그래서 곧 멀리까지 그 집의 명성이 자자해졌다. 코나에 사는 사람들이라면 누구든 그 집을 대저택이라는 뜻의 〈카 할레 누이〉라고 불렀다. 때로는 〈빛나는 집〉이라고 부르기도 했다. 케아웨가 중국인 하인을 시켜 온종일 먼지를 떨고 닦게 한 덕분에 유리와 금박, 멋진 물건들, 그림들이 아침 햇살처럼 눈부시게 반짝였기 때문이다. 케아웨는 방을 돌아다닐 때면 노래가 절로 나왔고, 너무나도 뿌듯한 마음에 가슴이 부풀었다. 그리고 바다에 배가 지나갈 때면 깃대에 단 깃발을 펄럭이곤 했다.

그렇게 즐거운 나날을 보내던 어느 날 케아웨는 멀리 카일루아까지 몇몇 친구들을 찾아갔다. 그곳에서 후한 대접을 받았지만, 다음 날 아침 일찍 친구 집을 나서서 서둘러 말을 몰았다. 자신의 아름다운 집이 몹시 보고 싶은 데다, 그날 밤이 옛적에 죽은 사람들의 영혼이 코나 지역을 떠도는 밤이기 때문이었다. 그는 이미 악마와 엮인 적이 있었기에 죽은 사람과 만난다는 게 더욱더 꺼림칙했다. 호나우나우를 지난지 얼마 되지 않아 멀리 앞을 바라보던 그의 눈에 바닷가에서 목욕을 하고 있던 한 여인이 들어왔다. 성숙한 처녀로 보였지만 그는 별다르게 생각하지 않았다. 얼마 후 그녀가 옷을 입을 때 하얀 시프트 드레스와 빨간 홀로쿠[3]가 나부끼는 것이 보였다. 그가 그녀 곁에 다가갔을 때 그녀는 바다에서 나와서 옷매무새를 단정히 가다듬고 빨간 홀로쿠 자락에 쓸려 길게 패인 자국이 생긴 모래밭에 서 있었다. 방금 목욕을 한 후라 그런지 아주 싱그러워 보였고 반짝이는 눈빛은 상냥하기 그지없었다. 케아웨는 그녀를 보자마자 말고삐를 잡아당겼다.

「이곳 사람들을 다 안다고 생각했는데, 어째서 당신을 모르고 있었을까요?」 케아웨가 말했다.

「저는 키아노의 딸인 코쿠아라고 해요.」 소녀가 말했다. 「오아후에서 막 돌아왔어요. 당신은 누구시죠?」

「곧 내가 누군지 말씀드리겠소.」 케아웨가 말에서 내리면

3 하와이의 전통 의상.

182

서 말했다. 「하지만 당장은 사정이 있어 말씀드릴 수 없소. 당신은 내 이름을 이미 들어 본 적이 있을 겁니다. 그래서 내 물음에 진실한 대답을 하지 않을 수도 있을 것이오. 우선 한 가지 알고 싶소. 결혼은 하셨소?」

이 질문에 코쿠아는 소리 내어 웃더니 말했다. 「제 질문엔 답을 안 주시고 질문만 하시네요. 그러는 당신은 결혼하셨나요?」

「코쿠아, 난 결혼하지 않았소.」 케아웨가 대답했다. 「지금 이 순간까지 결혼이라는 걸 생각조차 해본 적이 없다오. 하지만 이제 내 마음이 분명해졌소. 길가에서 이렇게 당신을 만나 별처럼 반짝이는 당신의 눈을 본 순간, 내 마음은 새처럼 순식간에 당신에게 날아가 버렸다오. 그러니 내가 조금도 마음에 들지 않는다면 지금 당장 그렇다고 말해 주시오. 그러면 원래 내 갈 길로 가겠소. 하지만 내가 다른 젊은이보다 못할 게 없다고 생각하면, 역시 그렇다고 말해 주시오. 그러면 발길을 돌려 당신 아버지 집에 찾아가 하룻밤 묵을 거요. 그러곤 내일 당신 아버지와 이야기를 나누겠소.」

코쿠아는 한 마디 말도 하지 않고 그저 바다만 바라보며 미소 지을 뿐이었다.

「코쿠아, 당신이 아무 말도 하지 않는다면, 긍정적인 답변으로 받아들일 거요.」 케아웨가 말했다. 「그럼, 당신 아버지의 집으로 갑시다.」

그녀는 여전히 아무 말도 하지 않은 채 앞장서 걸어갔다. 그저 모자 끈을 계속 입에 문 채 가끔 흘긋 뒤돌아보았다가 다시 시선을 돌리곤 할 뿐이었다.

그들이 집 앞에 도착하자 키아노가 베란다로 나와 큰 소리로 케아웨의 이름을 부르며 몹시 반겼다. 그 이름을 듣고는 소녀가 그를 훑어보았다. 대저택의 명성은 그녀도 이미 들어 알고 있었다. 그 대저택의 주인이란 사실은 대단히 큰 유혹일 터였다. 저녁 내내 그들은 매우 즐겁게 시간을 보냈다. 소녀는 부모님의 눈앞에서 올차게 케아웨를 놀려 대기도 했다. 그녀는 기지가 넘치는 소녀였다. 이튿날 케아웨는 키아노와 이야기를 나눈 다음 혼자 있던 소녀를 찾아갔다.

「코쿠아, 당신은 어제저녁 내내 나를 놀려 댔소.」 그가 말했다. 「아직 늦지 않았으니 지금이라도 내가 싫으면 가라고 해요. 내가 누구인지 말하지 않았던 건 내게 너무나 좋은 집이 있기 때문이오. 난 당신이 그 집만 생각하고 당신을 사랑하는 남자는 눈곱만큼도 생각하지 않을까 봐 걱정했소. 이제 모든 걸 알았으니, 앞으로 나를 더는 보고 싶지 않다면 지금 당장 그렇다고 말해 주시오.」

「그렇지 않아요.」 코쿠아가 말했다. 그녀는 이번만은 웃지 않았고, 케아웨도 더 이상 아무것도 묻지 않았다.

이것은 케아웨의 청혼이었다. 모든 일이 일사천리로 진행되었다. 그러나 빠르게 날아가는 화살도 그보다 훨씬 더 빠르게 날아가는 총알도 모두 과녁에 적중할 수 있는 법이다. 일은 빠르면서도 순조롭게 진행됐다. 소녀는 오로지 케아웨에 대한 생각뿐이었다. 화산암에 부서지는 파도에서 그의 목소리가 들리는 듯했다. 결국 그녀는 겨우 두 번 만난 젊은 남자를 위해 부모와 고향 섬을 떠나려 했다. 한편, 키아노의 집을 나선 케아웨는 무덤들이 있는 절벽 아래 산길을 말을 타고 날듯이 달렸다. 말발굽 소리와 기쁨에 겨워 부르는 그의 노랫소리가 죽은 자들이 누워 있는 동굴에 메아리쳤다. 〈빛나는 집〉에 도착해서도 그는 여전히 노래를 그칠 줄 몰랐다. 넓은 발코니에 앉아 식사를 하면서도 음식을 씹는 사이사이 노래를 불렀다. 중국인 하인이 그 노랫소리를 듣고는 어떻게 그렇게 밥을 먹으며 노래를 부를 수 있는지 의아해할 정도였다. 바닷속으로 해가 잠기고 밤이 찾아왔다. 케아웨는 불을 밝힌 램프를 들고 발코니를 거닐었다. 지나가는 배에 탄 선원들은 높은 산에서 들려오는 그의 노랫소리에 깜짝 놀라기도 했다.

「바로 지금이 내 인생 최고의 절정기야.」 그는 혼잣말을 했다. 「지금보다 더 나은 삶은 없을 거야. 여기가 산 정상이야. 나를 둘러싼 온갖 암초들이 많아지면 많아지지 줄어들지는 않을 거야. 처음으로 방들의 불을 모두 밝히고 멋진 욕실에서 뜨거운 물과 찬물로 목욕을 한 다음, 신방에서 혼자 자야겠어.」

주인의 지시를 받은 중국인 하인이 자다 말고 일어나 난로에 불을 지폈다. 하인이 아래층 보일러 옆에서 일을 하고 있자니 위층 불 켜진 방에서 주인이 흥에 겨워 부르는 노랫소리가 들려왔다. 물이 뜨끈하게 데워지자 그는 주인을 불렀고, 케아웨는 욕실로 들어갔다. 중국인 하인은 대리석 욕조에 물을 채우면서도 노래를 부르는 주인의 노랫소리를 들을 수 있었다. 하지만 주인이 옷을 벗는 중에 노랫소리가 띄엄띄엄 들리는가 싶더니 어느 순간 갑자기 그치고 말았다. 중국인 하인은 몇 번이고 귀를 기울이다가 주인에게 괜찮은지 물었다. 케아웨는 괜찮다고 대답하고는 그만 가서 자라고 말했다. 이제 더 이상 〈빛나는 집〉에선 노랫소리가 들리지 않았고, 중국인 하인의 귓가에는 밤새도록 쉬지 않고 발코니를 서성이는 주인의 발소리가 들려왔다.

자, 진상은 이랬다. 목욕을 하려고 옷을 벗는 순간, 케아웨는 몸에 바위에 낀 이끼 같은 부스럼이 생긴 것을 발견했던 것이다. 노래를 그쳤던 게 바로 그때였다. 그는 그렇게 생긴 부스럼이 무엇인지 잘 알고 있었다. 그는 문둥병에 걸린 것이었다.

이런 병에 걸리는 건 누구에게나 슬픈 일이다. 이토록 아름답고 널찍한 집을 두고, 모든 친구들 곁을 떠나, 거대한 절벽과 바다의 거센 파도 사이의 북쪽 몰로카이 해안으로 떠나야 한다면 누구라도 슬플 터이다. 겨우 어제 사랑하는 여인을 만나, 오늘 아침에 그 사랑을 얻었다. 그런데, 대체 이 남자 케아웨에게 어째서 이런 일이 일어난 것일까? 이제 그는 모든 희망이 유리처럼 한순간에 산산이 부서지는 걸 보았다.

잠시 욕조 가장자리에 앉아 있던 그는 갑자기 벌떡 일어나 외마디 비명을 지르며 밖으로 뛰쳐나갔다. 케아웨는 절망에 빠진 사람처럼 발코니에서 이리저리 서성거렸다.

〈난 기꺼이 조상들의 고향인 하와이를 떠날 수 있어.〉케아웨는 생각했다. 〈높은 산 중턱에 있는, 창문이 많은 이 집도 가벼운 마음으로 떠날 수 있어. 조상 대대로 살아온 고향을 과감히 떠나 몰로카이로, 절벽 옆의 칼라우파파로 가서 문둥병 환자들과 함께 먹고 잘 수도 있어. 하지만, 대체 내가 무슨 잘못을 했기에? 내 영혼에 무슨 죄가 있기에 어젯밤 바다에서 나오던 상큼한 코쿠아와 마주쳤단 말인가? 코쿠아, 내 영혼을 사로잡은 여인! 코쿠아, 내 인생의 빛이여! 이제 그녀와 결혼할 수 없을 거야. 그녀를 다시는 볼 수도, 내 사랑이 깃든 손길로 그녀를 어루만질 수도 없을 거야. 내가 비탄에 잠기는 것은 바로 이 때문이야. 오, 코쿠아! 바로 당신 때문이야!〉

이제 케아웨가 어떤 사람인지 알 수 있을 것이다. 그는 수년 동안 누구에게도 자신의 병을 알리지 않은 채 〈빛나는 집〉에서 살아갈 수도 있었다. 하지만 코쿠아를 잃는다면 목숨을 부지하고 살아 봐야 아무런 의미가 없다는 생각이 들었다. 또한 그는 돼지 같은 영혼을 가진 다른 많은 사람들처럼 병을 숨긴 채 코쿠아와 결혼할 수도 있었다. 하지만 케아웨는 그녀를 진심으로 사랑했기에 그녀에게 상처를 주거나 위험에 빠뜨리고 싶지 않았다.

자정이 조금 지났을 때, 불현듯 그의 머릿속에 악마의 병이 떠올랐다. 그는 뒤쪽 베란다로 돌아가서 악마가 얼굴을 내밀던 날의 기억을 되살렸다. 그 생각을 하자 온몸에 소름이 돋았다.

〈그 병은 끔찍한 물건이야.〉 케아웨는 생각했다. 〈그 악마도 끔찍해. 지옥 불의 위험을 감수하는 것도 정말 끔찍한 일이야. 하지만 병을 치료하고 코쿠아와 결혼하려면 달리 방법이 없잖아? 어쩌란 말이야!〉 그는 깊이 생각했다. 〈겨우 집 한 채를 얻기 위해 악마와 맞섰는데, 코쿠아를 얻기 위해 놈과 다시 대면하지 못할 것도 없잖아?〉

이렇게 악마의 병을 찾기로 결심하자 호놀룰루로 돌아가는 홀 호가 이튿날 그곳에 들를 거라는 생각이 떠올랐다. 〈우선 가서 로파카를 만나야겠어.〉 그는 생각했다. 〈이젠, 기꺼이 팔아 치웠던 그 병을 다시 찾는 게 유일한 희망이야.〉

그는 한숨도 자지 못했고, 목구멍으로 음식을 넘기지도 못했다. 그는 우선 키아노에게 편지 한 통을 보낸 다음 기선이 들어오고 있을 무렵 말을 타고 무덤이 있는 절벽 옆 길을 내달렸다. 비가 내리고 있었기에 말은 힘겹게 달렸다. 시커먼 동굴 입구를 올려다보자, 근심과는 작별을 고하고 그곳에 누워 있는 죽은 자들이 부럽다는 생각이 들었다. 그리고 어제 자신이 그곳을 전속력으로 달렸다는 사실에 흠칫 놀랐다. 곧 그는 후케나로 내려갔다. 그곳은 평소처럼 기선을 타려고 모여든 현지 사람들로 붐볐다. 상점 앞 오두막에 모여 앉은 사람들은 농담을 하며 소식을 주고받고 있었지만 케아웨의 가슴에는 어떤 말도 와닿지 않았다. 그는 사람들 사이에 앉아 집들의 지붕 위로 떨어지는 빗방울과 바위에 부딪쳐 부서지는 파도를 멀거니 바라보며 깊은 한숨을 내쉬었다.

「〈빛나는 집〉의 케아웨가 제정신이 아닌 모양이야.」 사람들이 서로 수군거렸다. 실제로 그는 제정신이 아니었으니,

놀랄 일도 아니었다.

이윽고 홀 호가 도착했다. 그는 작은 배를 타고 가서 홀 호에 올랐다. 언제나 그렇듯이 배 후미에는 화산을 구경하러 온 외국인 관광객들이 꽉 들어차 있었다. 배 중간 부분은 카나카 사람들로 붐볐고, 앞쪽에는 힐로산 야생 소와 카우산 말 들이 실려 있었다. 하지만 슬픔에 잠겨 있던 케아웨는 사람들과 떨어져 혼자 앉아 키아노의 집을 바라보았다.

그 집은 해안의 검은 바위 사이에 낮게 자리 잡고 있었다. 코코아 야자나무가 그 집에 그림자를 드리웠고 문 옆엔 빨간 홀로쿠를 입은 사람이 있었는데 마치 파리처럼 분주하게 이리저리 오가는 게 정말 파리만큼이나 작아 보였다. 「오, 내 마음속의 여왕이여, 당신을 얻기 위해서라면 내 소중한 영혼마저 걸겠어!」 그가 외쳤다.

곧 어둠이 깔리고 선실에 불이 켜졌다. 외국인들은 늘 그렇듯이 카드놀이를 하며 위스키를 마셨지만, 케아웨는 밤새도록 갑판을 거닐었다. 다음 날 배가 온종일 마우이나 몰로카이의 바람을 피하며 항해하는 동안에도 그는 여전히 동물원에 갇힌 야생동물처럼 이리저리 서성였다.

배는 저녁 무렵 다이아몬드 헤드를 지나 호놀룰루 부두에 도착했다. 케아웨는 사람들 틈에서 빠져나와 여기저기 돌아다니며 로파카의 행방을 수소문하기 시작했다. 알아낸 바에 의하면 로파카는 현지 섬에서 가장 좋은 스쿠너의 선주가 되어 폴라폴라나 카히키와 같은 먼 곳으로 모험을 떠난 것 같았다. 결국 로파카에게선 도움을 받을 수 없었다. 케아웨는 시내에서 변호사로 활동하고 있던 로파카의 친구(그의 이름은 밝힐 수 없다)를 떠올려 냈다. 사람들에게 물어보니 그는 갑자기 부자가 되어 와이키키 해변에 멋진 새 집을 지었다고 했다. 케아웨는 머릿속에 떠오르는 생각이 있어, 마차를 불러 타고 변호사의 집으로 향했다.

변호사의 집은 온통 새것들로 가득했고 정원에 있는 나무들은 지팡이 크기만 했다. 모습을 보인 변호사를 보니 아주 만족스러운 삶을 사는 것 같았다.

「어떻게 오셨습니까?」 변호사가 물었다.

「로파카의 친구분이시죠?」 케아웨가 말했다. 「로파카가 제게서 물건을 하나 샀는데, 제 생각에는 선생님이 그것의 행방을 찾는 데 도움을 주실 수 있을 것 같아서 왔습니다.」

변호사의 안색이 몹시 어두워졌다. 「케아웨 씨, 무슨 말인지 모르는 척하지는 않겠습니다.」 그가 계속 말했다. 「하지만, 그런 불온한 일엔 더 이상 휘말리고 싶지 않습니다. 제가 그것이 어디에 있는지 모른다는 건 잘 아실 겁니다. 다만, 생각난 게 하나 있어 알려 드리지요. 그 물건과 관련이 있을 법한 특정한 사람들을 찾아보세요. 그러다 보면 원하는 소식을 들을 수도 있겠지요.」

그는 한 사람의 이름을 거론하기도 했는데, 그 사람의 이름을 밝히지는 않는 게 좋을 것 같다. 케아웨는 그렇게 며칠 동안 이 사람 저 사람을 찾아다녔다. 그가 찾은 곳 어디든지 사람들은 모두 새 옷을 입고 새 마차를 타며 아주 좋은 새 집에서 대단히 만족스럽게 살고 있었다. 그렇지만 케아웨가 용건만 꺼내면 하나같이 얼굴색이 잔뜩 어두워졌다.

〈분명히 제대로 찾아가고 있는 거야.〉 케아웨는 생각했다. 〈이런 새 옷과 새 마차는 모두 작은 악마의 선물이야. 이들은 악마에게 이익을 얻고 난 뒤에 안전하게 그 저주받은 물건을 팔아 치웠기에 그토록 기쁨에 겨운 얼굴을 하고 있는 거야. 한숨만 내쉬고 있는 창백한 얼굴을 찾으면, 그 병에 가까이 다가갈 수 있을 거야.〉

마침내 그는 제대로 찾아가, 베리타니아 거리에 사는 한 외국인에 대해서 듣게 되었다. 저녁 식사 시간이 됐을 무렵 그 집 앞에 도착해 보니 아니나 다를까 새 집에 갓 꾸며 놓은 정원과 창문에 비치는 전등 불빛이 눈에 확 띄었다. 문 밖으로 나온 집주인을 보는 순간, 희망과 두려움의 충격이 케아웨를 엄습했다. 젊은 사람인 집주인의 얼굴이 시체처럼 창백했기 때문이다. 머리카락은 심하게 빠져 버렸고 눈 주위는 시커먼 그의 표정은 마치 교수형 날짜를 받아 놓은 사형수의 얼굴 같았다.

케아웨는 〈바로 여기인 게 분명해〉라고 생각하고는 마주한 남자에게 무턱대고 용건을 밝혔다. 「병을 사러 왔소.」

케아웨의 말을 듣자마자, 베리타니아 거리에 사는 젊은 외국인은 현기증을 느꼈는지 벽에 몸을 기댔다.

「그 병을!」 그는 숨이 턱 막히는지 간신히 말을 꺼냈다. 「그 병을 사겠다고요!」 그는 금방이라도 숨이 넘어갈 듯 보이더니, 케아웨의 팔을 잡아끌고 방으로 들어갔다. 그러곤 두 개의 술잔에 포도주를 따랐다.

「우선 인사를 드립니다.」지금까지 살아오면서 외국인들을 많이 만나 본 경험이 있던 케아웨가 예의를 갖추고는 덧붙여 말했다.「그래요. 그 병을 사러 왔습니다. 지금 그 가격이 얼마죠?」

이 말에 젊은이는 손에 들고 있던 술잔을 놓치고는 유령 같은 몰골로 케아웨를 올려다보았다.

「가격요.」젊은이가 말했다.「가격! 가격이 얼마인지 모르신다고요?」

「그래서 묻는 겁니다.」케아웨가 대답했다.「왜 그렇게 불안해하지요? 가격에 무슨 문제라도 있나요?」

「케아웨 씨, 당신이 팔았을 때보다 엄청나게 떨어졌어요.」젊은이가 더듬거리며 말했다.

「음, 이런. 내가 당신이 산 금액보다 더 싸게 사야 할 텐데. 당신은 그걸 얼마에 샀죠?」

청년은 백지장처럼 새하얗게 질리더니 말을 꺼냈다.「2센트요.」

「뭐라고요?」케아웨가 소리쳤다.「2센트라고요? 그럼 당신은 1센트만 받고 팔아야 하는 거군요. 그럼 그걸 산 사람은……」케아웨는 말을 끝맺지 못했다. 이제 그걸 사는 사람은 다시는 팔 수가 없었다. 그 병과 병 속의 악마는 마지막 소유자가 죽을 때까지 그의 곁에 있다가 죽은 뒤에는 그를 시뻘건 불구덩이 지옥의 끝까지 데려갈 것이다.

베리타니아 거리의 젊은이는 무릎을 꿇었다.「제발 좀 그걸 사주세요!」그가 외쳤다.「사주시기만 하면, 제 모든 재산을 드리겠습니다. 그 가격에 그걸 샀을 때, 전 제정신이 아니었어요. 제가 일하던 상점에서 돈을 횡령하는 바람에 어쩔 도리가 없었어요. 감옥에 갈 상황이었기에.」

「불쌍한 사람이로군. 치욕스러운 죗값에 따른 처벌을 피하려고 그토록 무모한 모험에 영혼을 저당 잡히다니.」 케아웨가 말했다. 「당신은 내가 사랑 앞에서조차 망설일 거라고 생각할지도 모르겠군요. 자, 그 병과 잔돈을 주시오. 늘 준비해 놓고 있었을 테니. 여기 5센트가 있소.」

케아웨가 생각했던 대로 젊은이는 잔돈을 서랍에 준비해 두고 있었다. 병이 손에 들어오자마자 케아웨는 자신의 몸이 다시 깨끗해지게 해달라고 소원을 빌었다. 당장 호텔 방으로 돌아와 거울 앞에서 옷을 벗어 보니, 아니나 다를까 그의 피부는 아기 살결처럼 깨끗했다. 정말 사람 마음이란 묘했다. 이런 기적을 보자마자 그의 마음은 돌변했다. 문둥병 걱정은 말끔히 사라지고 코쿠아에 대한 생각도 거의 나지 않았다. 이제 영원히 병 속의 악마에게 예속되어 영락없이 지옥 불에서 영원히 숯이 되는 도리밖에 없다는 생각만이 그의 뇌리를 사로잡았다. 그는 마음속으로, 눈앞에서 지옥 불이 활활 타오르는 광경을 보았다. 그의 영혼은 움츠러들었고 빛은 어둠에 휩싸였다.

조금 정신을 차린 뒤에야 케아웨는 그날 밤 호텔에 악단 공연이 있다는 걸 알게 되었다. 그는 혼자 있는 것이 두려워 공연이 열리는 곳을 찾아갔다. 행복한 표정의 얼굴들 사이를 이리저리 거닐며 오르락내리락 하는 선율의 음악을 듣고 버거[4]가 악단을 지휘하며 박자를 조율하는 모습을 보았다. 그러는 동안에도 그의 귀에는 불길이 활활 타오르는 소리가 들렸고 눈에는 끝이 없는 지옥의 구렁에서 타오르는 시뻘건 불꽃이 보였다. 갑자기 밴드가 〈히키아오아오〉를 연주했다. 코쿠아와 함께 불렀던 노래였다. 이 음악의 선율을 듣는 순간, 용기가 되살아났다.

〈이미 엎질러진 물이야.〉 그는 생각했다. 〈그러니 다시 한 번 악마와 잘 지내 보자고.〉

결국 그는 첫 기선을 타고 하와이로 돌아와서 서둘러 코쿠아와 결혼을 하고 그녀를 산 중턱에 자리한 〈빛나는 집〉으로 데려왔다.

이제 둘이 함께 있을 때면, 케아웨는 마음이 안정되었다. 하지만 혼자 있으면 곧 우울해지고 두려움에 사로잡혔다. 불길이 활활 타오르는 소리가 들렸고, 끝이 없는 지옥의 구렁에서 타오르는 시뻘건 불꽃이 보였다. 코쿠아의 온 마음은 케아웨에게 향했다. 그를 보기만 해도 가슴이 두근거렸고 그의 손을 잡으면 놓을 줄 몰랐다. 그녀는 머리끝에서 발끝까지 어찌나 세련미가 풍기던지 그녀를 본 사람은 누구나 흐뭇해했다. 선천적으로 쾌활한 성격이었고 늘 고운 말만 썼다. 노래를 무척이나 좋아하는 그녀는 언제나 가장 밝게 빛나는 3층 건물 〈빛나는 집〉 이곳저곳을 돌아다니며 기쁨에 겨워 새처럼 노래를 부르곤 했다. 케아웨도 그녀의 모습을

---

4 헨리 버거Henri Berger(1844~1929). 로열 하와이안 밴드를 이끌었던 독일 출신의 음악가.

볼 때나 그녀의 노랫소리를 들을 때면 늘 즐거웠지만, 곧 한 쪽 구석에 물러나 있을 때면 움츠러들고 그녀를 얻기 위해 치른 대가를 떠올리며 울기도 하고 고통에 겨워 신음하기도 했다. 그러고 나서 눈물을 닦고 세수를 한 다음 넓은 발코니로 나가 그녀와 함께 앉아 노래를 부르며 아픈 영혼으로 그녀의 미소에 답하곤 했다.

마침내 그녀의 발걸음이 무거워지고 노래를 자주 듣기 힘든 날이 왔다. 이제 동떨어져 우는 사람은 케아웨만이 아니었다. 두 사람은 서로 떨어져서, 〈빛나는 집〉의 폭만큼 거리를 두고 있는 반대편 발코니에 앉아 울었다. 케아웨는 너무나 깊은 절망에 빠져 있었기에 그런 변화를 알아차리지 못했다. 혼자 앉아 자신의 운명을 곱씹어 볼 시간이 늘어나고 아픈 마음으로 억지 미소를 지어야 할 일이 줄어든 것을 다행으로 여길 뿐이었다. 그러던 어느 날 집 안 어디선가 아이가 우는 듯한 소리가 작게 들려왔다. 소리를 들은 케아웨가 그곳으로 가보니 코쿠아가 발코니 바닥에서 얼굴을 마구 흔들며 길 잃은 아이처럼 울고 있었다.

「코쿠아, 이 집에서 울고 있는 사람이 당신이었군.」 그가 말했다. 「당신만이라도 행복해질 수 있다면, 난 목숨이라도 내놓겠소.」

「행복이라고요!」 그녀가 소리쳤다. 「케아웨, 이 〈빛나는 집〉에서 혼자 살 때 당신은 행복한 남자로 이 섬에 소문이 자자했어요. 당신의 입에선 늘 웃음과 노래가 흘러나왔고, 얼굴은 떠오르는 태양처럼 밝게 빛났다지요. 그런데 못난 코쿠아와 결혼한 뒤로는, 그녀에게 무슨 잘못이 있는지는 모르겠지만 더 이상 웃지 않아요. 그날부터 말이에요. 내게 무슨 문제가 있는 거죠? 난 내가 예쁜 줄 알았어요. 그리고 당신을 사랑했고요. 대체 내게 무슨 문제가 있기에 이처럼 남편 얼굴에 먹구름이 가득한 거죠?」

「가엾은 코쿠아!」케아웨가 말했다. 그는 그녀 옆에 앉아 손을 잡으려 했지만 그녀가 손을 뿌리쳤다. 「가엾은 코쿠아, 어여쁜 내 사람. 당신에겐 내가 겪는 고통을 안겨 주고 싶지 않았소! 그래, 당신도 모든 걸 알아야겠지. 알고 나면 불행한 케아웨를 동정하게 될 거요. 그리고 그가 옛날에 당신을 얼마나 사랑했는지 알게 되겠지. 그는 당신을 얻기 위해서 지옥에 가는 것도 감수했소. 또한 (불쌍하고 저주받은) 그가 지금도 당신을 얼마나 사랑하고 있는지 알게 될 거요. 아직도 당신을 볼 때면 미소를 지을 수 있으니 말이오.」

이렇게 말한 그는 그녀에게 지금까지 일어났던 일을 처음부터 끝까지 모두 말해 주었다.

「나를 위해 그런 일을 했군요?」코쿠아가 소리쳤다. 「아, 그렇다면, 내가 뭘 두려워하겠어요!」그녀는 그를 꼭 껴안고 울었다.

「오, 내 사랑.」케아웨가 말했다. 「그렇지만, 지옥 불이 떠오를 때면 정말 무섭다오!」

「그런 말은 하지 마요. 누가 됐든 아무런 잘못도 없는데 단지 이 코쿠아를 사랑한다는 이유만으로 그렇게 파멸할 순 없어요. 케아웨, 분명히 말하는데, 내가 이 손으로 당신을 구할 거예요. 당신을 구하지 못한다면, 당신과 함께 죽겠어요. 아, 당신은 나를 사랑해서 영혼까지 빼앗겼는데, 그 보답으로 내가 당신을 구하기 위해 죽지 못할 것 같나요?」

「오, 내 사랑! 나를 위해서라면 당신은 백 번이라도 죽겠지. 하지만 그런다고 뭐가 달라지겠소?」 그가 외쳤다. 「그래 봤자 저주의 날이 올 때까지 혼자 남아 외로운 나날을 보낼 수 있을 뿐이잖소?」

「당신은 아무것도 몰라요.」 그녀가 말했다. 「난 호놀룰루에 있는 학교에서 공부했어요. 그냥 평범한 여자가 아니에요. 분명히 말하는데, 난 사랑하는 사람을 꼭 구할 거예요. 1센트에 대해 뭐라 했죠? 하지만 세상이 전부 미국은 아니에요. 영국에는 파딩이라고 하는 돈이 있는데 0.5센트 가치밖에 안 돼요. 아, 안타깝지만, 그건 1센트보다 나을 게 없겠군요. 그 병을 산 사람은 파멸을 피할 수 없을 테니까요. 케아웨, 세상 어디에도 당신처럼 용감한 사람은 없을 거예요! 하지만 프랑스가 있어요. 그곳에는 상팀이라고 하는 작은 동전이 있는데 1센트는 5상팀 정도 될 거예요. 이보다 나은 것은 없을 거예요. 자, 케아웨, 프랑스령 섬으로 가요. 가장 빠른 배를 타고 타히티로 가는 거예요. 그곳에는 4상팀, 3상팀, 2상팀, 1상팀이 있으니 네 번이나 사고 팔 수 있어요. 우리 둘이서 함께 팔아 보자고요. 자, 케아웨! 입 맞춰 줘요. 걱정일랑 잊어버리고요. 이 코쿠아가 당신을 지켜 줄게요.」

「하느님의 축복이야!」 그가 외쳤다. 「이렇게 좋은 걸 바란다고 해서 하느님이 나를 벌하지는 않으실 테지. 자, 그럼 당신의 뜻대로 하시오. 당신이 원하는 곳으로 날 데려가요. 내 목숨과 나를 구원할 길을 당신의 손에 맡기겠소.」

다음 날 아침 코쿠아는 일찍부터 여행 준비를 했다. 그녀는 케아웨가 예전에 선원 생활을 할 때 썼던 상자를 꺼냈다. 우선 병을 상자의 한쪽 구석에 넣은 다음 가장 좋은 옷과 집에 있는 가장 훌륭한 장식품을 챙겨 넣었다. 「우린 반드시 부자처럼 보여야 해요.」 그녀가 말했다. 「안 그러면 누가 병에 대한 얘길 믿겠어요?」 준비하는 내내 그녀는 새처럼 쾌활하게 떠들어 댔지만 케아웨와 시선이 마주칠 때면 눈물을 글썽이며 달려와 입 맞췄다. 케아웨는 영혼을 짓누르던 무게를 덜어 낸 기분이었다. 이제 아내와 비밀을 함께 나눴고 자신 앞에 나름 희망도 보였던 터라 새사람이 된 것만 같았다. 이제 내딛는 발걸음이 가벼워진 그는 다시 편안히 숨을 쉴 수 있었다. 하지만 공포를 완전히 떨쳐 내지는 못했다. 이따금 바람이 불어와 촛불을 꺼뜨릴 때면 희망도 꺼져 버리고 지옥에서 활활 타오르며 춤을 추는 불꽃이 보였다.

섬 사람들에게는 미국 여행을 간다고 말했다. 사람들은 이상한 일이라고 생각했지만, 누구도 짐작할 수 없어서 그렇지 사실은 훨씬 더 이상했다. 그들은 홀 호를 타고 호놀룰루로 가서 거기에서 많은 외국인들 틈에 끼어 우마틸라 호로 갈아타고 샌프란시스코로 향했다. 샌프란시스코에 도착한 그들은 우편 수송선인 트로픽버드 호를 타고 남태평양 제도에 속한 프랑스령 중심지인 파페에테로 향했다. 즐거운 항해 끝에 무역풍이 부는 화창한 어느 날 그들은 마침내 목적지에 도착했다. 파도가 부서지는 암초와 야자나무들이 가득한 작은 섬, 해안선을 따라 범주하는 스쿠너, 그리고 푸른 나무들 사이로 해안을 따라 늘어서 있는 도시의 하얀 집들이 시야에 들어왔다. 머리 위로는 산들과 구름이 보였다. 바로 그곳이 지혜의 섬 타히티였다.

그들은 우선 집을 임대하는 게 가장 현명하다고 판단하고는 돈이 많다는 것을 과시하려고 영국 영사관 맞은편에 집 한 채를 임대하고 보란 듯이 말과 마차를 구입했다. 병을 가지고 있는 한 이 정도 소비는 식은 죽 먹기였다. 케아웨보다 더 대담했던 코쿠아는 언제든 마음이 내킬 때면 악마에게 20달러나 100달러를 요구했다. 이렇게 돈을 펑펑 쓰자 그들은 곧 시내에서 사람들의 이목을 끌게 됐다. 두 사람은 하와이에서 온 이방인이며, 멋진 마차와 말을 타고 다니고, 코쿠아가 멋진 홀로쿠를 입고 값비싼 레이스로 치장하고 있다는 게 화젯거리가 되었다.

그들은 우선 타히티 말에 익숙해지려 했다. 타히티 말은 특정한 몇 가지 문자만 다를 뿐 하와이 말과 비슷했다. 자유롭게 언어를 구사할 수 있게 되자, 둘은 병을 팔러 돌아다니기 시작했다. 하지만 사람들에게 병에 대한 말을 꺼내기가 쉽지 않았다. 영원한 건강과 부의 원천인 병을 고작 4상팀에 팔겠다는 말이 진심이라는 걸 사람들에게 납득시키기란 쉽지 않았다. 게다가 병의 위험성도 설명해야 했다. 그들의 말을 들은 사람들은 전혀 믿을 수 없다며 웃어넘기거나 병의 어두운 면만을 심각하게 생각했다. 사람들은 결국 상황을 심상치 않게 받아들이고는 악마와 거래한 자들이라며 케아웨와 코쿠아를 멀리했다. 케아웨와 코쿠아는 병을 팔 분위기를 조성하기는커녕 자신들이 마을에서 따돌림까지 당하고 있다는 걸 알게 됐다. 아이들은 비명을 지르며 도망가기도 했다. 코쿠아로서는 참기 힘든 일이었다. 가톨릭 교도들은 그들이 지나가면 성호를 그었다. 그렇게 모든 사람들이 하나같이 그들 곁을 피했다.

그들은 침울해졌다. 피곤한 하루를 보낸 후 늦은 밤에야 새 집으로 돌아오면 한 마디 말도 나누지 않고 우두커니 앉아 있었다. 코쿠아가 갑자기 흐느껴 울 때에야 침묵이 깨질 뿐이었다. 가끔 함께 기도를 하기도 하고, 병을 바닥에 꺼내 놓고 앉아서 저녁 내내 병 속의 그림자가 그 한가운데서 어떻게 선회하는지 지켜보기도 했다. 그럴 때면 그들은 무서워서 마음 놓고 쉴 수도 없었다. 쉽게 잠들지 못했고, 설사 둘 중 한 사람이 잠들었다고 해도 어둠 속에서 상대방이 조용히 흐느끼는 소리에 깨어나곤 했다. 혹은 한 사람이 깨어나 보면 다른 사람은 그 병과 함께 있는 게 두려운지 집에서 나와 작은 정원의 바나나 나무 밑을 거닐거나 달빛을 받으며 해변을 서성이고 있었다.

어느 날 밤 코쿠아가 잠에서 깼을 때도 그랬다. 케아웨는 방 안에 없었다. 그가 누웠던 잠자리를 만져 보니 차가웠다. 순간 두려움이 엄습하여 그녀는 침대에서 일어나 앉았다. 어슴푸레한 달빛이 덧문을 통해 스며들어 왔다. 방 안은 밝아서 바닥에 놓인 병이 보였다. 바깥에서는 거세게 부는 바람에 커다란 가로수들이 요란한 소리를 내며 흔들렸고 베란다에는 떨어진 나뭇잎들이 바스락거렸다. 이 와중에도 코쿠아는 다른 소리를 알아들을 수 있었다. 짐승 소리인지 사람 소리인지 알 수는 없었지만 너무나도 슬픈 소리에 그녀는 영혼이 에이는 듯했다. 그녀는 천천히 일어나 살짝 문을 열고 달빛에 비친 마당을 내다보았다. 거기 바나나 나무 밑에서 케아웨가 흙바닥에 입을 처박고 엎드린 채 신음을 토해 내고 있었다.

순간 코쿠아는 달려 나가 그를 위로하고 싶은 생각이 들었지만, 다시 한 번 생각해 보고는 마음을 억눌렀다. 케아웨는 지금까지 부인 앞에서 용감한 남자처럼 잘 참아 왔다. 그런 그가 지금 약한 모습을 보이고 있었다. 그녀는 지금 자신이 나타나면 그를 수치스럽게 만들 거라는 생각이 들었다. 그런 생각에 그녀는 다시 방 안으로 들어갔다.

〈아! 어떻게 내가 그토록 경솔했을까!〉 그녀는 생각했다. 〈어떻게 그토록 나약했을까! 영원한 위험에 처해 있는 사람은 내가 아니라 그 사람인데 말이야. 영혼에 저주를 받은 사람은 내가 아니라 그 사람이었잖아. 그건 나를 위해서였어. 별 가치도 없고, 도움을 주지도 못하는 존재의 사랑을 얻기 위해서 그랬던 거야. 그 때문에 지금 그는 가까이 다가온 지옥의 화염을 보고 있어. 아, 그는 지금 바람 부는 달빛 아래 누워 지옥의 화염 연기를 맡고 있는 거야. 상황이 이런데도 나는 너무 둔해서 어떻게 해야 할지 모르고 있었잖아. 아니면 이미 알고 있으면서도 외면했던 걸까? 지금부터라도 사랑이 깃든 이 두 손으로 내 영혼을 들어내겠어. 이제 천국의 하얀 계단과 그곳에서 나를 기다리는 친구들에게 작별을 고하겠어. 사랑에는 사랑으로. 케아웨가 나를 사랑한 만큼 나도 똑같이 그를 사랑할 거야! 영혼에는 영혼으로. 이제 파멸할 쪽은 내 영혼이야!〉

손놀림이 빠른 그녀는 곧 옷을 차려입었다. 그녀는 늘 곁에 두었던 귀중한 상팀 잔돈을 챙겼다. 이 동전은 이제 거의 쓰이지 않았기 때문에 그들이 관청에 가서 미리 마련해 놓은 것이었다. 그녀가 거리로 나섰을 때는 바람에 실려 온 구름이 달빛을 가려 하늘이 어두웠다. 도시는 잠들어 있었다. 어느 쪽으로 가야 할지 몰라 서성이고 있던 참에 나무 그늘에서 기침 소리가 들려왔다.

「어르신, 이렇게 추운 밤에 무슨 일로 밖에 나와 계세요?」 코쿠아가 말했다.

노인은 기침 때문에 말을 거의 할 수 없었지만, 그녀는 그가 늙고 가난하며 이 섬 토박이가 아니라는 걸 짐작할 수 있었다.

「저를 좀 도와주시겠어요?」 코쿠아가 말했다. 「나그네가 나그네를 도와준다는 셈치고, 노인분이 젊은 여자를 도와준다는 셈치고, 하와이에서 온 딸이라는 셈치고 저를 좀 도와주시겠어요?」

「아, 네가 바로 여덟 섬에서 왔다는 그 마녀로구나.」 노인이 말했다. 「이제 이 늙은 영혼까지 옭아매려 하는군. 네년에 대한 소문은 들었다. 어디 사악한 짓을 할 테면 해봐라.」

「여기 앉으세요. 들려 드릴 이야기가 있어요.」 그녀는 케아웨의 이야기를 처음부터 끝까지 모두 들려주었다.

「그 사람이 영혼의 행복을 팔아 얻은 아내가 바로 저예요.」 그녀가 말했다. 「전 어떻게 해야 하죠? 제가 직접 그에게 가서 병을 사겠다고 하면 그는 거절할 거예요. 하지만 어르신께서 가시면 흔쾌히 팔 거예요. 전 여기서 기다리고 있을게요. 어르신께서 4상팀에 사 오시면 제가 다시 3상팀에 살게요. 주님께서 가련한 여인에게 힘을 주십니다!」

「만일 사기 치는 거라면 하느님이 널 쳐 죽일 거다.」 노인이 말했다.

「물론이죠!」 코쿠아가 큰 소리로 말했다. 「당연히 그러실 거예요. 저는 결코 신뢰를 배반하는 사람이 아니에요. 하느님께서는 신뢰를 배반하는 짓을 결코 눈감아 주시지 않을 거예요.」

「4상팀을 주고 여기서 기다려.」

거리에 혼자 서 있노라니 코쿠아의 영혼은 죽은 것만 같았다. 바람이 나무들을 휘감으며 포효했다. 그 모습이 그녀의 눈에는 지옥의 불꽃이 거세게 몰려오는 것처럼 보였다. 가로등 불빛 아래 흔들리는 나무 그림자들은 마치 낚아채려는 악마의 손길처럼 보였다. 조금이라도 움직일 수 있는 기운이 있었다면 그녀는 도망쳤을 것이다. 또한 숨 쉴 기운이 남아 있었다면 크게 비명을 토해 냈을 것이다. 하지만 그녀는 둘 중 아무것도 하지 못했다. 그저 겁에 질린 아이처럼 가로수 길에 서서 몸을 떨고 있었을 뿐.

그때 노인이 돌아오는 게 보였다. 그의 손에는 병이 쥐여 있었다.

「새색시가 말한 대로 했어.」노인이 말했다. 「그러곤 아이 처럼 우는 남편을 내버려 두고 왔지. 오늘 밤은 편히 자겠구 면.」노인이 병을 내밀었다.

「그걸 제게 주시기 전에 악마에게 소원을 빌어 보세요. 아, 기침을 낮게 해 달라고 부탁해 보세요.」그녀가 숨을 헐떡이 며 말했다.

「난 늙은 몸이야.」노인이 대답했다. 「악마의 호의를 받기 에는 무덤 문이 너무 가까이 와 있어. 한데 지금 뭐하는 거 야? 왜 병을 가져가지 않는 거야? 망설여지는가?」

「망설이지 않아요!」코쿠아가 소리쳤다. 「그냥 좀 약해졌 을 뿐이에요. 조금만 기다려 주세요. 저 저주받은 물건 앞에 있자니 제 손이 말을 듣지 않고, 제 몸이 움츠러들어서 그래 요. 아주 잠깐이면 돼요!」

노인이 인자한 눈빛으로 코쿠아를 바라보았다. 「아, 불쌍 한 것! 두려워하고 있구나. 네 영혼 때문에 두려운 게로구나. 그래! 내가 가지마. 난 늙은 몸이고, 이 세상에서 더 행복해 질 일도 없어. 그리고 다음 세상에서도……。」

「이리 주세요!」코쿠아가 숨이 막힐 듯이 헐떡이며 말했 다. 「여기 돈 있어요. 저를 그리도 야비한 인간으로 보셨나 요? 그 병을 이리 주세요.」

코쿠아는 병을 얼른 홀로쿠 속에 감추고는 노인에게 작별 인사를 하고 바로 가로수 길을 따라 걸었다. 어디로 가든 상관없었다. 이제 그녀에게는 어떤 길이든 다 똑같이 지옥으로 가는 길이었으니까. 때로는 걷기도 하고 때로는 뛰기도 했다. 한밤중이지만 가끔 고함을 지르기도 하고, 가끔 먼지투성이 길가에 누워 흐느끼기도 했다. 지금까지 들어 본 지옥에 관한 얘기들이 모조리 한꺼번에 들려왔다. 불꽃이 활활 타오르는 것이 보였고 그 연기의 냄새가 코를 찔렀다. 자신의 살이 숯불 위에서 타 들어가는 것만 같았다.

날이 밝아 올 때가 돼서야 그녀는 제정신을 차리고 집으로 돌아왔다. 노인이 말한 대로 케아웨는 아이처럼 편히 잠들어 있었다. 코쿠아가 곁에 서서 그의 얼굴을 가만히 내려다보았다.

「여보, 이젠 당신이 잠에 들 차례예요.」 그녀가 말했다. 「잠에서 깨면 이제 당신이 노래 부르고 웃을 차례예요. 하지만, 이 불쌍한 코쿠아는, 아! 나쁜 뜻으로 말하는 건 아니지만, 이젠 편히 잠들 수도, 노래를 부를 수도, 즐거워할 수도 없어요. 지상에서나 천국에서나.」

그녀는 이렇게 말하고는 남편 옆에 눕자, 너무 고통스러웠던지 곧 깊은 잠에 빠져들었다.

늦은 아침에 남편이 그녀를 깨우고는 좋은 소식을 전해 주었다. 케아웨는 아내의 고통에는 아랑곳없이 바보처럼 기뻐하기만 했다. 괴로운 심정을 감추려는 아내의 연기가 어색했는데도 말이다. 코쿠아는 말이 입안에서 맴돌 뿐 입 밖에 낼 수 없었다. 케아웨만이 계속 떠들어 댔다. 그리고 그녀는 음식을 입에 대지도 않았는데, 케아웨는 전혀 눈치채지 못하고 저 혼자 접시를 깨끗이 비웠다. 그런 그의 모습을 보고 그의 말을 듣고 있으려니 코쿠아는 마치 이상한 꿈을 꾸고 있는 듯한 기분이 들었다. 그녀는 어찌된 영문인지 잊어버리거나 미심쩍은 생각이 들 때도 있었기에 그럴 때마다 이마에 손을 대보곤 했다. 자신의 운명을 인식하며 남편이 떠들어대는 소리를 듣는 건 정말 끔찍했다.

케아웨는 먹으면서 내내 쉬지 않고 이야기했다. 고향으로 돌아갈 시기를 계획했고, 자신을 구해 주었다며 그녀에게 고마움을 표했다. 그녀를 껴안고 진정한 구원자라고 부르기도 했다. 그는 병을 사간 노인을 어리석기 짝이 없다며 비웃기도 했다.

「그 노인네는 유덕해 보이던데.」케아웨가 말했다. 「그런 걸 보면 겉만 봐서는 사람을 알 수 없는 거요. 그 저주받을 늙은이가 무슨 이유가 있어 그 병을 샀겠소?」

「여보, 아마 좋은 의도로 샀을 거예요.」코쿠아가 겸손하게 말했다.

케아웨는 몹시 화난 사람처럼 인상을 찌푸리며 헛웃음을 터뜨렸다.

「당찮은 소리!」케아웨가 소리쳤다. 「분명히 말하지만 그 자는 늙은 부랑자일 뿐이야. 아무짝에도 쓸모없는 멍청이 노인네라고. 4상팀에 팔기도 어려운 병을 3상팀에 판다는 건 불가능한 일이야. 여유가 없어. 그 물건은 이미 화염 냄새를 풍기기 시작했어. 생각만 해도 몸이 떨려!」그는 몸서리쳤다. 「사실 난 더 적은 액수의 동전이 있다는 걸 모르면서도 1센트에 그걸 샀지. 고통을 못 이겨 그런 바보짓을 했어. 이젠 그런 바보는 찾을 수 없을 거야. 누구든 지금 그 병을 가진 사람이 그걸 지옥으로 가져가겠지.」

「아, 여보! 자신을 구하려고 다른 사람을 영원한 파멸의 길로 안내한다는 건 끔찍한 일이 아닌가요? 나라면 웃지 못할 것 같아요. 오히려 슬퍼하겠어요. 병을 가진 그 불쌍한 사람을 위해 기도하겠어요.」

그녀의 말이 옳다는 생각이 들자, 케아웨는 웬일인지 더욱 화가 났다. 「이런 젠장!」 그가 버럭 소리 질렀다. 「그렇게 원한다면 당신이나 실컷 슬퍼해. 좋은 아내라면 그 따위 모습을 보이진 않을 거야. 내 마음을 조금이라도 생각한다면, 부끄러운 줄 알아.」

그러고서 그는 밖으로 뛰쳐나가 버렸고, 코쿠아는 혼자 남게 되었다.

〈2상팀에 병을 팔 가능성은 얼마나 될까?〉 그럴 가능성은 전혀 없다고 그녀는 생각했다. 설사 앞으로 그럴 가능성이 있더라도, 남편은 서둘러서 1센트보다 적은 금액의 돈이 없는 나라로 가려 할 것이다. 게다가 그녀가 희생한 다음 날, 남편은 그녀를 매몰차게 비난하고 집 밖으로 나가 버렸다.

그녀는 주어진 시간을 어떻게든 잘 써볼 생각은 하지 않고 집 안에 앉아 있기만 했다. 그러다가 병을 꺼내놓고 보고 있으려니 말로는 표현할 수 없는 공포가 엄습했다. 도저히 견딜 수 없어서 병을 눈에 안 보이는 곳에 감춰 버렸다.

이윽고 케아웨가 돌아와서는 마차를 타고 기분전환이나

하자고 말했다.

「여보, 나 좀 피곤해요. 기운도 없고요.」 그녀가 말했다. 「미안하지만, 그럴 기분이 아니에요.」

아내의 이런 말을 듣자 케아웨는 아까보다 더욱더 화가 치밀었다. 아직도 병을 산 노인을 걱정하고 있는 것 같아서 아내에게 화가 났고, 그녀의 생각이 옳은 줄 알면서도 그토록 행복해했던 자신이 부끄러워 화가 났다.

「이게 당신의 진심이군.」 그가 소리쳤다. 「이게 당신의 사랑이야! 남편이 영원한 파멸의 구렁에서 방금 벗어났는데도 당신은 한다는 말이 그럴 기분이 아니란 거야! 내가 파멸을 선택했던 것도 당신을 사랑했기 때문이었어. 그런데도 코쿠아, 당신의 애정은 그 정도뿐이군.」

그는 이번에도 몹시 화를 내고는 밖으로 뛰쳐나갔다. 그러곤 온종일 시내를 배회했다. 그는 친구들을 만나 술을 마신 후 마차를 빌려 타고 교외로 나가 또 술을 마셨다. 자신이 이처럼 즐기는 동안에 아내는 슬픔에 잠겨 있을 걸 생각하니, 또한 마음속으론 아내의 말이 옳다는 생각이 들었기에 술을 마시는 내내 마음이 편치 않았다. 그래서 그는 더욱더 술을 마셔 댔다.

이제 케아웨는 늙고 난폭한 외국인 한 명과 술을 마시고 있었다. 그는 한때 포경선의 갑판장이기도 했고, 도망자 신세인 적도 있었고, 금광에서 광부로 일한 적이 있는가 하면 죄를 짓고 교도소 생활을 한 적도 있는 사람이었다. 저열한 인간인 그는 입이 거칠었다. 술을 무척 좋아했고 다른 사람들의 술 취한 꼴을 보는 것도 아주 좋아했다. 그는 케아웨에게 술잔을 비우라고 재촉했다. 곧 그들은 돈이 다 떨어지고 말았다.

「이봐!」 갑판장이 말했다. 「자네 부자라지. 자네 입으로 항상 그렇게 떠들고 다녔잖아. 병인지 뭔지 갖고 있다면서.」

「그래, 난 부자요. 집에 가서 아내에게 돈을 좀 얻어 오겠소.」 케아웨가 말했다.

「이봐, 자네 잘못 생각하고 있는 거야. 치마 두른 년들한테 돈을 맡기면 안 돼. 그년들은 하나같이 바다만큼이나 믿을 게 못 돼. 그러니 자넨 마누라를 잘 감시하는 게 좋을 거야.」 갑판장이 말했다.

술에 취해 제정신이 아니었던 케아웨의 마음에 갑판장의 마지막 말이 그대로 꽂혔다.

〈아내를 의심하면 안 되지만, 정말 그녀가 부정한 짓을 했을지도 몰라.〉 그는 생각했다. 〈그렇지 않고서야 내가 자유로워졌는데도 그토록 슬퍼할 이유가 없잖아? 그녀에게 내가 바보가 아니란 걸 보여 주겠어. 부정을 저지르는 현장을 잡고 말 거야.〉

그래서 그들이 시내로 돌아왔을 때 케아웨는 갑판장에게 옛 교도소의 모퉁이에서 기다리라고 한 다음 혼자 가로수 길을 걸어 올라가 집으로 향했다. 다시 밤이 되었기에 집 안에는 불이 켜져 있었지만 아무 소리도 들리지 않았다. 케아웨는 살금살금 모퉁이를 돌아가서 뒷문을 조용히 열고 집 안을 들여다보았다.

램프를 옆에 두고 바닥에 앉아 있는 코쿠아가 보였다. 그녀 앞에는 배가 볼록하고 목이 길쭉하게 생긴 하얀 우유 빛깔의 병이 놓여 있었다. 그녀는 그것을 쳐다보며 고통에 겨운 듯 양손을 맞잡고 비틀어 댔다.

케아웨는 한참 동안 그렇게 문간에 서서 집 안을 들여다보았다. 처음에 그는 어리둥절한 나머지 바보가 된 기분이 들었다. 샌프란시스코에서 그랬던 것처럼, 거래가 잘못되어 병이 다시 돌아왔을 거라는 생각에 등골이 오싹했다. 순간 무릎이 후들거렸고, 강가에서 아침 안개가 걷히듯 술기운이 싹 달아났다. 그러자 또 다른 생각이 뇌리를 스쳤다. 설마 하는 생각에 양 볼이 화끈거렸다.

〈그걸 확인해 봐야겠어.〉 그는 생각했다.

그는 문을 닫고 조용히 다시 모퉁이를 돌아서 현관 앞으로 갔다. 그러곤 마치 방금 집에 돌아온 것처럼 시끄럽게 소리를 지르며 집 안으로 들어섰다. 아! 현관문을 열었을 때 병이 보이지 않았다. 코쿠아는 의자에 앉아 있다가 막 잠에서 깬 사람처럼 벌떡 일어났다.

「온종일 술을 마셔 대며 즐겁게 놀았어.」 케아웨가 말했다. 「좋은 친구들과 함께 마셨어. 지금은 그저 돈을 챙겨 가려 온 거야. 다시 돌아가서 친구들과 술을 마시며 흥청거릴 거야.」

그의 표정과 말투는 판사처럼 단호했지만, 코쿠아는 불안감에 마음이 뺏겨 알아차리지 못했다.

「여보, 당신 돈이니, 마음껏 써요.」 그녀는 떨리는 목소리로 말했다.

「오, 그래. 전부 다 쓸 거야.」 이렇게 말하고 나서 케아웨는 상자가 있는 곳으로 가서 돈을 꺼냈다. 그는 병을 놓아두던 한쪽 구석을 얼른 살펴보았지만, 병은 없었다.

그 순간 상자가 마치 파도처럼 바닥에서 솟구치는 것만 같고, 집이 마치 소용돌이치는 연기처럼 빙빙 도는 것 같았다. 이제 정말 파멸이라는 것을, 이제 피할 길이 없다는 것을 뼈저리게 느꼈기 때문이었다. 〈두려워했던 대로야.〉 그는 생각했다. 〈병을 산 사람은 아내였어.〉

이윽고 그는 조금 정신을 차리고 일어섰지만, 얼굴에선 우물물처럼 차가운 식은땀이 비 오듯 흘러내렸다.

「코쿠아, 오늘은 정말 일진이 사나웠어.」 그가 말했다. 「이제 돌아가서 유쾌한 친구들하고 흥청거려야겠어.」 이렇게 말하면서 그는 조용히 웃었다. 「당신만 괜찮다면 나가서 좀 더 마시며 놀고 싶은데.」

그러자 일순간 그녀가 그의 무릎을 꼭 껴안았다. 그러곤 눈물을 흘리며 그의 무릎에 입 맞췄다. 「오, 난 그처럼 친절한 말 한 마디면 족해요!」 그녀가 소리쳤다.

「서로 상대방을 좀 더 생각하도록 하지.」 케아웨는 이렇게 말하고는 집 밖으로 나갔다.

지금 케아웨가 가지고 나온 돈은 자신들이 그곳에 도착해서 준비해 두었던 상팀 동전 몇 개뿐이었다. 당연히 술을 마실 생각은 아예 없었다. 아내가 그를 위해 영혼을 팔았으니, 이제 그가 그녀를 위해 영혼을 팔 차례였다. 그의 머릿속엔

온통 이 생각뿐이었다.

옛 교도소의 모퉁이에서 갑판장이 케아웨를 기다리고 있었다.

「내 아내에게 병이 있소.」케아웨가 말했다. 「그것을 되찾게 나를 도와주지 않으면 오늘 밤엔 돈이고 술이고 더는 없을 거요.」

「그 병에 관한 얘기가 모두 진담이란 거야?」갑판장이 소리쳤다.

「여기 가로등 불빛이 환하니 잘 보시오. 지금 내가 농담하는 것처럼 보이시오?」케아웨가 말했다.

「농담은 아닌 것 같군. 유령처럼 심각해 보이는 걸 보니.」갑판장이 대답했다.

「그럼 됐소. 자, 여기 2상팀이 있소. 이 돈을 가지고 집으로 가서 내 아내에게 그 병을 사 오시오. (내가 잘못 생각한 게 아니라면) 그녀는 즉시 병을 건네줄 거요. 그걸 갖고 여기로 오시오. 그럼 내가 1상팀에 사겠소. 그게 그 병을 사고 팔때 따르는 규칙이오. 산 가격보다 더 적은 가격으로밖에 팔 수 없는 거요. 하지만 아내에겐 내가 보내서 왔다는 말은 절대로 해서는 안 되오.」

「이봐, 자네 날 놀리는 건 아니지?」갑판장이 물었다.

「설사 그렇더라도 당신에게 해가 될 건 아무것도 없소.」케아웨가 대답했다.

「그럼 됐어, 친구.」

「정 내 말이 의심스럽다면, 시험해 보시오.」케아웨가 덧붙여 말했다. 「우리 집에서 병을 가지고 나오는 대로, 주머니에 돈이 가득 들어 있게 해달라고 빌든가 최고급 럼주 한 병이 생기게 해달라고 빌어 보시오. 뭐든 원하는 걸 빌어 보시오. 그럼 그 물건의 진가를 알게 될 거요.」

「좋아, 카나카 친구, 한번 해보지.」 갑판장이 말했다. 「하지만 날 놀리는 거라면 밧줄로 자네 목을 매달 거야.」

그리하여 포경선을 탔던 남자는 가로수 길을 걸어 올라갔고, 케아웨는 그 자리에 서서 그가 오길 기다렸다. 전날 밤 코쿠아가 노인을 기다리던 자리와 가까운 곳이었다. 하지만 케아웨의 결심은 그녀보다 훨씬 더 단호했고, 전혀 흔들리지 않았다. 오직 그의 영혼만이 절망에 에이고 있었다.

기다린 지 한참 시간이 지난 듯해서야 가로수 길 저편 어둠 속에서 흥얼거리는 노랫소리가 들려왔다. 그는 갑판장의 목소리라는 걸 알아차렸다. 하지만 이상하게도 그 노랫소리가 갑자기 더 취한 사람의 목소리처럼 들렸다.

노랫소리에 이어 그 남자가 비틀거리며 가로등 불빛 아래로 모습을 드러냈다. 악마의 병을 외투 주머니에 넣고 단추를 단단히 채운 그는 한 손에 또 다른 병 하나를 들고 있었다. 그는 불빛 속으로 걸어 들어오면서도 병을 쳐들어 입에 대고는 계속 마셔 댔다.

「물건을 가져왔군.」 케아웨가 말했다. 「바로 그거요.」

「손 치워!」 갑판장이 뒤로 펄쩍 뛰며 소리쳤다. 「한 발이라도 다가오면 주둥이를 뭉개 버릴 테야. 넌 날 이용해 먹을 수 있을 거라고 생각했지? 그렇지?」

「무슨 말이오?」케아웨가 큰 소리로 말했다.

「무슨 말이냐고?」갑판장도 큰 소리로 말했다. 「내 말인즉슨, 이게 아주 멋진 병이라는 거야. 그게 내가 말하고자 한 거지. 어떻게 이걸 2상팀에 손에 넣을 수 있었는진 나도 알 수 없어. 하지만, 1상팀에 자네에겐 팔 순 없다는 건 확실하지.」

「팔지 않겠다는 거요?」케아웨는 숨이 넘어갈 듯이 말했다.

「절대로!」갑판장이 소리쳤다. 「자네가 원한다면, 럼주 한 모금쯤은 주지.」

「정말로, 그 병을 가진 사람은 지옥에 가요.」

「이러나 저러나 난 지옥에 갈 사람이야. 이런 병은 난생 처음 봐. 지옥에 갖고 갈 만한 최고의 물건이야. 그러니 절대 안 팔아!」갑판장이 다시 소리쳤다. 「이 병은 이제 내 거야. 그러니 딴 데 가서 알아봐.」

「진심이오?」케아웨가 소리쳤다. 「당신을 위해서 하는 말인데, 제발 내게 파시오!」

「이제 네 말 따위는 헛소리로밖에 들리지 않아. 나를 얼간이로 본 모양인데, 이젠 알겠지, 내가 어떤 사람인지. 이것으로 끝이야. 럼주 한 모금도 마실 생각이 없다면 내가 마시지. 자, 자네 건강을 위해. 그럼 잘 가게!」

마지막 말을 남기고 갑판장은 가로수 길을 따라 시내로 내려갔다. 이것으로 병에 관한 이야기는 끝이 났다.

그건 그렇고, 케아웨는 코쿠아에게 바람처럼 가볍게 달려갔다. 그날 밤 그들은 더없는 기쁨을 맛보았다. 그리고 그 후로 〈빛나는 집〉에서 나날이 아주 평화롭게 살았다.

말트루아 경의 대문

드니 드 볼리외는 아직 스물두 살이 채 되지 않았지만 자신은 다 큰 어른일 뿐만 아니라 나무랄 데 없이 완벽한 호남아라고 생각하고 있었다. 사실, 이 살벌한 전쟁 시대의 젊은이들은 너무 일찍 어른이 되어 갔다. 정정당당한 전투에 뛰어들고 여러 차례 습격에 나서서 명예로운 방법으로 사람의 목숨을 빼앗아 보고 전략과 인간에 대해서 조금이라도 깨달은 젊은이라면 으스대며 활보하는 것까지도 관대하게 용인되는 시대였다. 드니는 말을 정성스럽게 마구간에 들여놓은 다음 아주 느긋하게 저녁 식사를 했다. 그러곤 어둑해진 저녁에 친구를 찾아가 볼까 해서 흐뭇한 기분으로 외출했다. 이 젊은이로서는 그리 현명하지 못한 행동이었다. 그냥 난로 앞에서 불을 쬐거나 편안히 잠자리에 들었다면 더 좋았을 것이다. 왜냐하면 도시 곳곳에는 합동 부대 소속 부르고뉴 병사와 잉글랜드 병사가 가득했기 때문이다. 비록 드니에게 통행증이 있기는 했지만, 통행증만으로는 불시에 닥칠 수 있는 위험으로부터 자신을 보호할 수 없었다.

때는 1429년 9월이었다. 기온이 뚝 떨어져 날씨가 매서웠다. 소나기를 동반한 변덕스러운 바람이 도시에 몰아쳤다. 거리를 따라 나뒹구는 낙엽들이 바람에 이리저리 거세게 날렸다. 여기저기의 창문에서는 벌써 불빛이 새어 나오고 있었다. 실내에서 병사들이 저녁을 먹으며 왁자지껄 흥겹게 떠들어 대는 소리가 들리는가 싶더니 곧 바람에 삼켜져 쓸려 가버렸다. 밤은 무섭게 빨리 찾아왔다. 첨탑 꼭대기에서 펄럭이던 잉글랜드 국기는 하늘을 뒤덮은 구름을 배경으로 점점 희미해져서, 결국엔 무질서한 먹구름에 덮여 와 음침한 하늘을 나는 제비 같은 검은 얼룩으로 변해 버렸다. 밤이 깊어지면서 바람이 거세졌다. 바람은 아치 길로 휘몰아치기 시작했고 도시 아래 계곡의 우듬지들을 휘젓고 지나가며 포효했다.

드니 드 볼리외는 걸음을 재촉했다. 곧 친구의 집에 도착한 그는 문을 두드렸다. 잠깐만 있다가 가겠다고 마음먹었지만, 친구는 몹시 반기며 그를 꽤 오랜 시간 동안 붙잡아 두었다. 이 때문에 마침내 친구 집을 나서며 작별 인사를 했을 때는 이미 자정이 훨씬 넘은 시각이었다. 어느새 바람이 다시 거세져 있었고 밤은 무덤처럼 어두웠다. 별 하나 보이지 않고, 어렴풋한 달빛조차 비추지 않았다. 달은 구름 사이로 살짝 보일 뿐이었다. 드니는 랜던 성(城)의 복잡한 골목길에 익숙하지 않았다. 그는 대낮에도 길을 찾는 데 꽤 어려움을 겪곤 했다. 결국 칠흑 같은 어둠 속에서 그는 곧 완전히 길을 잃고 말았다. 그래도 단 한 가지만은 확신할 수 있었다. 계속 언덕길을 올라가야 하는 것이다. 친구 집은 랜던 성의 저지대 끄트머리에 있었고, 그가 묵고 있던 여인숙은 언덕 꼭대기 큰 교회의 첨탑 아래에 위치해 있었기 때문이다. 그러니 쭉 올라가기만 하면 될 거라고 생각한 그는 길을 더듬으며 비틀비틀 앞으로 나아갔다. 좁은 하늘이라도 훤히 올려다보이는 공지에서는 마음껏 숨을 쉴 수 있었지만, 벽이 쭉 이어진 곳에서는 숨이 막힐 듯했다. 아주 낯선 도시의 칠흑 같은 암흑 속에 빠져들었다 싶자, 섬뜩하면서도 신비로운 느낌이 들었다. 침묵마저 섬뜩했다. 앞길을 더듬던 손에 차가운 창살이라도 닿으면 두꺼비를 만지기라도 한 것처럼 기겁했다. 울퉁불퉁한 길 때문에 가슴이 철렁 내려앉을 때도 있었다. 한결 어둠이 짙은 좁은 골목길에선 괴한의 기습이나 땅에 움푹 꺼진 곳이 도사리고 있을 수도 있기 때문이었다. 그리고 대기가 조금이라도 밝아지면 집들이 아주 기괴하게 보이는 게 전혀 다른 길로 들어선 기분이 들었다. 무작정 여인숙을 찾아가야만 했던 드니에게는 고역스러운 걸음뿐 아니라 도사리고 있는 위험도 당면한 문제였다. 그는 조심하면서도 대담하게 발걸음을 옮겼다. 모퉁이를 돌 때는 잠시 걸음을 멈추고 주변을 살폈다.

한동안 양손이 벽에 닿을 정도로 아주 좁은 길을 걸었다. 이윽고 길이 넓어지는가 싶더니 가파른 내리막길로 이어졌다. 그쪽은 여인숙 방향이 아닌 게 분명했다. 하지만 실낱 같은 희망을 품고 두리번거리며 앞으로 나아갔다. 결국 길은 양쪽에 높이 솟은 두 집 사이에 있는 테라스에서 끝나고 말았다. 테라스에 딸린 망루의 총안 밖으론 어둠에 휩싸여 실체를 알 수 없는 수십 미터 깊이의 계곡이 내려다보였다. 드니는 계곡을 굽어보았다. 몇 그루 나무들의 우듬지가 바람에 흔들렸고, 강물이 둑을 타고 흐르는 곳에 밝게 빛나는 점하나가 보였다. 날씨는 맑았다. 하늘은 짙은 구름의 윤곽과 어둠에 잠긴 언덕의 끝자락이 보일 만큼 밝았다. 어렴풋한 빛에 드러난 왼편의 집은 꽤나 위엄을 뽐내며 서 있었다. 꼭대기에는 여러 개의 뾰족탑과 망루들이 솟아 있고, 본채에선 가장자리에 높이 솟은 버팀벽을 갖춘 뒷모양새가 둥그런 예배당이 우람하게 튀어나와 있었다. 현관문은 양쪽 위에 길쭉한 두 개의 이무기돌이 버티고 있고 갖가지 조상이 조각되어 있는 포치 아래에 깊숙이 감추어져 있었다. 예배당에 많은 촛불을 켜놨는지 어렴풋한 빛이 복잡한 문양의 창문 트레이서리[1] 틈으로 새어 나와, 하늘을 배경으로 우뚝 선 버팀목과 뾰족한 지붕을 더욱 깊은 어둠 속으로 내던졌다. 이 동네 대단한 가문의 저택인 게 틀림없었다. 우두커니 서 있던 드니는 부르주에 있는 자신의 집을 생각하면서 한동안 그 집을 올려다보았다. 그리고 머릿속으로는 건축가들의 솜씨와 두 집안의 가풍을 헤아려 보았다.

그곳 테라스까지 오거나 그곳에서 빠져나갈 수 있는 길은 그가 지나온 길 말고는 없는 것 같았다. 결국 그는 발길을 돌릴 수밖에 없었다. 하지만 그곳이 어디쯤인지 짐작하여, 큰길을 찾으면 여인숙으로 빨리 되돌아갈 수 있을 것이라 희망했다. 그날 밤을 평생 잊지 못하게 할 불행한 사건들이 연

1 창문 윗부분의 돌에 새긴 투각 장식 무늬.

이어 일어나리라고는 꿈에도 생각하지 못했다. 백 미터쯤 돌아갔을까, 갑자기 불빛이 다가오는 게 보였다. 이어 큰 목소리로 서로 말을 주고받는 소리가 좁은 길을 울리며 들려왔다. 밤에 횃불을 들고 돌아다니는 병사들이었다. 드니는 그들이 술을 너무 많이 마셨기 때문에 통행증이나 기사도적인 결투 따위는 안중에도 없을 것이라는 생각이 들었다. 그들이 자신을 개처럼 죽이고는 널브러진 자신을 내버려 두고 자리를 뜰지도 모른다는 생각도 들었다. 바짝 긴장이 되고 조마조마한 순간이었다. 횃불을 들고 있으니 자신의 모습이 보이지 않을 거라는 생각이 들었다. 그들이 실없이 떠드는 소리에 자신의 발소리가 묻혀 버렸을 거라는 희망도 가져 봤다. 얼른 몸을 숨기고 조용히 있기만 하면 시선을 끌지 않을지도 몰랐다.

그러나 불행히도 그는 황급히 몸을 숨기려고 뒤돌아서는 바람에 발이 돌에 걸려 넘어지고 말았다. 벽에 부딪는 순간 그는 비명을 터뜨렸고, 몸에 차고 있던 칼이 돌에 부딪치며 소리가 크게 울렸다. 두세 사람이 거기 누구냐고 묻는 소리가 들렸다. 프랑스어와 영어가 뒤섞여 들렸다. 드니는 대답하지 않고 재빨리 길을 따라 내달렸다. 테라스에 이르러서야 멈추고 뒤돌아보았다. 병사들은 자신을 부르며 계속 쫓아오고 있었다. 점차 그들이 쫓아오는 속도가 배가되기 시작했다. 무기가 철컥거리는 소리가 들렸고, 높이 쳐든 횃불이 좁은 길을 따라 줄지어 올라오고 있었다.

드니는 주변을 둘러보고는 잽싸게 대문으로 뛰어들었다.

그것만이 그들의 눈을 피할 수 있는 길이라는 생각이었다. 만일 피할 수 없을 때에는 협상을 벌이거나 방어하기에 가장 유리한 위치로 보이기도 했다. 그는 이렇게 생각하며 칼을 뽑아 들고 등을 대문에 기댔다. 순간 놀랍게도 문이 그의 몸무게를 이기지 못하고 뒤로 살짝 밀려났다. 그는 얼른 뒤돌아 조금 열린 문을 마저 열었다. 경첩에 기름칠을 했는지 문은 소리 없이 활짝 열렸다. 집 안은 컴컴했다. 난처한 상황에 빠진 사람은 갑자기 행운이 생기면 어찌해서 이런 행운이 찾아왔는지 이유를 요모조모 따져 볼 생각은 하지 못하기 마련이다. 아무리 이상한 상황이라 하더라도 그 상황에 내린 결단에 대해서 당장 몸이 편하면 그것만으로 충분하다고 생각한다. 이런 심정으로 드니는 조금도 망설이지 않고 집 안으로 발을 들여놓았다. 그러곤 자신의 은신처를 감추고자 얼른 문을 닫으려 했다. 사실 그 순간에 문을 닫는 것 말고는 아무런 생각도 나지 않았다. 하지만 어떤 이유 때문인지 모르겠지만, 어쩌면 용수철이나 무게 때문인지, 육중한 참나무 문은 그의 손에서 벗어나 빗장이 자동으로 걸리기라도 하는 듯 우르릉거리는 무서운 소리를 내며 제 스스로 덜커덩 잠겨 버렸다.

바로 그 순간, 그를 쫓아온 병사들이 테라스에 도착해서 그에게 나오라고 고함과 욕설을 퍼부으며 이곳저곳을 찾아 댔다. 그들이 어두운 구석 곳곳을 뒤지고 다니는 소리가 들렸다. 드니가 서 있는 문의 맞은편 밖으로부터 창이 문 바깥 표면을 쭉 훑고 가는 소리가 들려왔다. 하지만 그 신사들은 술에 너무 취했던지 시간을 오래 끌지는 않았다. 그들은 곧 구불구불 이어진 길을 따라 내려갔고, 마침내 드니의 시야에서 사라졌다. 이윽고 그들이 도시의 총안이 있는 흉벽에까지 걸어 내려가자 더 이상 그들의 발소리조차 들리지 않았다.

드니는 재차 안도의 한숨을 내쉬었다. 그는 혹시나 벌어질 수 있는 사태를 대비해 5분 정도 얌전히 있었다. 그러고 나서 이제 밖으로 나가려고 문을 열 수 있는 장치를 찾아 이리저리 더듬었다. 문 안쪽 표면은 아주 매끄러웠고 손잡이도 쇠시리도 없었다. 돌출된 것이라곤 하나도 없었다. 그는 손톱을 모서리 틈에 넣고 당겨 보았지만 육중한 문은 꿈쩍도 하지 않았다. 이번엔 문을 흔들어 보았지만 역시 바위처럼 꿈쩍도 하지 않았다. 드니 드 볼리외는 얼굴을 찌푸리며 아주 작게 휘파람 소리를 냈다. 〈이 문이 왜 이래?〉 그는 의아한 생각이 들었다. 〈아까는 왜 문이 열려 있었던 거지? 또 왜 그렇게 쉽게, 저절로 닫힌 거지?〉 이 모든 의문과 관련해 분명히 알 수는 없지만 비밀스러운 무언가가 있는 게 확실했다. 그것은 이 젊은이로서는 상상조차 할 수 없는 비밀이었다. 왠지 함정 같았다. 하지만 누가 이처럼 조용한 뒷골목에, 그리고 그처럼 모양새가 화려하고 웅장한 집에 함정이 있으리라 생각할 수 있겠는가? 하지만 함정이었든 아니든, 의도적이었든 의도적이지 않았든 간에 그곳에 있는 그는 덫에 딱 걸려들고 말았다. 평생 다시는 벗어나지 못할 수도 있는 함정이었다. 어둠이 그를 짓눌러 댔다. 그는 귀를 기울여 보았다. 문밖에선 아무 소리도 들리지 않았다. 하지만 집 안 가까운 곳에서 어렴풋한 한숨 소리, 가볍게 옷자락이 스치는 소리, 뭔가가 살짝 삐걱거리는 소리가 들려왔다. 많은 사람이 아주 교활하게도 그의 곁에서 숨죽이고 쥐 죽은 듯이 꼼짝 않고 있는 것은 아닐까 하는 생각이 들었다. 거기에 생각이 미치자 온몸에 소름이 돋았다. 이대로 죽을 수 없다는 생각에 그는 몸을 휙 돌려 뒤를 보았다. 바로 그때 처음으로 눈높이에 반짝이는 불빛이 보였다. 좀 떨어진 집 안에서 반짝이고 있었다. 수직선 모양으로 새어 나온 빛은 아래쪽으로 넓게 퍼졌다. 마치 문간에 친 아라스 태피스트리 틈에서 새어 나오는 것 같았다. 드니는 뭔가를 본 것만으로도 안심이 되었다. 늪에 빠져 허우적대던 사람이 좁지만 단단한 땅이라도 밟은 것 같은 기분이었다. 그의 눈은 한순간도 그 빛을 놓치지 않으려 했다. 그는 꼼짝 않고 서서 그 빛을 뚫어지게 쳐다보면서, 여러 주변 상황들을 논리적으로 종합해 이해해 보려 애썼다.

그가 서 있는 곳에서 지금 불빛이 새어 나오는 문간까지는 계단이 놓여 있는 게 분명했다. 그리고 또 한 줄기의 빛을 보았다는 생각이 들었다. 바늘처럼 가늘었고 인광처럼 희미했다. 어쩌면 광택이 나는 난간 목재에 반사된 빛일지도 몰랐다. 이로써 혼자가 아니라는 생각이 들자 심장이 거세게 뛰기 시작했다. 어떤 것이든 당장 행동을 취해야 한다는 자제할 수 없는 욕구가 마음을 사로잡았다. 그는 치명적인 위험에 빠진 거라는 생각이 들었다. 〈당장 계단을 올라가서, 커튼을 젖히고 위험과 맞서는 게 가장 좋은 길이지 않을까?〉

그렇게 한다면 적어도 의문의 정체를 밝힐 수는 있을 것이고 더 이상 어둠 속에 있을 필요도 없을 터였다. 그가 두 손을 쭉 뻗고 천천히 앞으로 걸어 나가자 곧 발이 계단 맨 아래 단에 부딪쳤다. 그는 재빨리 계단을 올랐다. 잠시 서서 마음을 추스르고는 태피스트리를 걷어 낸 다음 안으로 들어갔다.

매끄러운 돌이 깔린 커다란 방이 눈에 들어왔다. 문이 세 개나 있었다. 세 개의 벽에 하나씩 문이 있는데 모두 비슷한 태피스트리가 쳐 있었다. 그리고 나머지 한쪽 벽은 커다란 유리창 두 개와 말트루아 가문의 문장이 새겨진 커다란 석조 벽난로가 차지하고 있었다. 그 문장을 알아본 드니는 마음이 놓이면서 기분이 밝아졌다. 그 방은 아주 환했다. 하지만 묵직한 테이블과 의자 한두 개 말고는 별다른 가구가 없었다. 벽난로에는 불이 지펴 있지 않았고 바닥에는 아주 오래된 것 같은 마른 골풀이 여기저기 드문드문 흩어져 있었다.

벽난로 옆의 높은 의자에 털목도리를 두른 작은 체구의 노신사가 앉아 있었다. 그는 드니가 방에 들어설 때부터 계속 그를 노려보고 있었다. 다리를 꼰 채 앉아 있던 노인은 두 손을 무릎 위에 모으고 한쪽 팔꿈치를 벽의 돌출한 선반에 기댄 자세였다. 그 옆에는 향기를 풍기는 포도주 잔이 놓여 있었다. 노인의 용모에서는 강인한 남자의 풍모가 느껴졌다. 실은 사람이라기보다 황소나 염소, 혹은 집에서 기르는 멧돼지가 연상되는 모습이었다. 뭔가 수상쩍고 교활한 분위기, 탐욕스럽고 잔인하며 위험스러운 인상도 풍겼다. 윗입술이 얻어맞았거나 치통을 앓고 있어 붓기라도 한 듯 지나치게 두툼했다. 그런 입술에 머금은 미소, 치켜 올라간 눈썹, 그리고 작지만 강렬한 눈동자에선 기묘하다 못해 익살스러운 사악함이 느껴졌다. 성자의 머리칼처럼 얼굴에 내리덮인 아름다운 하얀 머리카락은 목도리까지 물결치듯이 드리워져 있었다. 턱수염과 콧수염은 위엄을 갖춘 우아함의 극치였다. 대단히 신경 써 관리했는지 손에는 세월의 흔적조차 묻어 있지 않았다. 말트루아 가문의 손은 유명했다. 그토록 포동포동하면서도 섬세한 손은 상상하기도 어려운 것이었다. 그렇게 가늘고 육감적인 손가락은 다 빈치 그림 속 여인들의 손가락을 연상시켰다. 주먹을 쥐면 엄지의 갈래에 보조개 모양의 돌기가 생겼다. 손톱은 모양새가 완벽했고, 놀랍도록 순백색을 띠었다. 그런 두 손을 순결한 순교자처럼 무릎에 모아 놓은 모습을 보고 있으려니 열 배는 더 무섭게 느껴졌다. 노인은 그처럼 강렬하고 기이한 표정으로 끈기 있게 의자에 앉아 마치 신처럼, 아니, 신의 조상(彫像)처럼 눈 한 번 깜빡이지 않고 앞에 있는 사람을 찬찬히 살피는 것만 같았다. 하지만 모순되게도 얼굴 표정과는 전혀 어울리지 않는 그의 침묵이 수상쩍게 느껴졌다.

그는 알랭 말트루아 경이었다.

그와 드니는 잠깐 말없이 서로를 바라보았다.

「들어오게나.」 마침내 말트루아 경이 입을 열었다. 「오늘 저녁 내내 자네를 기다리고 있었네.」

노인은 일어서지는 않았지만 말하는 동안 미소를 짓고 있었다. 예의를 담아 가볍게 머리를 끄덕이기도 했다. 한편으

226

론 말트루아 경의 미소 때문에, 한편으론 소곤거리는 그의 이상야릇한 음악적 운율을 띤 말투 때문에 드니는 뼛속까지 사무치는 혐오감에 몸서리쳤다. 혐오감과 정직한 마음이 맞부딪치면서 드니는 쉽게 대답을 할 수 없었다.

「우연에 우연이 겹친 듯합니다.」마침내 드니가 입을 열었다.「저는 어르신께서 생각하시는 사람이 아닙니다. 어르신께선 손님을 기다리고 계신 모양이군요. 하지만 저는 댁에 이렇게 불쑥 들어올 생각이 전혀 없었습니다. 제가 바랐던 일은 아닙니다.」

「음, 그래도 상관없네.」노신사가 너그러운 목소리로 대답했다.「중요한 점은 자네가 지금 여기에 있다는 거지. 친구, 앉게나. 마음 놓고 편히 있게. 우리의 작은 문제야 곧 따져 보면 될 테니.」

드니는 오해로 인해 문제가 꽤나 복잡해졌다는 걸 눈치챘다. 그는 그 집에 들어오게 된 상황을 서둘러 설명하기 시작했다.

「어르신의 집 대문이…….」

「내 집 대문이 어쨌다는 건가?」노인이 눈썹을 치올리며 물었다.「내 집 대문은 아주 정교한 발명품이야.」그러곤 어깨를 으쓱해 보였다.「손님맞이에 환상적인 것이지! 자넨 나를 만날 생각이 전혀 없었다는 얘기지. 우리 같은 늙은이는 그런 의도하지 않은 일을 가끔 기대하곤 하지. 하지만 명예에 관련된 일이라면, 그 상황을 극복할 방법을 찾을 때까지 궁리를 한다네. 자넨 초대받지 않고 왔지만, 난 진심으로 환영하네.」

「어르신, 계속 잘못 생각하고 계시군요.」 드니가 말했다.
「어르신과 저 사이에는 문제될 게 없습니다. 저는 이 마을을
잘 알지도 못합니다. 제 이름은 드니 드 볼리외입니다. 댁에
서 저를 지켜보셨다면, 그건 그저 —」

노인은 드니의 말을 가로막았다. 「젊은 친구, 그 문제에
대해선 내 나름의 생각이 있네. 물론 지금이야 내 생각이 자
네 생각과는 다를 테지.」 노인은 곁눈질을 하며 덧붙여 말했
다. 「하지만 시간이 지나면 우리 둘 중 누가 옳은지 알게 될
거야.」

드니는 노인이 제정신이 아니라고 확신했다. 그는 어깨를
으쓱하며 의자에 앉았다. 결과가 어찌 될지 기다려 보기로
했다. 잠시 두 사람 사이에 침묵이 흘렀다. 하지만 그사이 그
의 바로 맞은편 태피스트리 뒤에서 누가 기도라도 하는지
다급한 목소리로 중얼거리는 소리가 들려왔다. 그는 기도하
는 소리라고 생각했다. 때로는 한 사람의 목소리만 들렸고
때로는 두 사람의 목소리가 뒤섞여 들렸다. 낮지만 격정 어
린 목소리로 보아 몹시 다급하거나 고뇌 어린 상황인 것 같
았다. 그는 그 태피스트리가 밖에서 보았던 예배당의 입구
를 가린 것이란 생각이 들었다.

그동안 노인은 미소를 지으며 드니를 머리부터 발끝까지
찬찬히 살펴보았다. 때로는 아주 만족스럽다는 표시인 듯 새
나 쥐 소리 같은 작은 소리를 내기도 했다. 드니는 곧 이 상
황을 더 이상 견딜 수 없었다. 이제 그만 끝을 내고 싶었던 그

는 바람이 잦아들었다고 공손히 말했다. 노신사는 소리 없이 웃음을 터뜨렸다. 소리는 없었지만 얼굴이 새빨개질 정도로 격렬한 웃음이었다. 노인은 쉽게 웃음을 멈추지 못했다. 드니는 당장 의자에서 벌떡 일어나서 야단스럽게 모자를 썼다.

「어르신, 제정신이신지 모르겠지만, 제게 충분한 모욕을 주셨습니다.」드니가 말했다. 「제정신이 아니시라면, 전 미치광이와 대화를 나누기보다는 제 정신 건강을 위해 더 나은 일을 찾는 게 좋을 듯합니다. 전 양심에 꺼릴 것이 없습니다. 한데 어르신은 처음부터 저를 조롱했습니다. 제 설명조차 들으려 하지 않으셨죠. 이젠 하느님이라도 더는 저를 이곳에 붙잡아 두지 못할 것입니다. 품위 있게 이 집을 나갈 수 없다면, 저는 어르신의 집 대문을 제 칼로 산산조각 내고 말겠습니다.」

말트루아 경이 오른손을 들더니 손가락을 펴고는 앞에 있는 드니를 향해 흔들었다.

「사랑하는 조카야, 앉아라.」그가 말했다.

「조카라고요! 거짓말 마세요!」드니는 이렇게 대꾸하고 노인의 면전에서 손가락으로 딱 소리를 냈다.

「앉아, 이 불한당 같은 놈아!」노신사가 갑자기 소리쳤다. 개 짖는 소리처럼 귀에 거슬리는 목소리였다. 「내가 대문에 그렇게 특별한 장치를 설치해 놓고 그리 간단히 끝낼 줄 아느냐? 네놈의 손발이 뼛속까지 아프도록 묶이고 싶다면 일어나 나가 봐. 하지만 이곳에 자유롭게 남아 젊은이답게 노신사와 유쾌한 대화를 나누겠다면…… 그 자리에 편안하게 앉아 있어라. 그러면 하느님께서 너와 함께하실 것이다.」

「제가 포로라는 뜻입니까?」 드니가 물었다.

「난 그저 사실을 말했을 뿐이야. 결론은 네가 알아서 내.」 노인이 대답했다.

드니는 다시 앉았다. 겉으로는 애써 침착한 태도를 보였지만 마음속에선 분노가 일고 있었다. 이젠 두려움에 식은땀까지 흘렀다. 그는 이 미치광이를 제대로 상대할 수 있을지 확신하지 못했다. 〈만일 노신사가 제정신이라면 대체 어찌해야 할까? 대체 어떤 어처구니없는 일이, 어떤 비극적인 일이 닥친 걸까? 이런 상황에서 대체 어떤 표정을 지어야 할까?〉

드니가 이처럼 불안한 생각에 잠겨 있는 사이에 예배실 문을 가렸던 태피스트리가 걷히더니 사제복을 입은 키 큰 신부(神父)가 나타났다. 신부는 한참 동안 날카로운 눈빛으로 드니를 빤히 쳐다보는가 싶더니 말트루아 경에게 낮은 목소리로 뭔가를 말했다.

「그 아이는 정신을 좀 차렸소?」 노인이 물었다.

「어르신, 이젠 자포자기한 듯합니다.」 신부가 대답했다.

「이제 주께서 그 아이를 도우실 것이오. 그 아이는 성미가 너무 까다롭지!」 노신사가 냉소적으로 말했다. 「전도유망한 데다 가문도 나쁘지 않소. 또한 그 아이 스스로 선택한 거잖소? 그 아이가 더 무엇을 가질 수 있겠소?」

「젊은 처녀에게 있어 평범한 상황은 아닙니다. 그녀로선 얼굴을 붉힐 만한 상황이지요.」 신부가 말했다.

「그 아인 제 발로 나서기 전에 그런 걸 감안했어야 하오. 내가 선택을 강요하지 않았다는 건 하느님도 아실 거요. 하지만 자기가 시작했으니, 끝을 봐야지.」노인은 이번엔 드니를 향해 물었다. 「볼리외 군, 자네에게 내 조카딸을 소개해 줘도 괜찮겠나? 그 아이는 자네가 오기만을 기다리고 있었네. 나보다 훨씬 더 초조한 마음으로 말일세.」

드니는 완전히 체념한 상황이었다. 그는 최악의 상황을 한시라도 빨리 알고 싶을 뿐이었다. 그래서 그는 즉시 의자에서 일어나 좋다는 표시로 노인을 향해 머리를 숙였다. 말트루아 경도 답례로 드니에게 머리를 숙여 보이고는 신부의 부축을 받으며 예배실 문을 향해 절룩절룩 걸어갔다. 신부가 태피스트리를 젖혔고, 세 사람이 모두 그 안으로 들어갔다. 예배실의 건축 외양이 상당히 화려했다. 여섯 개의 튼튼한 기둥이 우아한 궁륭을 떠받치고 있었고, 둥근 천장 중앙에는 두 개의 화려한 샹들리에가 매달려 있었다. 제단 뒤쪽 벽은 화려한 장식이 돋을새김되어 있고, 곳곳에 별이나 세 꽃잎이나 바퀴 문양의 작은 유리 장식이 수놓여 있고, 끝은 둥글게 마무리되어 있었다. 유리들을 다 끼워 놓은 것이 아니어서 밤공기가 예배실 안으로 스며들어 와 실내를 자유롭게 순환했다. 그 때문인지 제단 위에서 빛을 밝히고 있는 50여 개의 촛불이 무정하게 흔들렸다. 때문에 빛의 밝기도 제각기 달랐고, 어떤 촛불은 아슬아슬한 게 당장이라도 꺼질 것만 같았다. 제단 앞 계단 위에는 신부(新婦)처럼 화려하게 차려입은 젊은 여자가 무릎을 꿇고 앉아 있었다. 드니는 그녀의 옷차림을 보는 순간 온몸에 소름이 돋았다. 불현듯 머릿속에 떠오른 생각을 떨쳐 내기 위해서 악전고투했다. 그가 우려하는 일이 일어날 순 없었다. 아니, 그런 일은 결코 있어서는 안 될 일이었다.

「블랑슈, 귀여운 애야, 너에게 보일 친구를 데려왔다.」노인이 플루트 소리 같은 목소리로 말했다. 「자, 뒤돌아 네 예쁜 손을 이 친구에게 건네라. 조카야, 네 독실한 모습이 보기 좋다만, 그래도 예의는 갖춰야지.」

그녀는 자리에서 일어나서 방금 들어온 사람들을 향해 얼굴을 돌렸다. 그녀의 몸짓은 일절 흐트러짐이 없었다. 싱그러운 젊은 여인의 온몸에서 수줍고 피곤한 기색이 엿보였다. 그녀는 머리를 숙이고 시선을 아래에 둔 채 앞으로 천천히 걸어 나왔다. 다가오면서 드니 드 볼리외의 발을 보았다. 사실 그의 발은 자랑할 만도 했다. 그는 여행할 때도 가장 우아한 신을 신고 다녔으니 말이다. 하지만 그녀는 걸음을 멈추더니, 어떤 이유에선지 그의 노란 장화에 충격을 받은 듯 흠칫 놀랐다. 그러곤 갑자기 고개를 들어 장화를 신은 이의 얼굴을 쳐다보았다. 순간 두 사람의 눈이 마주쳤다. 그녀의 얼굴에서는 금세 수줍음이 사라지고 혐오와 공포심이 어렸다. 입술에 핏기가 싹 가셨다. 그녀는 갑자기 날카로운 비명을 지르며 두 손으로 얼굴을 감싸고 예배실 바닥에 털썩 주저앉았다.

「이 남자가 아니에요!」그녀가 소리쳤다. 「삼촌, 이 남자가 아니에요!」

말트루아 경이 유쾌한 듯 새 울음소리를 흉내 내더니 말했다. 「물론 그 청년은 아니지. 나도 충분히 예상했다. 불행히도 너는 그 청년의 이름조차 기억하지 못하잖니.」

「그래요.」 그녀가 큰 소리로 말했다. 「하지만 이 사람은 지금까지 한 번도 본 적이 없어요. 눈길조차 마주친 적이 없다고요. 삼촌, 이 남자를 다시는 보고 싶지 않아요.」 그녀는 드니를 돌아보며 말했다. 「당신이 신사라면 내 말이 옳다는 걸 증명해 줄 테죠. 전에 나를 본 적이 있나요? 이 불행한 순간이 오기 전에 나를 본 적이 있었나요?」

「솔직히 말씀드리면, 나는 그런 즐거운 순간을 가져 본 적이 없습니다. 어르신, 제가 어르신의 어여쁜 질녀분을 만난 것은 지금 이 순간이 처음입니다.」 젊은이가 대답했다.

노신사가 어깨를 으쓱하더니, 입을 열었다.

「그런 소리를 들으니 속이 상하는구먼. 하지만 지금 시작해도 늦지 않아. 난 지금 아내와 결혼하기 전에 몇 번 만나 본 적도 없었어.」 그는 얼굴을 찌푸리며 덧붙여 말했다. 「그러니, 이처럼 즉석에서 결혼해도 결국에는 서로를 깊이 이해하게 되는 경우도 적지 않아. 신랑이 이 문제에 이의를 갖는다면 결혼식을 치르기 전에 두 시간의 여유를 줄 테니 지금까지 허비한 시간을 만회해 보도록 해.」 말을 마친 노인은 문을 향해 천천히 걸어 나갔고, 신부도 그 뒤를 따라 나섰다.

여인이 냉큼 몸을 일으키며 말했다. 「삼촌, 정말 이럴 수는 없어요. 하느님 앞에 맹세하건대, 전 이 청년과 강제로 결혼하느니 차라리 죽어 버리겠어요. 속이 메슥거려요. 하느님은 이런 식의 결혼을 금지하셨다고요. 삼촌은 지금껏 쌓아 온 명예에 먹칠을 하시는 거예요. 오, 삼촌! 저를 불쌍히 여겨 주세요. 세상 어떤 여자라도 이런 결혼을 하느니 차라리 죽음을 선택할 거예요.」그녀는 더듬거리며 덧붙였다. 「저를 못 믿으시는 건가요? 아직도 저 남자를……」그녀는 분노와 모욕감에 부들부들 떨며 드니를 가리켰다. 「아직도 저 남자를 그 남자로 생각하시나요?」

「솔직히 말하면, 그렇게 믿고 싶구나.」노신사는 문턱에서 걸음을 멈추며 말했다. 「블랑슈 드 말트루아, 이번만은 이 일에 대해서 내가 생각하고 있는 바를 설명해 줘야겠다. 내가 전쟁 때나 평화로운 때나 60년 넘게 지켜 온 내 가문과 내 이름의 명예를 네가 더럽힐 생각을 했던 순간부터 너는 내가 구상하고 있는 일에 대해서 물을 권리뿐만 아니라 내 얼굴을 똑바로 바라볼 권리마저 상실했어. 네 아버지가 살아 있었다면, 네 얼굴에 침을 뱉고 문 밖으로 쫓아냈을 거다. 네 아버지의 손은 강철 같았지. 넌 네 벨벳 같은 손이나 어찌해 달라고 네 하느님께 빌려무나. 내 의무는 당장에 너를 결혼시키는 거야. 나는 순수한 호의로 네게 알맞은 신랑감을 구해 주려 애써 왔어. 난 이제야 마침내 내 의무를 다할 수 있게 됐다고 믿는다. 블랑슈 드 말트루아, 만일 그렇지 않다면, 하느님과 모든 성스러운 천사들 앞에서 지푸라기 인형이 된다 해도 좋다. 그러니 제발 내 충고대로 저 젊은 친구를 공손히 대해라. 단언하건대, 저 친구보다 나은 신랑감은 없을 거다.」

그는 그렇게 말을 마치고 문턱을 넘었고, 그 뒤를 신부가 따랐다. 신부가 문턱을 넘자 등 뒤로 태피스트리가 내려졌다.

그녀가 번득이는 눈빛으로 뒤돌아 드니를 보며 물었다.

「이 모든 상황이 어찌 된 일이죠?」

「하느님만이 아실 일이죠.」 드니가 침울하게 대답했다. 「나는 미친 사람들로 가득해 보이는 이 집의 포로로군요. 그 이상은 아는 게 없어요. 도무지 아무것도 이해할 수 없어요.」

「그럼 어떻게 이 집에 들어오게 됐나요?」 그녀가 물었다.

그는 그 집에 들어오게 된 경위를 최대한 간단히 말해 주었다. 그러곤 덧붙여 말했다. 「이제 나머지는 당신이, 내가 한 대로, 수수께끼 같은 이번 일에 대해서 아는 게 있으면 전부 말해 보세요. 도대체 이번 일이 어떻게 결말이 날지도 말해 줘요.」

잠시 그녀는 조용히 서 있었다. 그의 눈에 그녀의 입술이 떨리고, 눈물이 마른 두 눈이 불길이 타오르듯이 이글거리는 모습이 보였다. 곧 그녀는 두 손으로 이마를 눌렀다.

「아아, 머리가 너무 아파요!」 그녀가 지친 목소리로 말했다. 「내 쓰라린 가슴은 말할 것도 없고요! 하지만 당신은 마땅히, 처녀답지 못했던 내 이야기를 알아야겠지요. 내 이름은 블랑슈 드 말트루아라고 해요. 난 아버지도 어머니도 없이 자랐어요. 아! 내가 기억하는 한, 단 한순간도 행복했던 적이 없었어요. 그런데 석 달 전에 한 젊은 대위를 알게 됐어요. 그 사람이 교회에서 매일 내 옆자리에 앉기 시작했지요. 내가 그 사람의 마음에 들었다는 걸 알 수 있었어요. 너무나 부끄러웠지만, 한편으론 누군가가 나를 사랑한다는 사실에 무척 기뻤어요. 그가 내게 편지를 내밀었을 때, 나는 편지를 집에 가져와서 아주 기쁜 마음으로 읽었지요. 그 후로 그에게서 많은 편지를 받았어요. 가엾은 사람! 나와 말해 보길 간절히 원했어요. 어느 날 저녁엔가는 문을 열어 두라고 간청하더군요. 그럼 계단에서라도 짧은 대화를 나눠 볼 수 있을 테니까요. 그는 삼촌이 나를 무척 믿고 있다는 걸 알고 있었거든요.」

그녀는 그때가 떠올랐는지, 갑자기 흐느꼈다. 잠시 후에야 그녀는 말을 이었다. 「삼촌은 냉정한 분이지만, 모든 일에 무척이나 노련하시죠. 전쟁에선 많은 공훈을 세우셨고, 궁전에선 대단한 분으로 통했죠. 옛날엔 이자보 여왕의 깊은 신임을 받으셨어요. 그런데 삼촌이 어떻게 해서 나를 의심하게 됐는지 모르겠어요. 하지만 뭐든 삼촌에게 숨기기란 힘들죠. 오늘 아침 미사에서 돌아오니 삼촌이 내 손을 잡아채 강제로 손가락을 펼쳤어요. 결국 내 손에서 편지를 빼앗아 읽으셨죠. 내내 내 옆에서 서성이면서 말이에요. 다 읽으시고는 아주 정중하게 편지를 돌려주셨어요. 편지에는 문을 열어 두라는 부탁이 있었어요. 그게 바로 이런 상황이 벌어지게 한 화근이었던 거예요. 삼촌은 나를 저녁이 될 때까지 내 방에 가두어 놓았어요. 그러곤 저녁이 되자 이렇게 차려입게 하셨어요. 이건 젊은 처녀로선 참을 수 없는 모욕이죠. 그렇지 않나요? 아무리 설득하려 해도 내가 그 젊은 대위의 이름을 말하지 않자, 삼촌이 덫을 놓았던 거예요. 아아! 그리하여 통탄스럽게도 당신이 그 덫에 걸려든 거예요. 혼란스러운 일이 있으리라 예상했어요. 이처럼 험악한 조건 아래에서도 그 사람이 나를 기꺼이 아내로 맞이할 거라고 어떻게 장담할 수 있겠어요? 어쩌면 그 사람은 처음부터 나를 농락하려 했던 건지도 몰라요. 아니면 그 사람의 눈에 내가 너무 천박해 보였을지도 모르고요. 하지만 이처럼 부끄러운 벌을 받으리라고는 전혀 예상하지 못했어요! 하느님께서 젊은 남자 앞에서 이토록 수치를 주시리라고는 생각하지 못했어요. 이게 내가 알고 있는 전부예요. 모든 걸 털어놨으니, 당신이 날 멸시한다 해도 상관없어요.」

드니는 고개 숙여 그녀에게 경의를 표하고 말문을 열었다.

「아가씨, 당신은 신뢰로 내 명예를 존중해 줬습니다. 이제 내가 명예에 어긋나지 않는 사람이란 것을 증명할 차례로군요. 말트루아 경은 지금 가까운 곳에 계신가요?」

「바깥 대청에서 글을 쓰고 계실 거예요.」 그녀가 대답했다.

「아가씨, 그곳으로 나를 안내해 주겠습니까?」 드니는 아주 정중한 태도로 손을 내밀며 물었다.

그녀가 그의 손을 받아들였다. 두 사람은 곧 예배실에서 나왔다. 블랑슈는 고개를 푹 숙이고 부끄러운 듯한 모습을 보였지만, 드니는 사명감에 불타는 청년처럼 거침없이 당당히 걸어갔다. 주어진 사명을 명예롭게 마쳐야 한다는 청년다운 확신에 찬 모습이었다.

말트루아 경은 자리에서 일어나 언뜻 예의를 갖춘 듯했지만 빈정거리는 태도로 고개를 숙이며 그들을 맞이했다.

「어르신, 저는 이 결혼 문제에 대해서 따져 볼 게 있다고 생각합니다.」 드니가 아주 당당한 태도로 말했다. 「지금 당장 말씀드리겠습니다. 저는 이 젊은 숙녀분이 마음에 두고 있던 사람이 아닙니다. 만일 자유로운 상태에서 청혼을 받았더라면, 저는 자랑스럽게 질녀분과의 결혼을 받아들였을 겁니다. 질녀분은 아름다운 외모만큼이나 착한 마음씨를 지니고 있으니 말입니다. 하지만 어르신, 현재와 같은 상황에선 명예롭게 거절할 수밖에 없습니다.」

블랑슈는 고마움이 깃든 눈빛으로 그를 쳐다보았다. 하지만 노신사는 계속 미소만 짓고 있을 뿐이었다. 그 미소에 드니는 급기야 역겨움을 느꼈다.

「볼리외 군, 내가 자네에게 제안한 선택권을 올바로 이해하지 못한 것 같군그래.」 노인이 말했다. 「자, 나를 따라와 주겠나, 이쪽 창문으로?」 이렇게 말한 노인은 드니를 커다란 창문 쪽으로 데려갔다. 그날 밤엔 창문이 열려 있었다.

「자, 보게나.」 노인이 말을 이었다. 「석조물 상부에 강철 고리가 있고, 그 고리에는 아주 요긴한 밧줄이 꿰여 있지. 자, 내 말 잘 듣게나. 자네가 내 조카딸을 끝끝내 마다한다면 동트기 전에 자네를 창 밖에 보이는 저 고리에 매달 거야. 대단히 유감스러운 일이지만, 나로선 이처럼 극단적 조치를 취할 수밖에 없네. 내 말을 믿어도 좋아. 나는 자네가 죽는 걸 전혀 원하지 않아. 그저 내 조카딸이 가정을 꾸리고 살아가길 바랄 뿐이야. 하지만, 자네, 계속 고집을 부리면 죽음을 면치 못할 거야. 볼리외 군, 자네 집안도 이런 식으로 일을 처리하길 좋아할 텐데. 하나 자네가 샤를마뉴의 후손이라면 말트루아 가문의 청혼을 아무런 처벌도 받지 않고 거절해서는 안 되지. 내 조카딸이 파리의 길거리만큼이나 흔해 빠진 여자가 아니라면, 내 조카딸이 대문의 이무기돌만큼이나 흉측하게 생기지 않았다면 그렇게 거절해서는 안 된단 말일세. 내 조카딸도 자네도 내 개인적인 감정마저도 이 문제에 대한 내 결정을 번복할 순 없어. 내 가문의 명예가 위협받고 있으니 말이야. 나는 자네에게 책임이 있다고 생각하네. 자네는 지금 적어도 그 내막의 중심에 있는 사람이야. 자네는 짐작도 못 할 테지만, 나는 자네에게 그 오명을 씻어 내라고 요구하는 거야. 자네가 그러지 않는다면, 자네 머리는 피로 물들 수밖에 없어! 나도 자네의 시체가 내 집 창문 아래에서 산들바람에 흔들리며 사람들의 시선을 끄는 걸 원하지 않아. 하지만 빵 반쪽이라도 없는 것보다는 낫지. 내가 가문의 불명예를 씻어 낼 수는 없더라도, 적어도 추문만은 잠재울 수 있겠지.」

잠시 침묵이 흘렀다.

「이처럼 복잡한 일은 신사들 사이의 문제이니만큼 다른 방식으로도 해결할 수 있으리라 생각합니다.」 드니가 마침내 입을 열었다. 「칼을 지니고 계시죠. 저는 어르신의 칼 솜씨가 뛰어나다고 들었습니다.」

말트루아 경은 신부에게 손짓을 했다. 신부는 큰 걸음으로 조용히 방을 가로질러 와 세 번째 문 앞의 태피스트리를 걷어 올렸다. 그가 문턱을 넘자 태피스트리는 곧 다시 내려졌다. 짧은 순간이었지만 태피스트리를 걷어 올렸을 때 드니는 어둠에 휩싸인 복도에 무장한 사람들이 가득한 것을 볼 수 있었다.

「볼리외 군, 내가 조금이라도 젊었다면 자네의 제안을 기꺼이 받아들였을 걸세.」알랭 경이 말했다. 「하지만 난 이제 너무 늙었어. 세월의 힘 앞에선 어쩔 수 없어. 충실한 가신의 힘을 빌릴 수밖에. 나로선 내가 지닌 힘을 이용해야 하는 거지. 이는 몇 년이 있어야 성숙한 어른이 될 사람으로선 받아들이기 정말 힘든 일일 테지만, 조금만 인내하면 익숙해질 거야. 자네와 내 조카딸은 자네에게 남은 두 시간 동안 둘만 있고 싶을 테지. 자네의 바람을 방해하고 싶은 생각은 없으니, 기꺼이 대청을 양보하겠네. 서두르진 말게!」 노인은 감궂은 표정을 짓고 있던 드니 드 볼리외의 얼굴을 쳐다보며 그의 손을 잡았다. 그러곤 말을 이었다. 「교수형이 싫으면 창밖으로 몸을 던지거나 내 가신들의 창에 몸을 던지게. 두 시간이면 충분할 거야. 딱 두 시간뿐이야. 그 짧은 시간에도 엄청나게 많은 일들이 일어날 수 있어. 게다가 내 조카딸의 표정을 보니 아직도 자네에게 할 말이 있는 모양이군. 자네, 숙녀에게 무례한 짓을 하면서까지 마지막 두 시간의 생을 추하게 만들진 않겠지?」

드니가 블랑슈를 쳐다보자, 그녀는 애원하는 듯한 몸짓을 보였다.

노신사는 두 사람의 표정에 무척 만족해하는 듯했다. 그는 두 사람에게 미소를 지어 보이며 다정한 목소리로 덧붙여 말했다. 「볼리외 군, 두 시간 후 내가 돌아올 때까지 어떤 무모한 짓도 하지 않겠다고 명예를 걸고 약속한다면, 내 가신들을 물러나게 하겠네. 그러면 내 조카딸과 좀 더 마음을 터놓고 얘기할 수 있을 테지.」

드니는 다시 블랑슈를 쳐다보았다. 그녀의 표정은 삼촌의 제안을 받아들이라고 간청하는 듯했다.

「네, 명예를 걸고 약속하지요.」 그가 말했다.

말트루아 경은 머리를 숙여 인사를 하고는 절룩거리며 방 안을 서성였다. 노인이 새 울음소리같이 기묘한 가락으로 목청을 가다듬는 소리는 벌써부터 드니의 귀에 무척 거슬렸다. 노인은 우선 테이블 위에 놓여 있던 종이를 집어 들고 복도 입구로 걸어가서 태피스트리 뒤에 있는 사람들에게 물러나라고 명령하는 것 같았다. 이윽고 그는 드니가 들어왔던 문으로 절룩거리며 나가는가 싶더니, 문턱에서 뒤돌아 젊은 두 남녀에게 마지막으로 미소를 보이며 고개를 끄덕였다. 신부는 손 등불을 들고 노인의 뒤를 따랐다.

단둘이 남게 되자, 곧 블랑슈는 팔을 벌리고 드니에게 향했다. 그녀는 몹시 흥분했던지 얼굴이 빨갛게 달아올라 있었다. 그리고 두 눈에는 눈물이 맺혀 있었다.

「죽으면 안 돼요!」 그녀가 소리쳤다. 「어찌 됐든 나와 결혼 해야만 해요.」

「아가씨, 내가 죽음을 두려워한다고 생각하시나요?」 드니가 대답했다.

「아니, 아니에요. 당신이 겁쟁이가 아니란 것은 알아요. 나를 위해서 결혼해야만 한다는 거예요. 당신이 죽어 버리면 나는 당신을 죽게 만들었다는 양심의 가책 때문에 견딜 수 없을 거예요.」

「아가씨, 당신은 이 난감한 문제를 너무 과소평가하는 것
같군요. 당신은 넓은 아량으로 이런 결혼을 받아들이는 모
양인데, 내 자존심은 그걸 허락하지 않아요. 내게 보여 준 고
귀한 마음만으로도 당신은 빚을 갚았어요.」

그는 이렇게 말할 때는 물론이고 말을 마친 후에도 시선
을 아래에 두었다. 그녀가 당황하는 모습을 일부러 보지 않
으려는 의도에서였다. 그녀는 잠시 조용히 서 있었다. 그러
곤 갑자기 자리를 뜨더니 삼촌의 의자 위에 몸을 던지고는
와락 눈물을 쏟아 내며 흐느끼기 시작했다. 드니는 너무나
당황스러워 어찌해야 할지 몰랐다. 뭔가 묘안을 찾기라도
하듯이 주위를 둘러보았다. 의자가 보이자, 무슨 일을 하려
는 듯이 의자 위에 털썩 주저앉았다. 의자에 앉아 칼코등이
를 만지작거렸다. 천 번이라도 죽어서 프랑스에서 가장 더러
운 쓰레기 더미에 묻히고 싶은 심정이었다. 두 눈은 계속 대
청을 두리번거렸지만 시선을 둘 곳을 찾지 못했다. 가구 사
이에 넓은 공간이 있었고 불빛은 온 대청을 노골적으로 침울
하게 밝히고 있었다. 창문을 통해 보이는 어두운 바깥 풍경
이 어찌나 차갑게 느껴졌는지 드니의 눈에는 난생처음 보는
황량한 교회나 음침한 무덤처럼 보였다. 블랑슈 드 말트루
아가 흐느끼는 소리는 시계의 똑딱거림처럼 규칙적이어서
시간을 잴 수도 있을 것 같았다. 그는 방패에 새겨진 문장을
눈이 침침해질 때까지 계속 바라보았다. 이제 어둑한 구석을
한동안 쳐다보고 있자니, 그곳에 흉측한 짐승들이 우글우글

몰려 있는 것만 같은 기분이 들었다. 때로는 마지막 두 시간이 흘러가고 있고 점점 죽음이 가까이 다가오고 있다는 생각에 깜짝 놀라 정신이 번쩍 들기도 했다.

시간이 흐르면서 그의 시선은 몇 번이고 자주 그녀에게 향했다. 그녀는 고개를 숙인 채 얼굴을 양손에 묻고 있었다. 깊은 슬픔에 겨워 토해 내는 발작적인 딸꾹질 때문에 간헐적으로 온몸이 떨렸다. 사실 그녀는 같이 살기에 마뜩잖은 여자는 아니었다. 통통했지만, 따뜻한 갈색 피부에 무척 예쁜 얼굴이었고 머리칼은 세상 어느 여자의 것보다도 아름다워 보였다. 두 손은 삼촌의 손과 비슷했지만 젊은 여인의 손목에 자리 잡은 모습이 훨씬 더 가지런했고, 너무나 부드럽고 귀여워 보였다. 그는 자신을 또렷이 쳐다보던, 분노와 연민과 순진무구함으로 가득한 그녀의 푸른 눈동자가 떠올랐다. 그녀의 완벽한 모습을 떠올릴수록 죽음이 더욱더 꺼림칙하게 느껴졌고 그녀의 그치지 않는 눈물을 생각할수록 후회감이 밀려오며 가슴이 더욱 찢어지는 것만 같았다. 그는 어떤 남자도 그토록 아름다운 여인을 남겨 두고 세상을 떠날 수는 없을 것이라는 생각이 들었다. 이제 결혼하지 않겠다고 한 자신의 잔인한 말을 취소하기 위해 쓸 시간은 40분밖에 남아 있지 않았다.

갑자기 창문 아래 어두운 계곡에서 들려온 수탉의 울음소리가 그들의 귀청을 때렸다. 귀에 거슬리는 날카로운 소리였다. 사방의 침묵을 깨뜨린 그 소리는 어둠 속을 비춘 한 줄기 빛처럼 깊이 빠져 있던 생각에서 그들을 깨어나게 해주었다.

「내가 도와 드릴 일이 없을까요?」 그녀가 고개를 들며 말했다.

「아가씨, 만일 내가 당신에게 상처를 주었다면, 그것은 당신을 위해서 그런 거였지 나 자신을 위해서 그런 건 아니었어요. 나를 믿어 줘요.」 드니가 좀 엉뚱한 대답을 했다.

그녀는 눈물 어린 표정으로 그에게 고마움을 표했다.

「당신의 처지가 딱해 보여요.」 드니가 말을 계속했다. 「세상이 당신에게 너무 가혹하군요. 당신 삼촌은 인류의 수치예요. 아가씨, 짧은 시간이라 해도 당신을 위해 봉사하는 데 기꺼이 목숨을 바칠 이 같은 행운을 마다할 젊은 신사는 프랑스엔 없을 겁니다.」

「당신이 대단히 용감하고 관대한 분이라는 것은 이미 알고 있어요.」 그녀가 대답했다. 「내가 알고 싶은 것은 내가 당신을 위해 봉사할 수 있는가 하는 거예요.」 그녀가 떨리는 목소리로 덧붙여 말했다. 「지금이나, 앞으로도 말이에요.」

「분명 그러할 겁니다.」 그가 미소를 지으며 대답했다. 「어리석은 침입자가 아니라 친구로서 당신 옆에 앉아도 될까요? 우리가 서로를 얼마나 어색하게 대했는지는 잊도록 하고, 마지막 순간은 즐겁게 보내도록 하죠. 당신은 나를 위해 최선을 다해 줄 겁니다.」

「당신은 정말 친절하군요.」 그녀가 더 깊은 슬픔에 젖은 목소리로 말했다. 「정말 친절하세요…… . 그 때문에 더욱 가슴이 아파요. 하지만 원하시면 가까이 와요. 내게 무슨 말을 하시든 좋은 친구처럼 귀담아들어 드릴게요. 아, 볼리외 씨!」

그녀가 갑자기 그의 이름을 불렀다. 「아, 볼리외 씨! 내가 어떻게 당신의 얼굴을 똑바로 쳐다볼 수 있겠어요?」 그녀는 다시 와락 눈물을 쏟으며 흐느꼈다.

「아가씨, 내게 남은 시간이 얼마 안 돼요.」 드니가 두 손으로 그녀의 손을 감싸며 말했다. 「당신이 그토록 슬퍼하는 모습을 보면 나 역시 비통함에 가슴이 미어지는 것 같아요. 내 생명의 희생으로도 치유할 수 없는 당신의 슬픈 모습을 부디 최후의 순간까지만이라도 아껴 두세요.」

「나는 너무나도 이기적인 여자예요.」 블랑슈가 대답했다. 「볼리외 씨, 당신을 위해서라면 더 용감해지겠어요. 하지만 앞으로 당신에게 친절을 베풀려 해도 그럴 수 없다면…… 당신의 작별 인사를 전해 드릴 친구분이 없다면…… 얼마든지 무거운 짐을 내게 맡기세요. 내가 당신에게 빚진, 헤아릴 수 없는 고마움을 생각한다면 아무리 무거운 짐이라도 가벼울 거예요. 맥없이 울고 있기보다는 당신을 위해 무엇이라도 할 수 있는 힘을 내게 불어넣어 줘요.」

「내 어머니는 재혼하셔서 새로 부양할 가족이 있으십니다. 내 동생 기샤르가 내 영지를 물려받겠지요. 내 생각이 틀리지 않다면 동생은 내 죽음으로 얻을 유산에 무척 기뻐할 겁니다. 우리가 성직자들에게서 들어 왔듯이 인생이란 덧없이 사라져 버리는 수증기와 같은 거예요. 정정당당한 자세로 자기 앞에 펼쳐진 인생을 바라볼 때, 남자는 자신이 이 세상에서 아주 중요한 인물이기라도 한 것처럼 생각합니다. 그의 말[馬]이 울음소리로 그에게 화답합니다. 그가 병사들

을 이끌고 마을로 들어서면 나팔소리가 울려 퍼지고 여인들
이 창밖으로 내다봅니다. 그는 두터운 신뢰와 존경을 받습
니다. 많은 사람들이 때로는 편지로, 때로는 직접 찾아와 그
에게 신뢰와 존경을 표합니다. 유력 인사들도 그의 앞에서는
고개를 숙입니다. 한순간 그가 돌변해도 이상할 게 없습니
다. 하지만 죽고 나면, 헤라클레스처럼 용감했고 솔로몬처
럼 지혜로웠다고 하더라도 그는 곧 잊히고 맙니다. 내 아버
지께서 치열했던 전투에서 다른 많은 기사들과 함께 숨을 거
두신 지 10년도 채 되지 않았습니다. 하지만 그분들 중 누구
도 기억되지 못하지요, 심지어 그 전투의 이름마저도 이제는
사람들의 기억에서 지워지고 말았습니다. 아니, 아닙니다,
아가씨. 당신이 죽음에 가까이 다가갈수록 죽음은 어둡고
더러운 구석과 같다는 걸 알게 될 겁니다. 사람이 무덤에 들
어가면 그 문은 심판의 날까지 닫혀 있게 될 겁니다. 지금 내
게는 친구가 별로 없습니다. 죽고 나면 누구도 내 곁에 없을
겁니다.」

「아, 볼리외 씨!」 그녀가 소리쳤다. 「당신은 블랑슈 드 말
트루아를 잊으셨군요.」

「아가씨, 당신은 정말 품성이 착하시군요. 하찮은 희생을
과분할 정도로 높이 평가해 주시네요.」

「그렇지 않아요.」 그녀가 대답했다. 「내가 마음이 여려서
이렇게 쉽사리 감동받는다고 생각하시면 정말 나를 잘못 본
거예요. 당신은 내가 만나 본, 가장 고결한 남자이기 때문에
이렇게 말하는 거예요. 나는 당신에게서 평범한 사람일지라

도 지상에서 고귀한 존재로 빛나게 하는 성품을 본 거예요.」

「하지만 나는 쥐덫에 걸려 곧 죽을 겁니다. 쥐처럼 찍찍대는 것 말고는 달리 어떤 반항조차 할 수 없어요.」

순간 그녀의 얼굴에 고뇌의 표정이 스쳤다. 그녀는 잠시 조용히 있었다. 이윽고 그녀의 눈에서 투지의 빛이 반짝이더니, 미소를 지으며 다시 입을 열었다.

「나의 투사가 그토록 스스로를 비하하게 내버려 둘 순 없지요. 다른 사람을 위해 목숨을 바치는 사람이라면 누구든 천국에서 주 하느님의 사자들과 천사들의 영접을 받게 될 거예요. 당신은 교수형을 당할 이유도 없어요. 왜냐하면······ 당신은 내가 아름답다고 생각하나요?」 새빨개진 얼굴로 그녀가 물었다.

「물론입니다. 아가씨.」 그가 대답했다.

「그렇게 말해 주시니 기쁘군요.」 그녀가 정중하게 말했다. 「아름다운 처녀의 입에서 바로 나온 청혼을 받고서, 그 여자의 면전에서 거절했던 남자가 프랑스에 몇 명이나 될 것 같은가요? 당신네 남자들이 그런 승리를 조금은 경멸할 거라는 건 알아요. 하지만 내 말을 들으세요. 사랑에서 소중한 것이 무엇인지는 우리 여자들이 더 잘 알아요. 남자에겐 사랑만큼 자존감을 높이는 게 없을 테지만, 여자에겐 사랑만큼 소중한 게 없지요.」

「그래요, 당신 말이 모두 맞아요. 하지만 나는 사랑이 아닌 연민 때문에 청혼을 받았잖아요.」 드니가 말했다.

「나는 꼭 그렇다고 생각하지 않아요.」 그녀는 고개를 숙이고 대답했다. 「볼리외 씨, 내 말을 끝까지 들어 봐요. 당신이 얼마나 나를 경멸하는지 알아요. 당신이 그렇게 여기는 것도 당연하다고 생각해요. 나는 당신 마음 한구석도 차지하지 못할 만큼 볼품없는 계집이에요. 아아! 그런데도 당신은 이런 나 때문에 오늘 아침 죽어야만 해요. 하지만 내가 당신에게 청혼했던 건, 당신이 내 삼촌에 맞서 내 편을 들어 주었던 순간부터 정말로, 정말로 당신을 존경하고 당신에게 감동을 받았기 때문이에요. 그리고 당신을 진심으로 사랑하기 때문이에요. 자신이 어떤 사람인지 생각해 보세요. 당신이 얼마나 고결해 보이는지 생각하면, 당신은 나를 경멸하기보다는 불쌍히 여겼을 거예요. 그리고 이제……」 그녀는 손을 들어 그가 하려는 말을 막으며 계속 말을 이었다. 「비록 부끄러움을 무릅쓰고 너무 많은 걸 얘기했더라도, 나에 대한 당신의 감정이 무엇인지 난 잘 알고 있다는 걸 잊지 마요. 이 비천한 계집의 말을 믿어도 돼요. 난 당신의 동의를 얻으려고 끈덕지게 귀찮게 굴 생각은 없어요. 사실 난 유난히 자만심이 강해요. 성모님 앞에 맹세하는데, 당신이 내뱉은 말을 지금이라도 취소한다면, 삼촌의 말구종과 결혼할 생각이 없듯이, 당신과도 결혼하지 않겠어요.」

드니가 쓴웃음을 지으며 말했다.

「자존심 앞에서 주춤거리는 건 진정한 사랑이라 할 수 없어요.」

그녀는 머릿속에 떠오르는 생각이 있었을 테지만, 대답하지 않았다.

「이 창문으로 와봐요. 동이 트고 있어요.」그가 한숨을 내쉬며 말했다.

정말로 벌써 동이 터 오고 있었다. 구름 한 점 없는 텅 빈 하늘이 새벽 햇살에 물들며 밝아 오고 있었다. 아무런 빛깔도 없었다. 아래의 계곡에는 잿빛 그림자가 드리워져 있었다. 옅은 수증기가 숲 속 골짜기에 잠겨 있기도 했고, 구불구불 이어진 강줄기를 따라 깔려 있기도 했다. 이런 풍경에서 농장의 수탉이 또다시 울어 대기 시작했을 때도 쉽게 깨지지 않는 불가사의한 적막감이 느껴졌다. 아마도 30분 전쯤 어둠 속에서 쇠붙이가 부딪치는 섬뜩한 소리를 내었을 사람이 이제는 밝아 오는 아침을 맞이하여 아주 흥겨운 함성을 질러 대고 있었다. 약한 바람이 홱 불어와 창문 아래 몇 그루 나무의 가지 끝을 휘감았다. 동쪽 하늘에선 물들어 오는 햇살을 아직 확연히 느낄 수 없었지만, 곧 눈부시게 밝아지며, 뜨겁고 붉은 태양이 포탄처럼 솟구칠 것이었다.

드니는 이 모든 풍경을 바라보며 가벼운 전율을 느꼈다. 그는 그녀의 손을 잡고는 거의 무의식적으로 감싸 쥐었다.

「벌써 날이 밝기 시작한 거예요?」그녀가 물었다. 그러곤 좀 엉뚱한 말을 했다. 「밤이 너무 길었어요! 아아, 삼촌이 돌아오면 뭐라고 말해야 할까요?」

「당신 뜻대로 말해요.」드니가 대답하고는 그녀의 손을 꼭 쥐었다.

그녀는 아무런 말도 하지 않았다.

「블랑슈, 내가 죽음을 두려워하는지 어떤지, 이미 알았겠지요.」드니가 좀 자신이 없으면서도 열정이 가득한 말투로 재빨리 말했다. 「내가 당신의 흔쾌한 허락을 받지 않고도 당신의 손을 잡았듯이 저 창문의 허공으로 기꺼이 몸을 내던질 수 있을 거라는 사실도 당신은 잘 알고 있을 겁니다. 하지만 당신이 나를 조금이라도 좋아하고 있다면, 내가 목숨을 버리려 한 이유를 부디 오해하지 마요. 죽으려 한 건 당신을 이 세상 누구보다도 사랑하기 때문이에요. 당신을 위해 흔쾌히 죽더라도, 당신을 위해서 살다가 목숨을 버린 것만으로 천국의 모든 기쁨을 누린 것과 같아요.」

그가 말을 멈추자, 집 안에서 커다랗게 종소리가 울렸다. 그리고 복도에선 갑주가 덜컥거리는 소리가 들렸다. 가신들이 제 위치로 돌아오고 있는 모양이었다. 노인과 약속했던 두 시간은 그렇게 끝났다.

「저 소리를 들었나요?」 그렇게 속삭이는 그녀의 입술과 두 눈이 그에게 쏠렸다.

「나는 아무 소리도 듣지 못했어요.」 그가 대답했다.

「그 젊은 대위의 이름은 플로리몽 드 샹디베르였어요.」 그녀가 그의 귀에 대고 말했다.

「듣지 않은 걸로 할게요.」 그는 이렇게 대답하면서 그녀의 부드러운 몸을 부둥켜안고, 그녀의 젖은 얼굴에 입맞춤을 했다.

뒤에서 기묘한 가락의 새 울음소리가 났고, 뒤이어 듣기 좋은 웃음소리가 들렸다. 말트루아 경은 새로이 맞은 조카 사위에게 아침 인사를 건넸다.

인간의 복잡한 내면을 탐구한 작가, 로버트 루이스 스티븐슨

1. 로버트 루이스 스티븐슨의 삶과 문학

1) 한 스코틀랜드 문인의 탄생

월터 스콧, 토머스 칼라일 등과 함께 19세기 스코틀랜드의 중요한 문인으로 꼽히는 로버트 루이스 스티븐슨은 1850년 11월 13일 에든버러에서 태어났다. 아버지 토머스 스티븐슨은 등대 토목 기사[1]였고 어머니 마거릿 이사벨라 스티븐슨은 명문가의 목사 딸이었다. 독실한 장로교도였던 부모는 엄격한 칼뱅주의 신념에 따라 자식을 양육했기에 스티븐슨은 종종 고루한 분위기에 반감을 보이기도 했지만, 종교적인 영향을 피할 순 없었다.

신체적으로는 어머니의 병약한 기질을 물려받은 스티븐슨은 어릴 적부터 만성적인 호흡기 질환에 시달린 탓에 자주 학업을 중단하고 온화한 기후를 찾아 새로운 지역으로 이사하거나 여행하면서 낯선 곳에 대한 호기심을 갖게 되고 미지

---

1 스티븐슨의 조부도 벨록 등대를 건설했던 저명한 등대 토목 기사였다.

의 세계를 동경하기 시작한다. 더욱이 아버지로부터 들은 바다 모험 이야기와 〈내 둘째 엄마, 첫째 아내, 유년의 천사〉[2]로 여겼던 유모 앨리슨 커닝엄으로부터 들은 『천로역정』, 『성서』 그리고 전설, 유령, 해적 이야기는 미지의 세계와 낭만적인 모험에 대한 동경심을 북돋으며 이후 펼치게 될 문학적 상상력의 밑거름이 된다.

1867년 17세 때 아버지의 뜻에 따라 가업을 잇기 위해 에든버러 대학에서 토목 공학을 공부하지만 곧 싫증을 느끼고 종교적인 세계관과 인습에서 벗어나 술집과 매음굴을 드나들며 하층민의 삶을 체험하고 자유분방한 삶을 즐기며 문학에 관심을 갖게 된다. 이때부터 그는 종교에 회의를 느끼며 칼뱅주의 교의를 거부하고자 했지만, 어릴 적부터 몸에 배어 있던 교의를 완전히 떨쳐 낼 수는 없었다. 이 때문에 선악에 대해서 종교적인 인습과 종교에 대한 회의감, 그리고 낭만적 성향이 얽혀 있는 모호한 도덕관을 보이기도 한다.

가업을 포기한 스티븐슨은 생계유지를 위해 변호사가 되고자 법을 공부했고, 1875년엔 변호사 자격증을 취득하지만 결국엔 아버지의 뜻을 거스르고 작가가 되기로 마음먹는다. 그가 작가가 되기로 마음을 굳힌 것은 1873년 미술 평론가 시드니 콜빈Sidney Colvin을 만나고부터이다. 콜빈의 도움으로 에세이 「길Roads」을 『포트폴리오The Portfolio』 12월호에 발표하고, 시인이자 소설가인 앤드류 랭Andrew Lang,

2 1885년 앨리슨 커닝엄에게 헌정한 시집 『아이의 시 정원A Child's Garden of Verses』에서 발췌.

시인이자 평론가인 W. E. 헨리William Ernest Henley를 비롯해 다양한 작가와 편집자 들과 교류하면서 본격적으로 작가의 길을 걷게 된다.

2) 여행의 새로운 시작과 끝

평소 요트나 카누 여행을 즐겼던 스티븐슨은 1876년 9월 프랑스로 카누 여행을 떠났다가 그곳에서 남편과 별거 중에 있던 미국 여자 패니 오즈번Fanny Osbourne을 만나 사랑에 빠진다. 그녀와 유럽에서 이삼 년을 보내는 사이에 1877년 첫 단편소설 「하룻밤의 잠자리A Lodging for the Night」를 발표한 데 이어 「신의 섭리와 기타Providence and the Guitar」, 「말트루아 경의 대문The Sire de Maletroit's Door」 등 여러 훌륭한 단편소설을 발표한다. 또한 1876년에 카누를 타고 프랑스와 벨기에를 여행한 뒤 쓴 첫 여행기 『내륙여행An Inland Voyage』을 1878년에 발표한 데 이어, 곧 패니가 미국으로 돌아가자 모데스틴이라는 이름의 당나귀를 끌고 프랑스의 세벤느를 여행한 후 그 여정을 기록한 여행기 『당나귀와 떠난 여행Travels with a Donkey in the Cévennes』을 1879년 발표한다. 그리고 같은 해 8월 미국에 가서 패니와 재회하고 이듬해인 1880년에 부모의 거센 반대를 무릅쓰고 두 아이를 두고 있던 패니와 결혼한다. 그 후 가족과 화해하고 스코틀랜드로 돌아온다.

스티븐슨은 결혼 후에도 건강상 이유로 스코틀랜드, 스위스, 프랑스 등 유럽 각지로 여행하며 요양 생활을 한다. 그러던 중 스코틀랜드 북부 고지에 있는 브래마의 한 오두막에서 의붓아들 로이드 오즈번과 섬 지도를 그리다가 해적과 보물섬에 얽힌 이야기를 로이드에게 들려준 것이 계기가 되어 첫 장편 『보물섬*Treasure Island*』을 쓰게 된다. 1883년에 출간되어 작가로서의 명성과 함께 작품 활동의 기반을 다져준 『보물섬』은 원래 1881~1882년 〈바다의 요리사The Sea Cook〉라는 제목으로 『영 포크스*Young Folks*』지에 연재했던 작품으로, 먼 바다 위 낯선 미지의 섬을 향한 신비롭고 낭만적인 모험담을 그리고 있다.

『보물섬』으로 성공적인 작가의 길에 들어선 스티븐슨은 이듬해인 1884년엔 『펠맬*Pall Mall*』지 크리스마스 특별판에 19세기 에든버러에서 있었던 시체 도굴꾼의 연쇄 살인 사건을 환상소설로 옮긴 단편 「시체 도둑The Body Snatcher」을 발표하고 1885년에는 『코트 앤 소사이어티 리뷰*The Court and Society Review*』지에 고딕소설의 전통을 이은 매혹적인 흡혈귀 이야기 「오랄라Olalla」를 발표한다. 저주받은 한 가문의 비극을 그린 이 작품이야말로 순수한 환상은 전적으로 경이로운 것과 전적으로 기괴한 것 사이에 있다는 츠베탕 토도로프Tzvetan Todorov의 말에 부합하는 환상소설로, 간결한 문체의 기괴하고 신비로운 묘사가 돋보인다.

그리고 『보물섬』에서 보이는 선과 악의 대립, 해적 롱 존 실버로 대변되는 악의 매혹성, 「시체 도둑」에서 보이는 인간 본성의 이중성과 죄의식, 「오랄라」의 고딕 전통과 정신병리학적 관심, 그리고 스티븐슨이 어릴 적 받은 엄격한 칼뱅주의 교육의 영향과 이후 종교에 대한 회의에서 빚어진 모호한 도덕관과 낭만적 취향이 1886년 발표한 「지킬 박사와 하이드 씨Strange Case of Dr. Jekyll and Mr. Hyde」에 혼재되어 나타난다. 선과 악의 양면성, 분신(도플갱어) 신화의 대명사가 된 이 작품은 악의 매혹성, 악마적인 고행의 신비감을 은근히 드러내는 동시에 악에 대한 두려움과 처벌을 그리는 것을 통해 빅토리아 시대의 억압적인 사회구조를 보여 줌과 동시에 이질적인 것, 타자에 대한 두려움을 반영한다. 얼핏 안정적인 질서의 회복을 위해 처벌된 듯 보이는 하이드는 스티븐슨의 1887년 단편 「목이 돌아간 재닛Thrawn Janet」에선 떼어 낼 수 없는 원초적인 악으로 그려진다. 부정하고자 했던 검은 사나이, 즉 악마는 함께 공존할 수밖에 없는 술리스 목사의 또 다른 자아인 것이다.

스티븐슨은 「지킬 박사와 하이드 씨」를 발표한 해에 주인공 데이비드가 아버지의 유언에 따라 삼촌의 저택을 찾아갔다가 납치되면서 겪는 험난한 모험을 그린 역사소설 『유괴 Kidnapped』를 통해 스코틀랜드의 지형학적인 풍경과 역사에 대한 애정을 드러냈다.

이처럼 활발히 작품을 발표하던 중 1887년 부친이 사망하자 여전히 건강이 좋지 않았던 스티븐슨은 곧 가족을 이끌고 미국으로 떠난다. 그해 뉴욕의 사라낙 호수 지역에 머물며 여러 편의 에세이와 함께 형제 간의 갈등을 그린 『밸런트래 경The Master of Ballantrae』을 쓰기 시작한다.

이듬해인 1888년 6월에는 전세 낸 캐스코 호를 타고 샌프란시스코를 떠나 마르케사스 제도, 타히티, 사모아 등 남태평양의 여러 섬과 하와이, 길버트 제도 등지를 여행하며 여유로운 삶을 영위한다. 그러던 중 과거 1883년에 『영 포크스』지에 연재했던, 장미 전쟁을 배경으로 한 역사 모험소설 『검은 화살: 장미 두 송이의 이야기*The Black Arrow: A Tale of the Two Roses*』를 출간하고, 이듬해인 1889년엔 『밸런트래 경』을 완성했으며 로이드 오즈번과 함께 쓴 익살극 『엉뚱한 상자*The Wrong Box*』를 발표한다.

그리고 마침내 1890년, 사모아 제도의 우폴루 섬에 4백 에이커에 이르는 땅을 구입하고 저택을 지어 〈빌라 바일리마Villa Vailima〉라고 명명하고는 그곳에 정착한다. 이곳에서 마을 사람들로부터 〈투시탈라(이야기꾼)〉라고 불렸던 스티븐슨은 19세기말 사모아의 영유권을 둘러싸고 독일, 미국, 영국이 8년간 치열한 주도권 싸움을 벌인 역사를 사실적으로 기술한 논픽션 『역사에 대한 각주*A Footnote to History*』(1892)와 『납치』의 속편인 『카트리오나*Catriona*』(1893)를 집필한다. 또한 로이드 오즈번과 함께 난파선 플라잉스커드호를 둘러싸고 벌어지는 사건을 그린 소설 『약탈자*The Wrecker*』(1892)와 남태평양을 배경으로 유럽 제국주의를 비판적으로 그린 『썰물*The Ebb-Tide*』(1894)을 집필한다.

이처럼 변함없이 왕성한 작품 활동을 계속하던 스티븐슨은 1894년 12월 3일, 무자비한 판사인 아버지와 이상주의자인 아들의 갈등을 그린 미완성 유작 『허미스턴의 둑*Weir of Hermiston*』을 남기고 갑자기 뇌출혈로 세상을 떠난다.

44년이라는 그리 길지 않은 생을 사는 동안 소설, 시, 수필, 여행기 등에 걸쳐 많은 작품을 남긴 스티븐슨은 묘비에 새겨진 자신의 시 「레퀴엠Requiem」의 시구대로 바일리마가 내려다보이는 바에아 산 정상 부근, 별이 총총히 반짝이는 드넓은 하늘 아래 잠든다.

2. 자살 클럽과 세 가지 기이한 이야기

이번 소설선집의 첫 작품 「자살 클럽The Suicide Club」은 1878년 『런던 매거진The London Magazine』에 발표됐다가 1882년 출간한 단편집 『신 아라비안 나이트New Arabian Nights』에 수록된 작품으로 (셰익스피어의 『겨울 이야기』에 등장하는 인물이기도 한) 보헤미아의 왕자 플로리젤과 그의 단짝인 거마 관리관 제럴딘 대령이 생명(자살과 살인)을 놓고 벌이는 자살 클럽의 도박에 연루되었다가, 그 도박판을 이용해 부를 축적해 온 악당을 추적하는 이야기이다. 탐정소설이지만 지적인 게임이나 복잡한 수수께끼 같은 짜임새 있는 플롯에 중점을 두기보다는 세 개의 에피소드에서 플로리젤과 제럴딘, 스쿠더모어, 브래큰버리 리치가 예기치 않게 겪는 기이한 모험에 중점을 두고 있다. 스티븐슨은 이러한 기이한 모험에 미스터리적 요소를 가미하고, 악당의 범죄 행각과 그를 쫓는 이들의 대응을 아주 간결하게 더해 흥미로운 이야기를 만들어 냈다.

두 번째 작품 「시체 도둑」은 1820년대 말 스코틀랜드 에

든버러를 배경으로 하고 있다. 작가가 살았던 19세기 에든
버러에선 비밀리에 불법 거래된 시체들이 의과 실습 해부용
으로 공공연히 쓰였다. 계속 수가 늘어나는 의과 대학생들
이 해부 실습용으로 사용할 시체가 부족하다 보니 의사들은
자연스럽게 시체 도둑(시체 도굴꾼)에 의존해서 시체를 조
달받곤 했다. 시체 도둑들은 교회 묘지에서 훔친 시체들을
의사들에게 팔았는데, 모자라는 시체를 조달하거나 신선한
시체를 구하고자 살인을 저지르기도 했다. 예컨대, 버크와
그의 공범 헤어는 1828년에 사립 해부 학교의 해부학 교수
이자 외과의사인 로버트 녹스에게 시체를 팔기 위해 16여
명을 살해했다. 결국 버크는 1829년에 사형을 당했고, 그의
시체는 자신이 팔아먹던 시체처럼 해부용 시체가 되고 말았
다. 바로 이러한 사회 현실과 사건을 반영한 작품이 「시체
도둑」이다. 「시체 도둑」은 얼핏 엉뚱한 이야기처럼 보이지만
실은 역사적 사실에 근거한 공포 소설인 것이다. 스티븐슨은
기본적인 사실에 극적이고 환상적인 색채를 입히고 선과 악
이 모호하게 공존하는 양면성의 심리적인 긴장 관계를 예리
하게 포착하여 인간의 본질적인 탐욕과 죄의식 및 그에 따른
두려움을 간결하면서도 강렬한 문체로 훌륭히 그려 냈다.
이 작품에서 가장 인상적인 것은 어느 순간 공포에서도 신비
로운 아름다움이 엿보인다는 점이다. 특히 칠흑같이 어두운
밤 무덤에서 시체를 파내는 장면과 시체를 마차에 싣고 달리
는 장면은 음산하고도 매혹적이다. 「시체 도둑」은 1945년에
로버트 와이즈Robert E. Wise 감독에 의해 영화로 만들어지

기도 했다.

1891년 『뉴욕 헤럴드*New York Herald*』에 발표된 「병 속의 악마The Bottle Imp」는 스티븐슨이 하와이와 남태평양 지역을 두루 여행한 후 사모아 제도의 우폴루 섬에 정착했을 때 쓴 작품답게 하와이와 타히티를 배경으로 하고 있으며, 소원을 들어주는 악마가 든 병을 얻게 된 한 남자와 그 주변 사람들의 별난 이야기를 그리고 있다. 스티븐슨은 인간 내면의 어두운 욕망이나 이중성에 초점을 맞춘 이전 작품들과는 달리 지나친 욕심을 부리지 않는 사람들의 순박한 모습과 주인공 케아웨와 코쿠아의 진실된 사랑을 애정 어린 시선으로 그린다. 딜레마에 빠진 케아웨는 결국 (어쩌면 스티븐슨의 정착지 이웃들처럼) 비극과 희극 사이를 오가는 중에 웃음 짓고 삶을 긍정할 수 있는 여유를 갖게 된다. 위트 있는 마지막 반전이 무척 흥미롭다.

『신 아라비안 나이트』에 수록된 「말트루아 경의 대문」은 1429년 9월의 어느 어두운 밤 볼리외라는 청년이 골목에서 병사들에게 쫓기다 한 저택의 열린 대문으로 숨어든 후 겪는 기이한 일을 그리고 있다. 미스터리한 사건과 시정(詩情)이 넘치는 낭만적인 이야기가 기묘하게 결합된 매력적인 작품이다. 작품의 초반과 중반 세 인물 사이에 흐르는 미묘한 기류가 긴장감을 자아내고, 볼리외를 포로로 잡아 놓고 조카딸과의 결혼을 강요하는 말트루아 경과 그의 조카딸에게서 얼핏 보이는 병적인 모습에서는 섬뜩함마저 느껴지지만, 돌연 자연의 아름답고 경이로운 풍경 앞에 두 청춘 남녀 사이에 애정의 분위기가 싹트는 순간 거기에는 알퐁스 도데의 「별」처럼 낭만적이고 서정적인 아름다움이 깃든다. 이 기묘한 작품은 1951년 「이상한 문The Strange Door」이란 제목의 공포 영화로 제작되기도 했다.

임종기

로버트 루이스 스티븐슨 연보

1850년 출생 11월 13일 스코틀랜드의 에든버러 하워드 플레이스 8번지에서 등대 토목 기사인 아버지 토머스 스티븐슨과 어머니 마거릿 이사벨라 스티븐슨 사이에서 태어남. 엄격하고 완고한 장로교의 집안 분위기 아래 병약한 어린 시절을 보냄.

1866년 16세 『펜틀랜드의 반란: 1666년 역사의 한 장*The Pentland Rising: A Page of History, 1666*』이라는 책을 자비로 출판함.

1867년 17세 11월 가업을 잇기 바라는 부모의 뜻에 따라 토목 공학을 전공하기 위해 에든버러 대학에 입학. 방학마다 친구들과 프랑스로 여행을 다님. 이 시기의 여행이 이후 그의 작품에 큰 영향을 미침.

1871년 21세 4월 아버지에게 기술자가 아닌 작가로 살겠노라고 편지 보냄. 동시에 생계유지를 위해 법률 공부를 시작함.

1873년 23세 11월 폐결핵으로 건강이 나빠져 프랑스 망통으로 휴양을 떠남. 망통에 머물며 글을 쓰고 그림을 그림.

1874년 24세 4월 휴양지에서 돌아옴.

1875년 25세 7월 변호사 시험을 통과함.

1876년 26세 9월 프랑스로 카누 여행을 떠남. 이곳에서 장차 아내가 될 패니 오즈번을 처음 만남. 당시 두 아이의 어머니였던 패니 오즈번은 남편과 별거 중이었음.

1877년 27세 연초에 스티븐슨은 다시 패니 오즈번을 방문하고, 둘은 연인으로 발전함. 단편 「하룻밤의 잠자리」, 「옛 노래An Old Song」, 「러더퍼드 가문의 교훈적인 편지Edifying Letters of the Rutherford Family」 집필.

1878년 28세 『런던 매거진』에 단편 「자살 클럽」 발표. 8월 패니가 미국 샌프란시스코의 자기 집으로 돌아감. 여행 에세이집 『내륙 여행』 출간. 단편 「아라비안 나이트, 그 이후Later-day Arabian Nights」, 「신의 섭리와 기타」 집필.

1879년 29세 여행 에세이집 『당나귀와 떠난 여행』 출간. 8월 패니 오즈번을 방문하기 위해 미국행 배를 타고 뉴욕으로 감. 뉴욕에서 샌프란시스코로 가는 기차 여행 도중, 몬테레이에서 건강이 악화되어 사경을 헤맴. 12월 샌프란시스코로 계속 여행을 할 수 있을 정도로 건강을 회복함. 하지만 그해 겨울이 끝날 무렵 다시 건강이 심각하게 안 좋아짐. 전남편과 이혼한 패니 오즈번이 스티븐슨의 침상에서 간호를 함.

1880년 30세 에세이집 『대륙 횡단Across the Plains』 출간. 단편 「모래 언덕 위의 별장The Pavilion on the Links」과 여행 에세이 『아마추어 이주민The Amateur Emigrant』 집필(발표 시기는 1895년). 5월 패니 오즈번과 결혼하여 함께 스코틀랜드로 귀국함.

1882년 32세 단편집 『신 아라비안 나이트』 출간. 단편 「거짓말 같은 이야기The Story of a Lie」와 「메리 맨The Merry Men」 집필.

1883년 33세 여행 에세이집 『실버라도의 정착민들The Silverado Squatters』 출간. 의붓아들을 위해 해적들과 함께 감춰진 보물을 찾는 모험담인 『보물섬』 집필, 출간. 원제는 〈바다의 요리사〉였으나 편집자의 뜻에 따라 제목을 바꿈. 최초로 상업적 성공을 함. 장미 전쟁 동안 벌어진 로맨스를 다룬 『검은 화살: 장미 두 송이의 이야기』 집필, 『영 포크스』지에 연재.

1884년 34세   단편 「시체 도둑」 발표.

1885년 35세   가상의 독일 왕국에서 벌어지는 액션 로맨스물 『오토 왕자*Prince Otto*』 출간. 아내 패니 스티븐슨과 공저로 『신 아라비안 나이트: 속편』 출간. 단편 「마크하임Markheim」 집필. 단편 「오랄라」 발표.

1886년 36세   재능 있고 점잖은 의사와 정신병자 괴물의 삶을 오가는 이중인격자의 이야기 「지킬 박사와 하이드 씨」 완성, 동명의 단편집 출간. 소년 데이비드 발포의 모험을 그린 역사 소설 『유괴』 출간.

1887년 37세   아버지 토머스 스티븐슨 별세. 단편 「물레방앗간의 윌Will O' the Mill」, 「목이 돌아간 재닛」, 「프랑샤르의 보물The Treasure of Franchard」 집필. 단편들을 묶어 『〈메리 맨〉과 단편들*The Merry Men and Other Tales and Fables*』 출간. 미국으로 이주하여 뉴욕의 요양원에 들어감.

1888년 38세   가족과 함께 남태평양 여행을 시작함. 『검은 화살: 장미 두 송이의 이야기』 출간.

1889년 39세   스코틀랜드와 미국, 인도를 배경으로 복수담을 그린 『밸런트래 경』 출간. 의붓아들인 로이드 오즈번과 공저로 코믹 소설인 『엉뚱한 상자』 출간.

1890년 40세   사모아 제도 우폴루 섬의 땅을 구입하고 그곳에 정착함. 이해와 포용력으로 원주민들의 신뢰를 얻음.

1891년 41세   단편 「병 속의 악마」 집필.

1892년 42세   로이드 오즈번과 공저로 코믹 모험물 『약탈자』 출간.

1893년 43세   『유괴』의 후속편인 『카트리오나』 출간. 단편 「목소리 섬The Isle of Voices」 집필. 단편집 『남섬의 이야기들*South Sea Tales*』 출간.

1894년 44세   심각한 우울증에 시달리며 자신의 재능이 고갈되었다고 생각함. 로이드 오즈번과 공저로 『썰물』 출간. 12월 3일 우폴루 섬의

자택에서 사망. 그를 숭배하던 우폴루 섬의 추장 40명이 바에아 산 정상까지 길을 내어 그를 추모하는 묘비를 세움.

1896년 미완성 유작인 『허미스턴의 둑』 출간. 미완성 유작인 『생 이브: 잉글랜드에서 프랑스인 죄수가 겪는 모험담*St. Ives: Being the Adventures of a French Prisoner in England*』 출간.

열린책들 세계문학 224 자살 클럽

옮긴이 임종기 서강대학교 대학원에서 사회학을 전공했으며, 현재는 전문 번역가로 활동하고 있다. 지은 책으로 『SF부족들의 새로운 문학 혁명, SF의 탄생과 비상』이 있으며, 옮긴 책으로 닐 스티븐슨의 『바로크 사이클』, 허버트 조지 웰스의 『타임머신』, 『투명 인간』, 필립 커의 『철학적 탐구』, 메리 셸리의 『프랑켄슈타인』, 니콜라스 카의 『빅 스위치』, 샹커 베단텀의 『히든 브레인』, 재닛 브라운의 『찰스 다윈 평전』, 오스카 와일드의 『도리언 그레이의 초상』, 에드워드 J. 라슨의 『얼음의 제국』, 다니엘 G. 에이멘의 『뷰티풀 브레인』 등 다수가 있다.

지은이 로버트 루이스 스티븐슨 **옮긴이** 임종기 **발행인** 홍예빈·홍유진
발행처 주식회사 열린책들 **주소** 경기도 파주시 문발로 253 파주출판도시
전화 031-955-4000 **팩스** 031-955-4004 **홈페이지** www.openbooks.co.kr
Copyright (C) 주식회사 열린책들, 2014, *Printed in Korea*.
ISBN 978-89-329-1224-0 04840 **ISBN** 978-89-329-1499-2 (세트)
발행일 2014년 7월 30일 세계문학판 1쇄 2022년 1월 10일 세계문학판 3쇄

이 도서의 국립중앙도서관 출판예정도서목록(CIP)은 서지정보유통지원시스템 홈페이지(http://seoji.nl.go.kr)와 국가자료공동목록시스템(http://www.nl.go.kr/kolisnet)에서 이용하실 수 있습니다.(CIP제어번호:CIP2014017348)

열린책들 세계문학
Open Books World Literature

각 권 8,800~15,800원

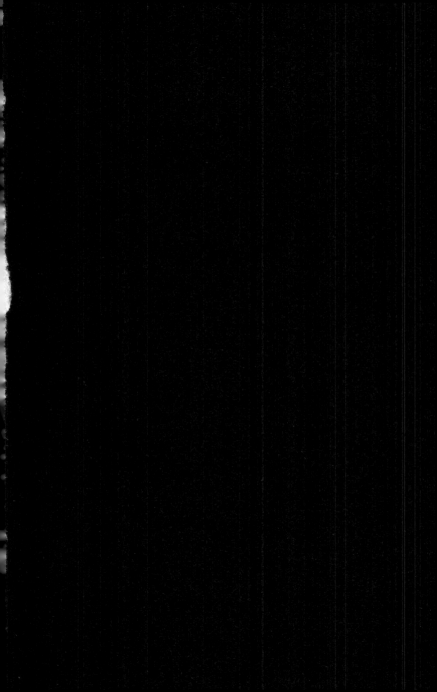